KB141939

우리는
힘이
세다

우리는 힘이 세다

2014년 5월 24일 초판 1쇄 발행
지은이 · 김원명

펴낸이 · 박시형 | 편집인 · 정해종

마케팅 · 권금숙, 김석원, 김명래, 최민화, 정영훈
경영지원 · 김상현, 이연정, 이윤하
펴낸곳 · (주)쌤앤파커스 | 임프린트 · 박하
출판신고 · 2006년 9월 25일 제406-2012-000063호
주소 · 경기도 파주시 회동길 174 파주출판도시
전화 · 031-960-4800 | 팩스 · 031-960-4805 | 이메일 · info@smpk.kr

ⓒ 김원명 (저작권자와 맺은 특약에 따라 검인을 생략합니다)
ISBN 978-89-6570-211-5 (03810)

박하는 ㈜쌤앤파커스의 임프린트입니다.
박하는 당신의 가슴에 봄꽃처럼 책이 만개하고 아름다운 지식의 향기가 배어나는 날까지, 참신하고 생명력 있는
콘텐츠를 만들기 위해 눈과 귀와 마음을 열겠습니다. | 원고투고 book@smpk.kr

비정의 시대를 미약한 당신과 내가
더불어 산다는 것

우리는
힘이
세다

김원명 에세이

북하우스

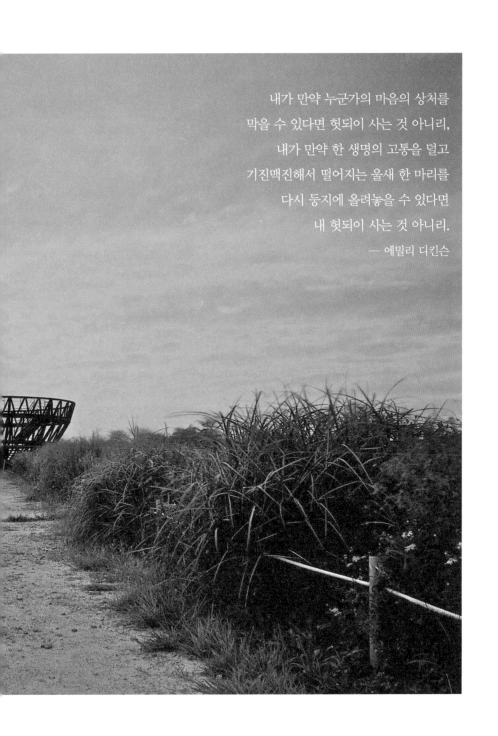

내가 만약 누군가의 마음의 상처를
막을 수 있다면 헛되이 사는 것 아니리,
내가 만약 한 생명의 고통을 덜고
기진맥진해서 떨어지는 울새 한 마리를
다시 둥지에 올려놓을 수 있다면
내 헛되이 사는 것 아니리.

— 에밀리 디킨슨

차례

'우리' 모두에게 힘이 되는 착한 책

이 책은 사람과 사람의 상생적 관계에 대한 오마주를 통해 연대의 아름다움을 말하고 있습니다. 책 내용 가운데 제 관심을 끄는 것은 아버지를 위한 오마주입니다. 저는 저자의 아버지를 잘 압니다. 같은 시대를 살았고, 부산에서 여러 해 동안 민주화 운동을 함께 했습니다. 저자가 회상하는 아버지의 삶 속에는 저와 겹치는 부분이 꽤 있습니다. 그래서 아버지의 삶을 바라보는 저자의 어릴 때 눈과 어른이 된 후의 눈, 양쪽 모두에 깊은 공감을 느낍니다.

저자의 아버지는 엄혹했던 군부독재 시절 반독재 민주화투쟁에 앞장서셨던 분입니다. 그로 인해 고초도 많이 겪었습니다. 1987년 6월 항쟁의 기폭제가 됐던 2·7 박종철 추모 집회 때 저자의 아버지는 집회를 주도한 혐의로 구속됐습니다. 저도 그 때 집회를 함께 개최했고, 함께 아스팔트 바닥에 앉아 연좌 농성을 하다, 함께 부산 시경 대공분실에 잡혀갔습니다.

제가 《운명》이란 책에서 썼듯이, 경찰은 연행된 사람들을 분야별로 나눠 한 명씩 구속영장을 청구했는데, 구속된 재야단체간부 가운데 한 분이 저자의 아버지였습니다. 그때 노무현 변호사는 변호사 가운데 구속영장이 청구됐다가 기각됐습니다. 그것이 그 유명한 하루 밤새 네 차례 영장 청구·기각 사건입니다. 노무현 변호사가 구속 대상이 된 덕에 저는 석방됐고, 저자 아버지의 변호인이 됐습니다.

《운명》 중에 "한번은 시국 사건 피고인이 수갑도 차지 않고 포승줄로 묶이지 않았는데도 움직임이 어색했다. 이상해서 물어봤다. 피고인의 팔꿈치 윗부분을 포승줄로 묶은 뒤 그 위에 수의를 입혀 신체의 구속이 없는 양 위장한 것이었다"라는 대목이 있습니다. 형사 재판의 피고인들에게 포승줄과 수갑을 채워 재판을 받게 하던 그 시절의 부당한 관행에 맞섰던 일을 쓴 것이었습니다. 그 피고인이 바로 저자의 아버지였습니다.

그 법정에서 "함께 행동하고 함께 연행된 두 사람 중, 한 사람은 피고인으로 재판을 받고 한 사람은 변호인으로 변론을 하고 있으니, 이게 말이 되느냐? 저의 변론은 변론이기 이전에 피고인과 함께 겪은 일에 대한 증언이다"라고 저자의 아버지를 변호하던 기억이 새롭습니다.

저자의 아버지가 그런 삶을 살면서 겪어야 했던 자신의 고초보다 더욱 견디기 어려웠던 것은, 가족들이 치러야 하는 희생에 대한 미안함이었을 것입니다.

저자의 아버지는 가난한 시인이었습니다. 그런 처지에 평생 돈 안 되는 '운동'만 했으니, 생계는 진작부터 부인의 몫이었습니다. 게다가 때로는 옥

바라지의 어려움까지 안겨줬습니다. 어린 저자의 눈에 아버지는 '집안의 평화를 깨는' 원망과 애증의 존재였습니다.

그런 아이의 눈으로 본 그 시절의 기록을 마주하니 감회가 새롭습니다. 어린 기억 속에 남아 있는 장준하 선생과 백기완 선생의 모습을, 그리고 그 시절의 기억을 함께 떠올려봅니다. 그 시절을 함께 겪은 저로서는 아무래도 더 각별한 기억입니다. 적지 않은 자료들을 함께 보여주고 있어서, 단순히 개인의 회고를 넘어 사료로서의 가치도 매우 높습니다.

마음이 놓이는 것은, 아버지의 삶을 그렇게 정리하면서 저자가 아버지를 온전히 이해하게 된 것입니다. 행간에 아버지에 대한 존경과 애정이 곳곳에서 묻어나는 것을 보면서, 저도 그 시절의 아버지로서 참 다행이라는 생각을 합니다.

아마도 저자 자신이 이제 40대 아버지가 된 것과도 무관하지 않을 것입니다.

어차피 삶은 거대한 구조적인 악과 대면하는 것이기 때문입니다. 그것이 독재 권력이든, 돈의 횡포든, 켜켜이 쌓인 부당한 관행이든……. 부딪힐 것인가 순응할 것인가, 늘 선택을 강요당하는 것이 삶이기 때문입니다. 부자간의 진정한 이해와 용서에 박수를 보내고 싶습니다.

책 속에 저자의 아버지가 참여정부 청와대에 초대되어 노무현 대통령을 만났을 때 '하야리아 미군기지의 무상반환을 요구하며 함께 했던 기억'을 나누는 대목이 있습니다. 저자의 아버지는 부산 도심 한가운데에 있던 하야리아 미군기지 무상반환 운동에 앞장섰습니다. 노무현 대통령과 저도 그 운동에 참여한 것은 물론입니다.

마침내 참여정부는 그 기지를 미군으로부터 반환받았고, 막대한 국비를 지원해서 그곳에 멋진 시민공원을 조성했습니다. 아버지들의 노력 덕분에 아들들은 그래도 좀 나아진 세상에서 살게 된 것입니다. 아들들은 이제 또 다른 고민을 합니다. 그 고민이 아들들의 아들들에게 더 나아진 세상을 물려주게 되기를 기원합니다.

2014년 5월

문 재 인

합작

새벽 일찍 눈을 떴다.

피곤한 육체는 아직 이부자리의 아늑한 기운을 더 느끼고 싶어 하지만 머릿속에선 '게으름 피울 때가 아니야'라며 스스로 채찍질한다. 늘 이불이 주는 안락함은 의식이 내리는 지시를 이겨왔지만 오늘만큼은 그래선 곤란하다. 억지로 몸을 일으켜 거실로 향했다. 아내와 아이들 방을 조심스레 열어보니 생각대로 아직 깊은 밤이다. 곤히 자는 것을 방해하지 않으려면 문 여닫는 소리며 걸음 소리를 최대한 줄여야 한다.

서둘러 씻은 후 어젯밤 준비해놓은 옷으로 갈아입었다. 완전히 정장도 아니고 너무 캐주얼 하지도 않은 의상이 마음에 든다. 이 옷은 나에게 적당히 예의를 갖췄다는 느낌과 함께 꽉 막힌 사람이 아니라 나름의 멋을 아는 사람으로, 그리고 실제 내 나이보다 조금은 젊어 보이게 하리라. 절로 미소가 지어진다.

모든 준비를 끝내고 현관문을 나섰다. 현관문은 철문이라 각별히 주의해야 한다. 계단실 온도와 실내온도의 차이가 만든 바람 때문에 가끔 이 철문이 큰 소리로 닫힐 때가 있다는 것과 평소에는 잘 못 느끼는 도어락 작동

소리가 이렇게 조용한 새벽에는 꽤 큰 소리로 들린다는 것을 알고 있기 때문이다.

엘리베이터는 2층에 멈춰 있었다. 신문 배달원이 신문을 돌리고 내려간 후 아직 아무도 아파트를 나서지 않은 모양이다. 내가 사는 아파트 단지에는 두 명의 신문 배달원이 오는데 한 명은 1시 반에서 2시쯤, 그리고 나머지 한 명은 3시에서 3시 반 사이에 신문을 배달한다. 그리고 뒤에 오는 배달원은 항상 2층에 내려서 나머지 한층 계단은 걸어서 내려가는 습관이 있다. 행여 늦게 귀가하는 사람이 1층에서 기다리다 자신이 오랜 시간 엘리베이터를 독점했다는 싫은 소리를 하게 될까 우려해서인 것 같다.

아래로 향한 화살표 버튼을 누른다. '윙~' 하는 기계음과 함께 엘리베이터는 빨간 숫자를 더해가며 내가 서 있는 16층까지 거침없이 올라온다. 엘리베이터의 문이 열리고 이번에는 '1'이라는 숫자가 쓰여 있는 버튼을 누른다. 엘리베이터 안은 아이들이 먹다 흘린 과자 부스러기가 흩어져 있고 지난밤 어느 집에서 음식물 쓰레기를 처리하다 흘렸는지 바닥에서는 역겨운 냄새가 올라온다.

숫자 버튼의 불이 꺼지고 엘리베이터 문이 열린다. 몇 걸음 옮겨 아파트 출입문을 빠져나오니 깜깜할 줄 알았던 세상은 콘트라스트가 강하지 않은 보기 좋은 푸른빛을 띠고 있고, 적당히 습도를 머금은 촉촉한 새벽 공기는 아직 남아 있는 잠자리에 대한 미련을 상큼하게 날려 보낸다.

어젯밤 늦은 퇴근이었지만 운 좋게도 차지할 수 있었던 출입구 가까운 쪽 지상 주차장의 한 자리. 굳이 지하까지 내려가는 수고로움을 줄일 수 있다. 그렇게 생각하니 별것 아니지만 '므흣'한 기분이 든다. 늦은 귀가 시간에 지상 주차장을 차지한다는 것은 예사로 생각할 수 있는 일이 아니다. 예외적으로 한겨울, 특히 다음날 눈이 온다는 예보라도 있으면 어떻게 알았는지 꽉 차 있던 지상 주차장은 허허벌판으로 변해버린다. 운행하는지 안 하는지 모를 늘 제자리에 있던 한두 대의 차량 말고는 모두 지하에 주차하기 때문이다. 이런 날은 한산했던 지하 2층 주차장의 진입로까지도 차들로 꽉 들어찬다. 눈 오는 날이 아님에도 나같이 밤늦게 퇴근하는 사람이 지상 주차장에 그것도 출입구 가까운 쪽에 주차했으니 그런 흡족한 기분이 들 만도 하다.

차 열쇠에 달린 버튼 중 하나를 눌렀더니 비상등의 불빛이 두 번 깜빡거리며 차 문이 열린다. 시동을 걸고 음악을 틀었다. 스마트폰에 저장된 '피아노 가이즈The Piano Guys'와 '알렉스 보예Alex Boye'가 콜라보로 연주한 〈Paradise〉가 블루투스로 연결된 차량의 스피커를 통해 흘러나온다. 액셀러레이터를 밟고 주차장을 벗어나자 이내 마주친 거리에는 행인의 모습도 운행하는 차량도 별로 없다. 채도 낮은 푸른빛의 한산한 새벽 도시를 주행하며 감상하는 음악은 한낮이나 깊은 밤에 듣는 음악과는 다른 느낌으로 다가온다.

아름다운 피아노와 첼로의 연주, 그리고 '알렉스 보예'의 아프리칸 창법으로 변형된 〈Paradise〉는 그야말로 차 안을 낙원으로 만들기에 충분했다. 사실 요즘 제일 편안한 곳은 차 안이다. 전력 부족을 이유로 마트나 관공서에서도 예전처럼 냉·난방을 하지 않고, 또 아무 데서나 담배를 피워 물었다가는 많은 사람의 눈총을 감수하거나 벌금을 내야 하는 수모를 겪게 된다. 음악도 마찬가지라 내 집이라도 볼륨을 크게 올릴라치면 곧 인터폰이 울리고 만다. 그런데 차 안에서는 그 모든 것으로부터 자유로울 수 있다. 그래서 차 안은 도피처이고 낙원이다.

차 안의 음악이 절정으로 치달을 무렵 피아노 솔로가 치고 나온다. 근사하다. 나는 피아노를 좋아한다. 피아노라는 악기는 나에게 아주 특별한 의미가 있다. 내가 아주 어려서부터 어머니가 피아노 가르치는 일을 했기 때문이다. 그런 이유로 가족이 헤어져 살던 때를 빼놓고는 스무 살이 되어 독립할 때까지 늘 피아노 소리를 들으며 자랐다. 그래서 그런지 피아노 소리를 들으면 언제나 어머니 생각이 난다.

그렇게 잠시 상념에 잠긴 순간 어느덧 내 차는 피아노 선율과 함께 지난날의 환희와 희망, 아픔과 고통 속으로 미끄러지듯 주행하고 있었다.

'트리거 포인트.'

트리거 포인트Trigger Point라는 말이 있다. 방아쇠라는 뜻의 트리거와 순간을 말하는 포인트. 방아쇠를 당기는 격발의 순간을 말한다. 의학적으로는 '통증 유발점'이라고 한다. 사람에게 트리거 포인트가 생기면 '근막통'이라는 통증이 생기고 그 지점을 근원으로 퍼져나가면서 '방사통'이라는 통증이 다른 부위로까지 전이된다. 또 심리적인 트리거 포인트도 존재하여 사람을 만나는 순간, 특히 이성을 만나 결정적 느낌이 드는 순간을 말하기도

한다. 누구나 한번쯤은 느끼고 겪게 되는 아픔의 순간인 트리거 포인트. 나에겐 어머니의 피아노 소리가 단순히 연주만을 위한 것이 아니란 것을 알게 된 순간이 트리거 포인트의 시작이었다. 그리고 그와 연관되어 떠오르는 많은 순간들.

세상에 던져진 순간,
지식을 갈망한 순간,
부조리와 대면한 순간,
지켜야 할 신념이라는 것이 생긴 순간,
아무것도 아닌 그녀의 뒷모습이 비수가 되어 내 심장을 찌른 순간들……
나에게 견디기 힘든 통증으로 전이되는 순간이었다.

어쩌면 내 삶의 모습은 그 아픔에서 벗어나고자 하는 작은 발버둥이었다. 그리고 그 이유는 정확히 모르겠지만 언제부턴가 이런 나의 발버둥을 기록한다는 것이 일생일대의 과제가 되었다. 해보고 싶었다. 희망 사항을 적는 버킷리스트라기보다는 반드시 해야 할 숙명같이 느껴졌다. 목말랐다. 그리고 이런 갈증은 늘 그래픽이나 사진 프로그램만 실행하던 나에게 겁도 없이 텍스트 편집 프로그램을 실행하게 만들었다. 낯선 인터페이스다. 명암조절, 색상조절, 화이트밸런스, 해상도 등의 익숙했던 명령어는 텍스트, 주석, 정렬, 페이지 수, 맞춤법 등 전혀 다른 명령어로 바뀌었다. 정작 글쓰기를 시작하기 전부터 난관에 빠졌다.

'도대체 내가 왜 이 짓을 해야 하지.'

누가 시킨 것도 아니고 순전히 자의에 의해 시작한 일이지만 어디서부터 시작해야 할지 몰랐다.

'나란 놈도 책 한 번 내본 놈 아니겠오.'

누군가에게 단순히 이런 말 한마디 하고서는 자기만족을 느끼기 위한 것이라면 그에 비해 수고로움이 너무 클 것 같았다. 그렇게 컴퓨터를 켰다 끄기를 수차례. 고민과 사색을 하는 시간이 늘어갔다. 심지어 2년여간 끊었던 담배를 다시 피우고…… 이미 겉모습은 반 작가가 되어 있었지만 정작 나의 편집 프로그램에서는 하얀 공백만이 모니터 위를 부양하고 있었다.

"아버지를 원망하니?"

무방비 상태에서 듣게 된 아버지의 갑작스러운 질문에 어떻게 답해야 할지 순간 당황했지만, 왠지 진지하게 답해선 안 될 것 같았다. 일부러 장난기 어린 투로 대답했다.

"저 같은 경우야 아버지를 원망하기 딱 좋은 환경을 갖고 태어났죠."

"그래, 그럼 네 아들은 너를 원망할 것 같니? 아닐 것 같니?"

"아직은 아닐 수도 있겠지만 앞으로는 그럴 수도 있을 것 같네요."

그러고는 아버지의 마지막 질문.

"그래, 그러면 이 아버지는 내 아버지를 원망했을 것 같니? 어땠을 것 같니?"

"……."

나는 아무 말도 할 수 없었다. 내 생각의 범주는 아버지를 지독히 원망했다는 지난 기억과 지금은 나와 내 자식의 문제 안에 머물러 있기에. '아버지 같은 아버지는 안 되리라' 그렇게 다짐하고 노력한 나인데, 새삼스레 아버지와 한 번도 본 적 없는 할아버지의 관계는 어땠을까를 생각하게 하는 이 질문은 내게 적잖은 충격을 안겨줬다. 짐작건대 원망으로 따지자면 아버지의 할아버지에 대한 원망이 나의 그것보다 훨씬 컸으리라. 아버지는 어릴 적 돌아가신 할아버지 때문에 홀어머니 아래서 아비 없는 자식으로, 일제강점기와 전쟁으로, 가난과 고통으로 유년기를 보냈을 테니.

"이 아비도 너와 똑같이 아버지를 원망했다는 얘기를 하려는 말이 아니다. 네가 생각하는 아버지의 세대와 너희 세대의 간극과 그 간극을 극복하고 이겨내고자 하는 너희의 치열함과 아픔, 그리고 너희 앞에 주어진 삶의 과제에 관해 얘기해보는 것은 어떻겠니."

책을 한 번 내보고자 한다는 뜻을 전하고 얼마 후 아버지가 해준 조언이다. 난해했다. 내 아버지도 세상의 모든 아버지처럼 자식을 실제 이상으로 크게 생각하는 것은 아닌지, 그게 아니면 당연하게 자각해야 하는 문제에 대해 나만이 거리를 두고 무심히 살아온 건 아닌지.

나의 이런 고민이 안쓰러웠는지 아내가 한마디 던진다.

"당신 얘기를 써봐. 난 당신 얘기가 재미있더라."

아내의 말을 일반 대중과 동일시하기에는 많은 무리가 있겠지만 그래도 아내는 우리 집 서열 1위가 아니던가. 평소 귓등으로만 듣던 아내의 한마디가 걱정적으로 다가왔다. 마침내 하나하나 떠오르는 내 삶의 트리거 포인트들. 그리고 그 통증을 때로는 곪아 터뜨렸던 또 때로는 부드럽게 감싸주었던 테라피 같은 내 삶의 스승들, 벗, 가족……

그들의 삶이야말로 내 아버지 세대, 우리 세대 그리고 우리 자식 세대의 아픔이고 치열함이며 그를 극복하고 이겨내려는 역사가 아닐까. 나의 첫 책은 그들을 위한 그리고 그들과 별반 다를 것 없는 세상의 모든 '우리'를 위한 오마주로 하리라.

이제까지 '쥐'만 붙들고 마우스패드 위를 유영하던 나의 손은 '독수리'가 되어서 컴퓨터 자판을 쪼기 시작했다. 이미 방법도 정해졌다. 내 삶의 한 부분을 ⌘C(복사하기) 하고 편집 프로그램에 ⌘V(붙여넣기) 하는 것. 글쓰기를 전문적으로 배운 적도 없고 재주를 피워봤자 한두 페이지면 들통 날 것이 뻔한 상황에서 내가 할 수 있는 유일한 방법이었다.

그렇다. 눈치 챘겠지만 나는 생각과 이야기를 이미지로 표현하는 직업을 가진 사람이다. 세상에서 일어나는 많은 현상을 한 장의 사진이나 그림 또는 디자인을 통해 표현해야 하는 일이다. 어려서부터 할 줄 아는 것도 그저 그림 그리는 것뿐이었다. 그래서 대학에 입학해서도 미술을 전공하게 되었으며 지금은 평생의 천직으로 여기며 살아가고 있다. 그런데 하나밖에 없는 이 재주도 썩 신통치 않은지 그림이나 사진으로는 표현할 수 없는 것이 많았다. 그래서 시작하게 된 글쓰기. 모든 것을 이미지로만 생각할 줄 알고 글이라고는 기껏해야 기업의 사보나 월간지 같은 곳에 짧은 글이나 써봤던 나에게 책을 만들 만큼의 글을 쓴다는 작업은 여간 어려운 일이 아니었다. 더군다나 내가 아니면 안 된다거나 세상에 오로지 나만 할 수 있는 것도 아닌데 굳이 나까지 글을 쓸 필요가 있을까. 하지만 무식하면 용감하다는 말이 있듯이 오로지 나의 무지함에 용기를 얻어 이 글을 쓰기로 했다. 다만 나의 졸필을 위해 쓰인 종이와 잉크가 덜 아까우려면 진심 어린 마음으로 써야겠다고 한 페이지 한 페이지를 채울 때마다 다짐했다. 그래서 이 책은 나의 무지와 나의 진심, 이 어우러질 것 같지 않은 두 가지로 쓰인 글들이다.

'바람길.'

내가 사는 아파트 현관 앞 출입로에는 사시사철 매서운 바람이 몰아친다. 아파트와 아파트를 따라 높이 쌓아올린 담벼락 사이의 이 길은 바람이 지나가는 통로인 '바람길'이다. 나름 신경 쓴 외출 준비도 현관을 나서자마자 몰아치는 바람 때문에 머리와 옷매무새가 엉망이 되기 일쑤고, 겨울에는 거기에 살을 에는 듯한 날 선 차가움까지 더해져 마음 깊은 곳까지 움츠러들게 한다. 그런 이유로 '통로의 설계가 잘못됐어'라고 항상 투덜거리며 거의 10년을 습관처럼 다녔던 길이다. 그런데 매일 다니던 이 길이 요즘은 조금 다른 의미로 다가온다. 늘 불어오는 이 모진 바람도 누군가와 함께 걸을 때만큼은 그 매서움을 전혀 느끼지 못했다는 점을 알게 되면서부터다. 사랑하는 아내와 아이들 그리고 내 집을 방문하는 친구와 이웃들까지. 그들과 함께하는 길은 같은 모진 바람이 불더라도 오히려 시원한 느낌으로 이 길을 행복하고 즐겁게 해준다.

봄에 피어나는 노란 개나리의 재잘거림에서 계절에 따라 붉으락푸르락 변하는 담쟁이넝쿨의 한 성질 하는 모습까지. 한 많은 매미는 한풀이 투덜거림으로 종일 시끄럽고 어디서 뭘 보고 왔는지 간사한 나그네새들은 연신 무엇인가 일러바치기 바쁘다.

홀로 나서다 마주하게 되는 이 바람길에서 조금이라도 빨리 벗어나려면 발걸음을 재촉하는 방법밖에 없었는데, 사랑하는 이들과 함께했을 때 이 길이 이렇게 여러 가지 표정을 하고 있었나 하는 사실을 알게 되면서 새삼 놀라움을 느꼈다. 그래서 그런지 백여 미터 길이의 이 바람길은 어쩌면 내 인생을 닮았다. 그저 나 하나밖에 몰라 달아나고만 싶고 벗어나고만 싶었던 시절에 운명처럼 다가온 벗들을 통해 참앎을 깨닫게 되었다. 넘어지길 두려워하기보다는 넘어져도 일어설 수 있는 용기를 갖게 되었으며 그런 깨우침으로 인해 세상을 어떻게 살아야 하는지에 대한 답을 구할 수 있었다.

바람길 끝 모퉁이 뒤의 안락함을 쫓고자 하는 조바심으로 어쩌면 놓쳐버릴 수 있었던 길 가운데 수많은 순간과 이야기들. 이 책은 나의 벗들과 함께한 바로 그 바람길에서 벌어진 이야기다. 그래서 이 책은 나와 내 벗들의 수다고 우리의 지랄 맞은 성질이며 나름의 한풀이와 세상을 향한 고자질이다.

'빨간 알약과 파란 알약.'

영화〈매트릭스〉에서 네오는 모피어스로부터 빨간 알약과 파란 알약의 선택권을 부여받는다. 진실의 세계로 가는 빨간 알약을 선택한 네오는 그 후부터 이전의 안락한 생활과는 거리가 먼 고통스러운 세계로 빠져들게 된다.

〈매트릭스〉는 나에게 특별한 인연이 있는 영화다. 2001년 3월 아들 대희의 돌잔치를 위해 얼마간의 돈을 모아두었는데 아이가 아픈 바람에 돌잔치를 취소하게 됐다. 덕분에(?) 생각지 않았던 목돈이 생긴 나는 망설임 없이 홈시어터를 장만하고 첫 번째 DVD로 바로〈매트릭스〉를 구매했다. 그 후로 12년 8개월이 지난 2013년의 겨울, 원고를 출판사에 넘기고 부분적인 수정과 추고를 하며 출판을 기다릴 즈음이었다. 어떤 계기로 아내와 '시뮬라크르'에 대해 얘기하던 중〈매트릭스〉가 다시 생각났다. 기왕 생각난 김에 이제는 어엿한 중학생이 된 영화를 좋아하는 대희와 함께〈매트릭스〉를 감상할 기회를 가졌다. 그러고는 영화를 다 본 후 대희에게 한 가지 질문을 던졌다.

"대희야, 네가 사는 세상은 매트릭스의 안일까? 아니면 밖일까?"

그 후로 한 일주일쯤 지나서 부림사건과 노무현 대통령의 일화를 그린 영화〈변호인〉이 개봉했다. 아주 오래전 조금은 특별한 인연이 있었던 그를 생각하며 아내와 아이들과 함께 오랜만에 극장을 찾았다. 영화의 엔딩 크레딧이 오르고 어둡던 극장 안에 오렌지빛 불이 들어오면서 관객들 대부분이 자리에서 일어날 때에도 나는 의자에서 일어설 수 없었다. 일주일 전쯤 다시 보게 된 〈매트릭스〉와 병치되며 많은 생각을 하게 됐다.

돈 잘 버는 세무전문변호사 송우석은 매트릭스 안의 인물이었다. 그리고 그는 본의 아니게 국밥집 아들의 처참한 광경을 목격하며 김상필 변호사를 찾아가 스스로 매트릭스 밖의 세상으로 나온다.

> 우리 애들 건우, 연우는 이런 어처구니없는 일로 브레이크 안 걸리는 세상에서 살게 할라고예. 사무장님 아들 병국이도 이런 세상에서 살게 하믄 안 되지요!

송우석 변호사는 이제는 부와 명예를 위해서가 아닌 자신이 생각하는 정의를 위해서 권력과 맞서게 된다. 파란색 알약을 선택해 거짓에 순응하지만 안정된 생활이 보장되는 매트릭스로 돌아가기보다는 빨간색 알약을 통해 두렵고 불안하지만 진실의 세계에 발을 들여놓게 된 것이다.

인생을 살다 보면 빨간 알약과 파란 알약을 선택해야 하는 수많은 순간을 맞게 된다. 나의 기구한 운명인지는 모르겠으나 나는 거의 모든 순간 빨간 알약을 선택했다. 내가 남보다 우월한 가치관이나 도덕이라는 갑옷으로 중무장해서는 아니다. 다만 그 순간마다 나를 바로잡아준 구루와 친구와 가족이 있었기 때문이다.

이 책에 언급한 벗들은 나에게 〈매트릭스〉의 모피어스와 오라클 같은 인물이다. 또는 〈변호인〉의 김상필 변호사나 순댓국밥집 아주머니 같은 존재일 수도 있다. 그래서 그들은 어쩌면 파란 알약을 선택해 안일한 현실에 순응하며 보이지 않는 권력이 만들어놓은 시스템에 안주하고 살았을지도 모를 나에게 빨간 알약을 통해 눈을 뜨게 해주고 바른길을 안내한 안내자요, 동지이며, 협업자들이다.

'같이 놀래?'

여러 해 전 아버지께서 아이들의 엄마에게 전해달라며 한 권의 책을 사무실로 보내왔다. 문득 시아버지가 며느리에게 보내온 책은 어떤 내용일까 궁금해졌다. 아내에게 전달하기 전에 먼저 읽어보기로 마음먹고 가벼운 마음으로 훑어보기 시작했다. 별 의미 없이 시작하게 된 우연한 독서이지만 책장을 한 장 한 장 넘기면서 작가의 방대한 독서량에 놀라고 군더더기 없이 깔끔한 문체에 반하게 되었다. 하지만 그보다 더 매력적인 것은 작가가 전달하고자 노력한 이야기 자체였다.

모든 위대한 문학작품들의 기본적 주제는 '같이 놀래?'인지도 모른다는 생각이 들었다. "형형색색으로 다르게 생긴 수십억의 사람들이 서로 부대

끼고 자리싸움하며 살아가는 이 세상에서 인간적 보편성을 찾아 어떻게 다른 사람을 이해하고 궁극적으로 화합하고 사랑하며 살아가는가를 가르치는 것이야말로 문학의 과업이기 때문이다."[1]

작가는 말한다. 같이 논다는 것. 이것은 함께할 수 있을 때만이 가능하다. 요즘 힐링과 스탠딩이 사회적인 이슈다. 병으로 아파하는 사람들, 직장을 잃고 아파하는 사람들, 사랑하는 사람을 보내고 아파하는 사람들, 경쟁의 패배로 아파하는 사람들, 시련과 좌절로 아파하는 사람들, 전쟁으로 아파하는 사람들 등. 이들을 위로하고 이들이 일어설 수 있게 하는 것은 듣기좋은 말이나 단편적인 제도 보완이 아닌 스스로 뜻을 모아 연대하고 보편적 가치를 향해 나아가며 그 정점에 결국 사람다운 사람이 자리 잡을 때에 비로소 가능하다. 그리고 이것이야말로 최고의 놀이이며 최고의 연대가 아닐까 하는 생각을 해보았다.

'같이 놀래?'

이 주제는 꼭 문학작품에 한정된 이야기가 아니라 모든 예술의 궁극적 주제일 것이다. 그리고 예술이란 것이 인간의 삶에 대한 고찰과 반영이라는 측면에서 본다면 사람이 살아가는 과정 자체가 결국은 예술이며, 결국은 '같이 놀래?'가 아닌가 한다. 그래서 어쩌면 우리가 살아가는 과정에서 느끼는 고통과 아픔, 고민과 번뇌는 '나만 놀아야지', '우리끼리만 놀자!'라

---

1) 장영희, 《문학의 숲을 거닐다》, 샘터, 2005.

는 편협하고 국한된 생각과 행동에 그 근본적인 원인이 있는 것은 아닐까.

'그대라는 놀랍고도 아름다운 세상.'

앞에서 언급한 것처럼 나는 이 책을 통해서 나의 아버지와 아버지의 동지들이 함께 만들고자 했던 세상과 그들의 삶을 통해 배웠던 이야기, 지금 나와 함께 동시대를 사는 나의 친구들에 얽힌 이야기 그리고 나보다는 좀 더 좋은 세상에서 좀 더 즐겁게 놀아야 할 우리 아이들에 관한 이야기를 하고자 한다. 이들은 모두 나약한 인간으로서 느끼는 어쩔 수 없는 고독과 아픔으로 상처받았고, 시대의 흐름이 안겨준 크고 작은 사회적 상처로 아파하고 있다. 하지만 이들은 더 나은 세상을 위해 '혼자 살기'보다는 '함께하기'를 선택했고, 그런 함께하고자 하는 뜻을 가진 이들은 서로 마주침의 순간을 가졌을 때 비로소 더 나은 가치를 창조하고자 하는 믿음직한 동반자가 되었다.

그리고 내 영혼은 그들로 인해 조금 더 성숙해질 수 있었다.

"내 책이 당신의 사랑스러운 손에 들려 있다는 것은 나에게 얼마나 행복한 일인지 모릅니다"라는 카프카의 말처럼 나는 지금 당신으로 인해 행복합니다.

2014년 슬픈 봄의 끝자락에서 모두의 행복을 꿈꾸며
김원명

1
피아노와 아스팔트

어머니와 피아노

"도미도미 솔도도도 레레레레 미미미미."
"손을 그렇게 펴지 말고 동그랗게 오므려야지."

피아노는 그 특유의 아름다운 소리로 하나의 음악을 완성하는 데 기본이 되는 악기다. 장르를 불문하고 많은 사람이 음악에 입문할 때 이 검고 커다란 건반악기를 애용한다. 넓은 콘서트홀에서 핀 조명을 받으며 클래식한 연미복이나 화려한 드레스를 입고 연주하는 피아니스트를 볼 때면 마치 상류사회의 일원이 된 듯한 느낌마저 든다. 더욱이 내 부모 연배의 나이 지긋한 노인이 피아노를 연주하는 것을 보면 분명 선택받은 유년시절을 보낸 복받은 사람이리라는 생각을 하게 된다.

하지만 내 어머니에게 피아노는 한이고 슬픔이며, 연주 자체가 목적이 아닌 자식을 키우고 가정을 지키기 위한 도구였다.

내 기억이 미치는 아주 어렸을 때부터 어머니는 학생들을 가르쳤고 그후 좀 자라서야 어머니의 그런 행위가 우리 가족이 먹고살 수 있는 유일한 길이었음을 알게 되었다. 40대 중반이 된 지금까지 내가 기억하는 어머니의 모습은 피아노를 가르치는 모습, 아니면 슬픔에 차 울고 있거나 기도하는 모습뿐이었다. 하지만 어머니는 자식들이 성장할 때까지 단 한 번도 자신만을 위해 연주하거나 슬퍼하거나 기도하지 않았다. 가정을 책임져야 할 가장이 아스팔트 위에서 자신의 신념을 위해 전경과 최루탄과 독재와 권력자의 부정부패와 맞서 싸울 때, 어머니는 돈과 세상의 눈과 우울증이라는 병마와 맞서 싸워 가정을 지켜야 했다.

가정은 가장 작은 단위의 연대라 할 수 있다. 남편과 아내의 멋진 콜라보레이션이 이루어졌을 때 비로소 온전한 가정이 이루어지며 자녀가 올바르게 자랄 수 있다. 하지만 어머니는 작고 여린 몸으로 그 모든 것을 홀로 감수해야 했다. 그뿐만이 아니다. 열한 살이나 나는 아버지와의 나이 차이 때문에 남의 말 하기 좋아하는 사람들에게 첩이니 세컨드니 하는 온갖 악성루머에 시달려야 했고, 홀어머니를 모시는 외아들에게 시집온 죄(?)로 호된 시집살이까지 참아야 하는 기구한 운명이었다. 이화여대 총장을 시키는 게 외할아버지의 꿈이었을 만큼 애지중지 키운 고명딸이 그 고통을 감내하기란 여간 어려운 일이 아니었을 것이다. 남편이라도 위로해주고 살갑게 대해주었다면 모르겠지만, 가정에 대한 기본적인 관심마저도 사치였던 아버지는 태어난 아들이 초등학교 갈 무렵에야 혼인신고와 출생신고를 했다 하니 오죽했으면 외할아버지가 어머니를 다시 데려가겠다고까지 했을까? 거기다 때때로 옥바라지까지 했으니 요즘 기준으로 보면 바보가 아니면 불가능한 일이었다.

군사독재정권에 반대했던 한 사내는 중앙정보부에 끌려간다. 갑자기 쏟아진 비를 피할 틈도 없이 온몸이 흠뻑 젖은 한 여인은 행방을 모르는 이 사내를 찾고자 지인이 일하는 조선일보사로 향한다.

"김 선생님이 어디로 잡혀가셨는지 혹시 아십니까?"

입고 있던 치맛자락에서는 빗물이 뚝뚝 떨어지고, 커다란 두 눈에 눈물을 글썽거리며 자신을 찾아온 여인의 모습도 기가 막히지만, 그 여인의 말이 더욱 기가 막힌 이 언론인은 "이 나라가 도대체 어찌 되려고 가족도 모르게 사람을 납치해간단 말인가"라며 울분을 터트린다. 그러고는 "내가 알아볼 테니 너무 걱정하지 말고 집에 돌아가 있어요"라는 따뜻한 위로의 말로 이 여인을 안심시킨다.

드라마에나 나올 법한 이 장면은 실제 우리 집의 가정사다. 이 소나기에 흠뻑 젖은 여인이 나의 어머니고 그 납치된 사내는 나의 아버지이며, 어머니가 찾아간 분이 바로 조선일보 주필을 지냈던 선우휘 선생이다.

내 어머니의 인생은 이 하나의 장면으로 축약할 수 있다. 어머니는 평생을 그렇게 살아왔다. 민주투사 남편을 둔 죄 아닌 죄로 평생을 그렇게 살아왔다. 그래서 그런지 나는 민주화를 위해 자신의 인생을 바친 민주화 인사들보다 그의 가족들에게 더한 공감대와 동지애를 느낀다.

아버지의 오랜 친구이자 동지였던 백기완 선생의 부인 역시 내 어머니와 마찬가지의 삶을 살았다. 백기완 선생의 딸은 우리 어머니에게서 피아노를 배웠다. 멀리서부터 피아노를 배우러 왔다고 한다. 하지만 백기완 선생은 그마저도 민족이라는 대의 앞에 희생을 요구했나 보다.

그 첫딸의 중학 진학은 내 당대의 최고 학력이라

　　당대 최고 요리 짜장면을 먹이며

　　나는 우두커니 눈물 나고

　　신이 난 아내는 월부 피아노를 사주고

　　그걸 다시 팔아 통일운동에 바치며

　　피아노가 다 무언가 지금은

　　잠든 겨레의 가슴을 칠 때라고 속으로 울면

　　뒷길로 고개 숙여 학교 가던 우리 첫딸[2]

　　나는 백기완 선생의 따님인 담이 누님(백원담)에 대한 어릴 적 기억이 없다. 〈노나메기〉[3]의 창간식 때 아버지와 백기완 선생의 소개로 잠깐 인사만 나눴을 뿐이다. 하지만 나와 비슷한 유년시절을 겪었을 거라는 생각 때문인지 친동기간같이 느껴졌다. 어린 시절의 우리야 이유도 모르고 영문도 모르니 그렇다 치지만 담이 누님의 어머니는 또 얼마나 마음이 아팠을까. 남편이 벌어 온 돈도 아니고 자신이 땀 흘려 일해 번 돈으로 딸을 위해 어렵사리 피아노를 한 대 사주었더니 그마저도 팔아 통일운동에 써버린 남편은 또 얼마나 원망스러웠을까.

2) 백기완, 《아, 나에게도》, 〈첫딸〉, 푸른숲, 1996.
3) 1999년 백기완 선생에 의해 창간된 계간지. 현재는 '노나메기 운동'으로 확산.

초등학교 친구 중에 부모가 하필(?) 장난감가게를 하는 친구가 있었다. 그리고 내가 친구 집에 놀러 간 날이 하필(?) 어른들의 외출로 친구가 가게를 보게 되었고, 그때 하필(?)이면 무선조종 자동차를 처음 보게 되었다. 그 잘빠진 외형에 심지어 리모컨으로 조종까지 되니 단박에 어린 나의 마음을 사로잡기에 충분했을 테다. 집에 돌아온 나는 보통의 어린아이들이 그렇듯이 조르기와 떼쓰기에 들어갔다. 부드러운 톤으로 몇 번을 설득하던 아버지는 1차 진압이 실패로 돌아가자 급기야 큰 소리를 동반한 강제진압에 들어간다. 이에 굴하지 않고 억지 부리기와 울기로 맞선 나는 최후 수단으로 단식투쟁에 돌입했다. 이런 내가 안쓰러웠던지 어머니는 다음날 미니카를 사주면서 우선 이것으로 놀고 있다가 엄마가 돈을 많이 벌게 되면 그때 사주겠노라고 약속한다. 보통은 아버지가 그런 얘기를 하겠지만 우리는 어머니가 그렇게 얘기하는 것이 너무나 당연한 일이었다. 나는 그쯤에서 단식농성을 해제하게 된다. 그 장난감이 너무도 갖고 싶었지만 어린 나이에도 그로 인해 상심했을 어머니의 마음을 더는 슬프게 해서는 안 되겠다는 생각 때문이었다. 어느 가정에서나 흔히 일어날 수 있는 일들, 쉽게 일어나고 또 쉽게 잊히는 일들도 특수한 상황에서는 한이 되고 상처로 남는 법인가 보다. 그 후로도 오랫동안 그런 종류의 장난감을 동경했던 나는 내 첫아이가 태어나자 무선조종 자동차를 사주었다. 너무 어려서 조종할 수 없었는데도 말이다.

고등학교 3학년 때다. 그때나 지금이나 우리나라의 고3 수험생은 본인은 물론이고 수험생의 가족 모두가 모든 것을 희생하고 오로지 대학입학이라는 목표를 향해 매진한다. 하지만 우리 집에서는 애당초 그런 것과는 거리가 있었다. 그런 것은 모두 남의 이야기였다. 청소년드라마의 이야기고 친구들의 이야기일 뿐이었다. 나의 고3 생활 중 중요한 일 하나는 어머니를 모시고 부산구치소에 있는 아버지를 면회 가는 것이었다.

　구치소 정문에서는 여러 가지 일이 일어난다. 1일 1회 약 10여 분의 접견[4] 등의 규정을 지켜야 하는 교도관과 나름의 사정으로 그럴 수 없는 면회객의 실랑이 속에 또 다른 인간군상의 모습을 볼 수 있다. 한 여자의 애인이 수감되었던 모양이다. 이 여자는 면회를 요청했고 그것이 거부당했다. 이 여자는 민원실 바닥에서 땅을 치면서 울고불고 제발 면회하게 해달라고 애원한다. 교도관의 입장은 단호하다. 이미 가족이 면회하고 난 후라 불가능했던 모양이다. 아버지를 만나는 것만 생각하고 온 나에게 구치소의 풍경은 한편에선 그렇게 울고불고, 또 다른 한편에선 차갑고 고압적인 언성이 오가는 조금은 부산스럽고 당황스러운 인상이었다.

　어머니와 함께 처음 면회 간 날은 날씨가 무척 좋았다. 봄 햇살은 따사로웠고 부산 앞바다에서 불어온 염분이 섞인 바람마저도 싱그럽게 느껴졌다. 가족 나들이하기에 안성맞춤인 좋은 날씨였지만 구치소의 아버지를 면회 가기에도 아주 좋은 날씨였다. 시내버스를 타고 주례에 위치한 구치소로 향했다. 수많은 시간이 흘렀지만 지금도 부산구치소 앞의 커다란 가로

---

4) 접견(면회)시간은 미결, 기결수 등급과 교정기관에 따라 차이가 있다.

수 잎 사이로 쏟아지던 찬란한 빛은 짧은 영상으로나마 선명하게 남아 있다. 간단한 면회신청 절차를 마친 후 면회실로 향했다. 면회객이 자리하는 쪽에는 의자가 덩그마니 하나 놓여 있어, 어머니를 앉게 하고 잠시 기다렸다. 이내 아버지가 수의를 입고 창 너머의 방으로 들어온다. 어머니는 감정이 북받쳐 의자에 앉아 있지 못하겠는지 말없이 몇 번을 앉고 서기를 반복하다 나에게 앉으라며 자리를 양보한다. 그리고 어머니의 붉어진 눈시울에는 눈물이 고인다. 모진 팔자다. 아버지는 어머니를 진정시키고자 이런저런 위로의 말을 건네지만 어머니는 아무 말이 없다. 아버지는 내게 "아무 걱정하지 말고 어머니 모시고 가라. 곧 세상이 바뀔 게다"라며 면회를 서둘러 마무리했다.

나는 이른바 탈선할 수 있는 완벽한 조건을 갖추었음에도 그러지 못했다. 어머니 때문이었다. 어머니의 짐을 덜어주지 못하고 나마저 힘들게 한다면 어머니는 견딜 수 없을 것이란 생각이 흐트러지려는 나를 바로세웠다. 그런 내가 뜻하지 않게 어머니의 우울증을 악화시키는 사건을 일으킨다. 서울에서 직장을 다닐 때다. 어머니는 자식이 어찌 사나 궁금하기도 하고 밑반찬도 좀 해놓으려고 내 자취집을 찾아오셨다. 서울에서 부산으로 기차를 타고 너덧 시간 이상을 가려면 무척 무료할 것 같아 내려가면서 읽어보라고 집에 있는 책을 하나 권했다. 한 여인이 세계를 여행하면서 겪은 일과 느낌을 적은 책이었다.[5] 아무리 좋은 약도 환자에게 맞게 처방을 해야 한다. 잘못 처방하면 부작용이라는 결과를 얻을 수 있다. 나는 여행가 한비야의 오지탐험과 거기서 겪고 느끼게 되는 경험을 통해 세상의 다양한 삶을 간접 체험해보라고 권했지만, 어머니는 한비야의 삶과 자신의 삶을 비교했던 것 같다. 어머니는 다른 사람들은 저렇게 자유롭게 자신의 꿈과 희망을 찾는데 자신의 인생은 도대체 뭔가라는 생각을 하게 된다. 그리고 그런 생각은 꼬리에 꼬리를 물어 그 어떤 것으로도 보상받지 못한다는 생각에 다다르고 그 귀결점에는 아버지가 자리하게 된다. 젊은 시절 그 모든 고통을 온몸으로 겪고 이겨낸 강한 분이 무너져 가는 것을 보고 있자니 참담했다. 어머니의 우울증은 그 후로도 오랫동안 지속되었다.

어머니는 무척 강한 분이었다. 초등학교 4학년 때 나는 형과 함께 외가에 맡겨진다. 돈 버는 일에 관심 없는 아버지를 대신해 갖은 노력을 다해봤지만, 점점 생활은 어려워지고 결국 자식과도 함께할 수 없는 처지가 된 것이다. 외가는 불편했다. 외할아버지와 외할머니, 큰외삼촌과 외숙모, 작은외삼촌에 두 형. 안 그래도 많은 식구에 형과 나까지 숟가락을 얹게 되었으니 반가울 리 없었을 것이다. 눈치가 보였다. 더군다나 나는 어릴 적 야뇨증이 있어 잘 때가 되면 여간 신경이 쓰이는 게 아니었다. 어머니와 살 때는 별로 신경 쓰이지 않았지만, 외가는 다른 곳이라는 것을 알고 있었다. 저녁이 되면 물조차 먹지 않았다. 이런 내 자격지심과 달리 외가 식구 중 누구도 어린 우리에게 싫은 티를 내는 분은 없었다. 하지만 아무래도 큰외숙

---

5) 한비야, 《바람의 딸 걸어서 지구 세 바퀴 반》, 금토, 1996.

모가 가장 힘들었을 것이다. 그런 큰외숙모의 도움(?)으로 나는 봄방학 기간을 틈타 아버지와 어머니를 찾아 나섰다. 부산에 있을 것이라는 대략적인 얘기와 고모라 부르지만, 촌수로는 상당히 먼 친척 어른의 주소만 딸랑 하나 들고 생전 처음 타보는 부산행 특급열차에 몸을 싣는다. 내가 앉은 좌석에서 화장실을 가려면 다음 객실을 통과해서 가야 했다. 객실과 객실 사이의 통로 양쪽에는 수동으로 여닫는 승하차용 문이 있었다. 열차가 달리는 동안 그 문은 열려 있었다. 그곳에서 뛰어내린다면 모든 것이 끝날 수 있을 것 같았다. 열린 문을 향해 조심스레 한 계단을 내려왔다. 태어나서 처음으로 자살을 생각했다. 죽는다는 것이 어떤 의미가 있는지 몰랐음에도 죽고 싶었다. 당시의 내 상황도 두려웠지만, 부산에 가면 아버지와 어머니를 찾을 수는 있을지, 만약 찾지 못한다면 그다음에는 어떻게 해야 하는지 아무것도 알 수 없어 막막하기만 했다. 천천히 아래를 내려다보았다. 철길의 침목과 자갈이 무척 빠른 속도로 지나갔다. 무서웠다. 그때 내 나이 열 살이었다. 그 어린 나이에도 죽음을 생각하니 몹시 무서웠다. 얼른 그 자리를 피했다.

그렇게 도착한 부산의 풍경은 지상에서 가장 낯선 곳이었다. 어린 눈으로 본 부산역 앞 광장은 태평양처럼 넓었고 길 건너에는 하늘만큼 높은 곳까지 집들이 빼곡히 자리 잡고 있었다. 못 만날 수도 있다는 생각 너머 어쩌면 부산에 도착해서 한 10분 정도면 어머니를 만날 수 있을지도 모른다는 야무진 기대는 그 하나의 풍경에 산산이 조각나버렸다. 하지만 지성이면 감천이라고 했던가. 서울에서 부산으로 내려오는 내내 옆자리에서 친절하게 대해준 젊은 아주머니가 내 손에 들려 있는 친척 집 주소를 보고 나를 그곳으로 안내해주었다. 그때는 외로움과 공포로 아무것도 몰랐지만 지금 생각해보면 내겐 수호천사 같은 분이었다. 결국 이 아주머니의 도움으로 고모를 통해 아버지와 어머니를 만나게 되었다. 나를 본 부모님의 표정은 반가움보다는 놀라움이었다.

부산의 영도하고도 청학동 고갈산(정식 명칭은 봉래산) 중턱에 자리한 4평짜리 쪽방 다세대에서는 어디에서든 바다가 보였다. 심지어 여러 가구가 함께 사용하는 공동 푸세식 화장실의 창문을 통해서도 바다가 보였다. 서울 촌놈의 눈에는 바다가 마냥 신기하고 좋았다. 집이 좁고 화장실이 더러워도 그런 것은 문제가 되지 않았다. 이곳에서는 눈칫밥을 먹지 않아도 됐고 야뇨증을 걱정할 필요도 없었다. 어머니가 출장 피아노 교습을 마치고 자갈치시장에서 사온 싱싱한 굴과 미역을 초장에 듬뿍 찍어 먹은 탓에 늦은 밤까지 찬물을 실컷 마셔도 걱정이 없었다. 다만 마음속에 걸리는 한 가지는 서울에 있는 형, 나의 형이었다. 말을 잘 듣는 동생은 아니었지만, 식구라고는 그마저도 없으니 얼마나 외로울까?

봄방학은 방학 중 가장 짧은 방학이지만 그렇게까지 짧은 줄은 전에는 몰랐었다. 이제 개학을 앞두고 다시 서울로 올라가야 한다. 서울로 올라가기 전날 밤이었다. 누군가 흐느끼는 소리에 눈을 떠보니 아버지가 울고 있었다. 나에겐 거대한 산 같은 존재였던 아버지가 울고 있었다. 큰 소리도 못 내고 입을 막고 울고 있었다. 그런 아버지를 향해 어머니가 조용하지만 강한 어조로 나무란다.

"라파엘 깨겠어요. 그만 우세요."

나는 아무 말도 할 수 없었다. 일어날 수도 없었고 잠을 잘 수도 없었다. 그렇게 아침은 왔고 나는 다시 서울로 향했다.

그때 느꼈던 사실이지만 어머니는 강한 분이었다. 거대한 산처럼 강하다고 생각했던 아버지보다 훨씬 강한 분이었다. 그런 어머니가 있었기에 우리 가족은 지탱될 수 있었고 형과 나는 삐뚤어지지 않고 클 수 있었다. 하지만 그 모진 세월을 참아왔던 어머니가 육체적으로 정신적으로 많이 쇠약해졌다. 요즘도 부산에 있는 어머니는 악몽과도 같은 지난날의 고통으로 하루에 두세 시간밖에 잠을 못 잔다. 그러면서도 성당의 봉사단체 일과 가난한 아이들의 음악지도 등 자신을 그렇게 괴롭혔던 세상과 함께하고자 노력한다. 이렇듯 어머니는 강하고 단단한 사람이다.

오늘은 어머니가 보낸 택배가 왔다. 상자를 열어보니 손자, 손녀에게 보내는 티셔츠와 백화점 상품권이 두 장 들어 있다. 티셔츠는 며칠 전 부산에 뵈러 가서 아이들과 함께 국제시장을 구경할 때 딸아이 연희가 눈여겨보던 바로 그 옷이다. 노란 바탕에 사람 얼굴이 재미있게 그려져 있는 그 티셔츠를 연희는 입고 싶어 했다. 어머니가 "할머니가 사줄까?"라고 물으니 연희는 할머니에게 그런 청을 하면 안 된다고 생각했는지 "괜찮아요. 제가 피부가 까매서 저한테 안 어울릴 것 같아요"라고 한다. 달랑 오천 원짜리 티셔츠를 못 사준 것이 마음에 걸렸는지 어머니는 우리가 상경한 다음 날 그곳에 다시 찾아가 사 보내온 것이었다. 또 함께 들어 있던 상품권은 며느리에게 옷이나 하나 사 입으라고 보낸 거란다. 워낙에 물건을 잘 쓰고 아껴 쓰는 분이라 상품권의 형태는 반듯했지만 얼마나 오래 지니고 있었는지 짐작할 수 있을 만큼 색이 바래 있었다. 칠순이 넘은 노인네라고 사고 싶은 것이 왜 없었겠는가. 이렇게 사용하려고 애써 보관했다고 생각하니 어머니의 마음이 애련하게 전해온다. 이제는 자식 걱정과 세상근심에서 벗어나 맘 편히 살았으면 좋으련만 못난 아들이 어머니의 말라버린 눈물샘을 다시 채워 넣는 것 같아 죄송스럽다.

올해 장마는 유난히 길고 비가 많이 내린다. 글을 쓰고 있는 지금도 비가 오고 있다. 밖에서 들려오는 빗소리는 어쩌면 어머니의 피아노 소리다. 그래서 그런지 이 장마가 싫지만은 않다. 생각해보면 이 비는 마른 대지를 적시며 이름 모를 들꽃에서부터 수백 년 된 거목까지 수많은 생명을 키워내고 지킬 것이다. 내 어머니의 피아노가 우리 형제를 키워내고 우리 가정을 지켜냈듯이……

오늘 밤 어머니의 피아노 소리가 무척이나 그립다.

할아버지의 한 자루 초

　주위에는 제법 많은 사람이 여기저기 흩어져 있었고 나는 조그만 자갈로 물장난을 치고 있었다. 그때 누군가 아버지에게로 다급하게 와서는 무언가 이야기를 전했다. 그 이야기를 듣는 아버지의 표정은 내가 세상에 태어나 처음 보는 그 어떤 말로도 표현할 수 없는 표정이었다. 그 후 나는 영문도 모른 채 아버지 없이 일행으로 갔던 아저씨의 보호 아래 답십리 집으로 돌아와야 했다. 마중 나와 계신 어머니에게 아저씨는 무슨 말인가를 전했고, 그 순간 어머니의 얼굴은 공포와 두려움과 놀라움이 가득한 표정으로 변했다. 흡사 몇 시간 전 아버지의 표정을 보는 듯했다.

　그 후 28년, 나는 한 통의 전화를 받는다. '의문사진상규명위원회입니다'로 시작된 전화는 나에게 이것저것을 확인했다.

　"당시 버스 안에서 장준하 선생님과 김원명 씨는 어디에 앉으셨는지요?"

　"네, 정확하지 않습니다만 장준하 선생님께서는 버스의 앞쪽에 앉으신 것 같고, 정확하게는 제가 선생님의 무릎 위에 앉아서 갔습니다."

　"당시 장 선생님께서는 이동 중 잠깐 버스에서 내려 간식을 사서 일부는 김원명 씨께 주고 일부는 본인이 드셨습니다. 그 후 약사계곡 입구에 도착해 점심을 먹었는데 그때 장준하 선생께서는 무엇을 하셨는지 기억이 나십니까?"

장준하 선생과 아버지의 만남은 거의 50년 전으로 돌아간다. 장준하 선생은 '한·일굴욕외교' 반대와 민족학교[6] 교육을 위해 전국 순회강연과 출판사 '사상'을 설립하였다. 그 '사상'에서 장준하 선생은 대표 겸 편집주간으로 아버지는 편집장으로 항일민족문학 활동을 같이하면서 선생과의 인연이 시작되었다. 이런 아버지와의 인연으로 나는 장준하 선생을 할아버지라 호칭했다. 장준하 선생의 자제들도 나를 귀여워하여 할아버지와 아버지가 얘기를 나눌 때면 할아버지의 자동차에 태워서 같이 놀아주곤 했는데 그 시절은 나에겐 꿈만 같던 시절이었다. 그 후로 그런 즐거운 어린 시절의 기억이 거의 남아 있질 않으니…….

한편, 그 무렵 아버지는 백기완 선생과 '백범사상연구소'를 설립, 운영하게 되었고 소장으로 백기완 선생이, 아버지가 부소장을, 연구위원으로 허술[7], 최혜성[8], 김도현[9] 등이 함께 민족문제연구와 더불어 통일 운동에 전념했다. 그리고 그 후 1972년 10월 군사독재정권은 '유신헌법'을 공포한다.

---

6) 1960, 70년대 장준하, 백기완, 김희로, 김도현, 김지하, 최혜성 등에 의해 개설되어 통일, 문화, 역사, 국제, 경제에 관한 내용 등을 주로 교육해오다 박정희 정권에 의해 중단되었다.
7) 허술(1943~). 전 출판기자, 전 조선일보 출판국 부국장.
8) 최혜성. 한살림선언 대표 집필자.
9) 김도현(1943~). 문화체육부 차관, 강서구청장 역임.

유신체제하의 어느 저녁 퇴근길, 장준하 선생은 맥주나 한잔 하자며 아버지를 데리고 전농동 로터리 인근의 한 호프집으로 갔다. 국회의원 출마에 관한 결심과 도움을 청하기 위해서다. 그런데 맥주를 시키던 장준하 선생은 갑자기 자리를 옮기자며 성급히 일어나려 한다. 아버지는 "아니, 오시자마자 갑자기 어디로 옮기시게요?"라고 물으니 글쎄 빨리 나가자고 재촉한다. 호프집에서 나온 후 아버지가 의아해하며 자초지종을 다시 물으니 "김 선생, 그 아이의 손을 봤소? 얼마나 고생을 했으면 손이 나보다 더 거칠어 보이더이다. 우리 농촌의 딸들이 도시로 밀려와서 손이 저렇게 트도록 고생한다고 생각하니 마음이 안쓰러워 더는 못 앉아 있겠더군요."

장준하 선생은 그런 분이었다. 일본군을 탈출하여 광복군으로 활동하면서 미군의 특수훈련까지 받은 분이라고는 상상도 못 할 만큼의 여리고 따뜻한 마음을 가진 그런 분이었다. 어린 나조차도 스스럼없이 생각할 만큼 자상하고 친근한 할아버지였다.

장준하 선생은 아버지에게 국회의원 선거에 출마하려 하니 사무장을 맡아 달라고 청한다.

"선생님 저는 선거 경험도 없고 해서 못하겠습니다."

"지금은 유신체제라 선거법도 까다로워 사무장이 선거법을 위반해도 당선무효가 됩니다. 믿을 수 없는 사람을 시킬 수 없으니 사무장으로 등록해 놓고 가만히 앉아만 있으면 되오."

"선생님, 선생님께서는 유신헌법을 근본적으로 반대하시는데 그런 유신체제하에서 출마하신다면 일종의 자가당착에 빠지는 것이 아니겠습니까?"

"난 그렇게 생각하지 않아요. 국민이 유신헌법을 좋아한다면 내가 떨어질 것이요. 국민이 유신헌법을 반대한다면 내가 당선될 것이요. 나의 선거는 국회의원이 되는 것을 떠나 그런 의미가 담겨 있는 선거요."

"선생님 그렇다면 이 정권이 바른 선거를 치를 것으로 생각하십니까?"

"나는 그렇게 생각합니다."

장준하 선생은 그렇게 출마의사를 밝히고 선거운동에 돌입하게 된다. 그렇지만 선거운동을 위한 자금은 고사하고 선거사무소를 차릴 돈이 없어 청량리로터리에 있는 여관방에 선거사무소를 개소할 정도로 열악한 환경이었다. 더불어 제도권 정당 소속으로 지구당 부위원장을 비롯해 선거운동을 하던 운동원들은 아버지와 이부영, 김도현, 최혜성 등의 젊은 동지들을 외인부대가 동원된 것으로 여겨 달갑지 않게 생각한다. 하지만 이런 악조건 속에서도 서울대를 중심으로 한 6·3의 젊은 동지들은 헌신적으로 선거운동에 임해 최선의 결과를 가져올 수 있다는 기대감을 부풀게 하기에 충분했다.

그렇게 투표일이 되었다. 아버지는 만일의 사태에 대비해 각 투표소를 순회하던 중 동사무소에 마련한 투표소 뒤 쓰레기장에서 장준하 선생에게 기표한 투표용지가 수두룩하게 쌓여 있는 것을 목격한다. 완전한 부정선거였다. 그뿐만 아니라 서울사대의 개표소에 참관인으로 나가 있는 김도현에게서 연락이 온다. "부정선거입니다. 똑같이 만들어놓은 표(일명 다리미 표)가

줄줄이 나옵니다. 그러니 장 선생님과 함께 빨리 오셔야 하겠습니다." 김도현 등은 그 후 개표를 위해 부정투표용지를 책상 위에 쏟자 엎드려 증거를 보존하려 몸부림친다. 전화를 끊자마자 장 선생님과 함께 차를 타고 개표장으로 향하지만, 개표소 앞에서는 경찰들이 바리케이드를 치고 출입을 막는다. 그러나 지체할 겨를이 없었다. 그대로 타고 온 차량을 이용해 바리케이드를 밀어붙이고 개표장으로 들어갔다. 개표장에 들어가니 관계자 외에는 들어가지 못하게 막고 있었고, 김도현 등은 개표를 중단시키고 책상 위에 팔을 뻗고 엎드려 있었다. 장준하 선생은 날쌔게 책상을 넘어 개표소로 들어간다. 그러자 선관위는 장내 마이크를 통해 후보자는 나가라고 경고한다. 안 나가고 버티며 부정선거에 항의하고 있는 동안 장준하 선생의 비서한 명이 경찰에 붙잡히게 된다.

> 박정희 깡패집단의 부정선거 음모를 모르고 입후보한 것은 아니나, 이렇게까지 나올 줄은 몰랐다. 내가 국내외 기자들에게 부정개표를 알리고, 단식농성에 들어가면, 어떤 일이 벌어질지 아는가? 철부지 깡패들과 정상배들이 진을 치고 있는 이 더러운 선거판에 뛰어든 내가 잘못이다. 자, 내가 분명히 이긴 선거지만, 포기하고 돌아설 터이니, 대신 아무 죄 없는 내 참관인을 당장 풀어내라.[10]

---

10) 장준하선생20주기 추모사업회 펴냄, 《광복50년과 장준하》, 1995, 360쪽.

장준하 선생은 아버지를 불러 협상을 하게 한다. 당시 개표장에는 관할이었던 청량리경찰서는 물론이고 종로경찰서에서까지 나와 있었다. 아버지는 경찰책임자와의 협상을 통해 장 선생님의 뜻을 전한다. 그렇게 붙잡혀 있던 동지는 풀려나고 장 선생님도 약속한 대로 개표소를 나온다.

　그날 저녁 어디서 구해오셨는지 장준하 선생은 약간의 돈을 붙잡혔던 비서에게 주며 잠시 피해 있을 것을 권한다. 그 후 이 비서를 잡기 위해 공안당국에서는 특별반까지 편성해 그의 주변을 쥐 잡듯이 했고 끝내 그를 체포한 후 온갖 회유와 협박으로 장 선생님에게 또 다른 누명을 씌우러 혈안이 되어 있었다. 그러나 이 비서는 당선까지 포기하며 자기를 구해준 장준하 선생의 선택에 끝까지 의리를 지키며 갖은 고문을 겪는다.

　장준하 선생은 일제와 독재에 항거해 그들에게는 가장 두려운 존재이었으면서도 힘없고 별 볼일 없는 사람에게는 이렇게 자신을 희생하는 따뜻한 정과 사랑이 넘치는 휴머니스트였다.

　그 후로도 유신헌법은 민주주의를 요구하는 많은 국민을 계속해서 탄압했다. 장준하 선생과 동지들은 이에 대항하는 방안을 모색하던 중 국회의원 3분의 2 이상이 동의하거나 유권자 100만 인 이상의 서명이 있으면 헌법 개정을 위한 발의가 가능하다는 것을 알아내고 곧 '유신헌법 개헌청원 백만인 서명운동'을 시작한다. 서명운동을 하기 전 사회지도자 15인이 간담회를 열고 박정희 정권에게 건의서를 낸다. 건의서의 내용은 '유신헌법은 악법이며 민주국가에서는 도저히 있을 수 없는 헌법이니 개정하라'는 것이었다. 이 15인 간담회에 장준하 선생은 참여하지 않는다. 이유는 이미 장준하 선생은 군사정권의 대표적인 반체제 인사였기 때문에 군사정권에서 이를 빌미로 건의서를 낸 목적의 순수성에 트집을 잡을 수 있어서였다. 하지만 약 20일이 넘게 시간이 흘러도 아무런 답변이 없자 아버지와 동지들은 함석헌 선생을 찾아가 "이대로 놓아두면 회신을 할 것 같지 않으니 다음 단계로 넘어갔으면 합니다"라는 뜻을 밝히고 이제는 장준하 선생 주도하에 '유신헌법 개헌청원 백만인 서명운동'을 본격적으로 시작하게 된다.

> 언제 내댈(발표) 것인가. 12월 24일 아침 아홉 때결이 좋겠다. 어디서 할까. '기독교청년회관'(YMCA) 두걸(이층)을 밀고 들어가기로 하고 밀게(등사판) 따위를 살 돈을 마련코저 장 선생과 나는 양일동 선생을 찾았다. "돈 좀 주소." "무엇에 쓸 거냐." 누구한테 돈을 빌렸는데 오늘 꼭 갚아야 할 날이라고 둘러대자 시계를 빼주려고 한다. "아뇨, 됐습니다" 하고선 종로의 진명출판사엘 가서 돈 몇 푼을 얻어 밀게도 사고 종이도 산 다음 장 선생 집으로 갔다. '개헌청원불기(선언문)'는 허술이가 발락종이에 베끼고 김희로와 장호권이 밀게에 밀고 김윤수와 나는 거들고.[11]

운동 시작 열흘 만에 30만 명 이상의 서명을 받는 등 놀라운 속도로 번져나가자 비상이 걸린 박정희 정권은 긴급조치 1호를 발령한다.

---

11) 백기완, 〈길을 찾아서〉, '유신 깬다면 죽어 풀잎도 좋아라', 한겨레신문, 2008.12.3.

누가 우리 일매기(사무실 – 백범사상연구소)로 새뜸딴글(신문 호외)을 들고 뛰어들었다.

"개헌꺼리 집어치우라, 안 그러면 일을 내겠다"는 박정희의 마구말(공갈)을 들락(문)짝만 하게 박아 넣은 새뜸딴글.

내가 "우리 나가 봅시다" 하고 장준하 선생, 최혜성, 김도현, 김정남, 허술, 김영길, 김희로, 여럿이 나서는데 참말로 경찰과 개망나니들로 길바닥이 쫘악 깔려 있다. 눈은 펑펑 내리고 그날따라 굴대(방송) 소리는 왜 그리 잔망하게 들려오던지.[12]

그렇게 긴급조치 1호가 발령됐고 아버지를 비롯한 백기완, 고인한 등 동지들이 사무실에서 방송을 듣고 있는데 이내 장준하 선생이 들어온다.

"지금 사태가 심각하오. 우리가 가지고 있는 서명용지 때문에 뜻을 함께 해준 국민들에게 피해가 갈 수 있으니 서명용지를 소각처분해야 하겠소."

장 선생의 말에 일사불란하게 서명용지를 차에 싣고 만일에 있을지 모를 미행을 피하고자 차를 몰아 고대 인근의 식당으로 이동한다. 그곳에서 추후의 행동에 대해 논의하고 흩어지게 된다. 하지만 이미 중앙정보부 요원들은 이런 낌새를 눈치 채고 장준하 선생을 비롯해 동지들의 뒤를 하나씩 따라붙어 다닌다. 그리고 서명운동의 동지들은 후일을 기약하며 집요하게 따라붙는 중앙정보부 요원들의 미행을 피해 각자 몸을 숨긴다.

---

12) 백기완, 〈길을 찾아서〉, '긴급조치 서슬, 짓밟고 으르고', 한겨레신문, 2008.12.7.

아버지는 외삼촌댁의 다락방에 숨어 있다가 고인한 선생이 찾아와 중정의 포위망이 좁혀오고 이제는 힘들겠다는 얘기를 전해 듣고는 정보부에 연락해 자수한다. 그렇게 잡혀간 중앙정보부에는 중앙복도를 사이에 두고 양쪽으로 취조실이 죽 늘어서 있었다. 복도의 오른쪽에는 장준하, 함석헌, 김동길, 계훈제 선생 등이 잡혀 있었고 맞은편으로 소장파인 백기완, 고인한 그리고 아버지가 조사를 받았다. 그 후 장준하 선생과 백기완 선생을 필두로 아버지도 군법회의로 넘어갔다.

아버지를 담당한 검사는 문 모라는 공안검사였다. 아버지는 숨길 것도 없고 양심의 거리낌도 없으며 나라를 바로잡고자 모든 일을 다 했으니 마음대로 처넣을 테면 넣으라고 말한다. 하지만 운이 좋았던지 담당 검사는 고대 출신으로 대학 시절 사상계를 읽으며 장준하 선생을 존경하던 검사였다.

"모두 잡혀가는 것이 능사는 아닙니다. 장준하 선생이야 백전노장이지만 백기완 씨의 건강상태가 많이 안 좋은 거 같으니, 선생께서는 나가서 일을 수습하는 것이 좋을 것 같습니다. 내가 조서를 쓸 테니 한 번 읽어보시고 도장을 찍으시는 게 어떨 거 같습니까? 그리고 빨리 나가서 변호인단을 구성하세요."

의식과 양심이 있는 검사였다. 그렇게 기소유예가 된 아버지는 나가서 비어 있는 백범연구소를 다시 열고는 스스로 부소장을 자임하고 한승헌 변호사를 비롯한 쟁쟁한 변호사 약 20명으로 변호인단을 구성한다. 하지만 그런 노력에도 불구하고 법원은 장준하 선생과 백기완 선생에 징역 15년, 자격정지 15년을 선고한다.

　40대부터 그 아래 연배는 장준하 선생을 모르는 사람이 많다. 알더라도 대부분이 의문사의 주인공으로만 안다. 비록 단편적인 의문사의 문제이기는 했지만 지난 대선 과정에서 장준하 선생을 알게 된 사람들이 많아졌다는 사실은 틀림없이 반가운 사실이다. 하지만 다른 한편 나의 마음은 착잡했다. 내 마음속의 영웅이자 민족의 위대한 스승이었던 선생이 단지 의문사의 주인공으로만 폄하된 것 같은 느낌을 지울 수 없기 때문이다. 그가 지닌 사상과 철학, 일제와 독재에 맞선 의로움과 희생정신보다는 의문사 또는 박정희나 김영삼, 김대중 대통령들과의 경쟁자 등으로 표현되고 기억돼야 한다는 사실이 서글펐다. 오히려 외국에서는 막사이사이 언론부문 상을 (1962) 받는 등 이미 그의 숭고한 업적에 찬사를 보냈건만 정작 선생이 돌아가신 지 거의 40년이 다 되어가는 오늘날 장준하 선생에 대한 중심단어가 '의문사'라는 사실은 말 못할 답답함으로 다가온다.

　장준하 선생은 협심증으로 인한 형집행정지로 출감된 이듬해 여름, 나와 아버지와 함께했던 등산길, 통한의 약사봉 계곡에서 유명을 달리했다. 그렇게 나는 산행 가는 버스 안에서 내내 나를 무릎 위에 올려놓고 안아주며 놀아주던 할아버지를 산에 두고 오게 되었고, 어린 나를 돌보기 위해 선생님을 지켜드리지 못했던 아버지는 선생님과 동지들에게 죄인 아닌 죄인이 된 한을 가슴에 묻어야 했다. 위대한 스승과 함께할 수 있었던 행운이 영광스럽지만은 않은 이유는 '내가 산행에 함께하지 않았다면 혹시라도 달라질 수 있었을까?' 하는 부질없는 생각 때문이다.

택시를 몰아 면목동에 가니 집은 텅 비고 가까운 친구 두세 분만이 와 있을 뿐이었습니다. 방 안을 들여다보니 빈 침대만 놓여 있고 미소를 띤 사진은 벌써 내놓아져 있었습니다. 늘 보던 '일주명창—炷明窓'이라고 쓰인 액자는 여전히 걸려 있었지만 타서 밝히던 한 자루 초는 어디로 갔을까? 우리는 어쩔 수 없는 불행이 닥친 것이 사실인 것을 뻔히 알면서도 그래도 믿어지지가 않아 밤새 여기저기 전화를 걸어 진상을 확인해보려 했으나 알 길이 없었습니다. 그러는 동안 날이 새고 18일 아침 7시에 유해를 실은 앰뷸런스가 괴물처럼 왔습니다. 문을 여니 등산복을 입은 채 들것 위에 누워 있는 사람은 불러도 대답이 없고 귀에서는 피가 계속 흐르고 있었습니다.[13]

그런 슬픈 일이 있었던 후 우리 집에는 장준하 선생의 방에 있던 액자의 문구인 '한 자루의 초가 자신을 스스로 태워 어둠을 쫓아내고 세상을 밝힌다'는 뜻인 '일주명창—炷明窓'이 가훈으로 걸리게 되었다. 나는 장준하 선생을 정치인으로 보길 원하지 않는다. 혁명가이자 통일을 위한 민족의 지도자로 생각한다. 장준하 선생의 통일관은 그 깊이와 크기가 범접할 수 없

13) 함석헌, 〈아, 장준하〉, 씨알의 소리, 1975년, 7,8월호, 4쪽.

을 만큼 위대하기 때문이다.

> 모든 통일은 선인가? 그렇다. 모든 통일은 선이다! 우리가 역사를 통해 볼
> 때 한번 갈라지면 통일이 될 때까지 천 년 이상의 시간이 간다. 정치적 제
> 도는 그 당시 그 나라의 백성이 원하는 대로 바꾸면 된다. 분단은 안 된다.
> 통일이란 것은 지는 쪽도 이기는 쪽도 없다. 모두가 승리하는 길이다. 그
> 러기 위해서는 모두가 기득권을 내려놓아야 한다. 그 기득권은 분단이 가
> 져다준 기득권이지 통일된 조국이 가져다준 힘이 아니기 때문이다.

아버지는 이런 장준하 선생의 숭고한 뜻을 마음속에 새겨두고 형과 나에
게 그 정신을 이으라며 '일주명창'을 가훈으로 정하셨다. 아버지를 통해 할
아버지는 그렇게 나의 마음속에서 다시 살아났다.
늘 그렇듯이 오늘 밤도 별이 바람에 스친다.

살점을 뜯어준 벗

연세대학교 동문회관에 수많은 인파가 들끓는다.

백발이 성성한 노신사들은 오랜만의 만남에 흥이 겨운지 여기저기에서 큰소리로 서로의 안부를 물으며 세상사는 얘기에 여념이 없다. 대화의 내용에 따라 인상을 찌푸렸다가 이내 활짝 웃었다 하며 이마에 깊게 팬 주름만큼이나 많은 얘기를 나눈다.

'이 할아버지들은 무엇이 그리 재미나실까?'

아버지를 따라 몇몇 어른에게 인사를 드리고 나는 기억에도 전혀 없는 어르신들이 "얘가 막내야? 어이쿠 이렇게나 컸나? 하기야 우리가 이리 늙었으니. 니 아저씨 기억나나?"

"……."

비슷한 높이와 볼륨의 웅성거리는 소음 사이로 이질적인 기계음이 들린다. 마이크 켜지는 소리다. 이내 웅성거림은 사그라지고 한 노인이 단상에 오르며 양복 상의 양쪽 주머니에서 소주 한 병과 유리컵을 꺼낸다. 병마개를 힘껏 돌린 후 지체 없이 유리컵에 소주를 콸콸 따라 단숨에 들이켠다. 그러고는 가져온 시집의 한 페이지를 낭독하기 시작한다. 시인의 무게감과 함께 낭독자의 중후한 저음에서 느껴지는 힘이 일품이다. 이 노신사는 시를 낭독하는 중간 중간 "좋다. 좋다"를 연거푸 외친다.

이렇게 멋들어지게 시를 낭독하는 노신사가 바로 시인 고은 선생이며, 이 행사의 주인공이자 시집을 발표하는 시인이 바로 통일꾼 백기완 선생이다. 이 행사는 새로 시집을 발표하는 백기완 선생의 출판기념회로 그를 축하하기 위해 전국에서 선생을 존경하는 사람들과 선생의 지인들이 한자리에 모인 동지들의 모임이다.

이윽고 오늘의 주인공 백기완 선생이 단상 위에 올라와 자리를 함께한 동지들의 이름을 한 사람, 한 사람씩 호명한다. 문화계, 정·재계 인사들의 이름이 들려온다. 진짜배기의 이름들이다. 그러던 중 "부산에서 올라와 준 김희로" 하자 아버지는 기다렸다는 듯이 "어이~" 한다.

그 많은 사람의 이름을 다 부르려는지 동지들의 이름만 부르는 데 족히 30분은 걸리는 것 같다. 실로 지독한 노인네들이다.

주요 인사들의 이름을 거의 다 불렀는지 백 선생은 한바탕 이야기를 쏟아낸다.

"나도 이제 이렇게 시집을 몇 번 내고 했으니 이 백기완이도 이젠 시인이라고 불러도 되겠지요?"

본인이 시문학을 전공한 것도 아니고 주변 동지들 가운데 시인이 많은 것에 대한 정감 어린 투정이다.

젊은 시절 서라벌예대에서 시를 전공한 전도유망한 문학도로 시인이었던 아버지가 시를 안 쓰고 운동에만 전념하자 백기완 선생은 이렇게 말한다.

"야, 희로야! 네가 시를 써봐라. 추림14)이 시는 너무 어려워서 무슨 말을 하는지 나는 도통 모르겠다."

그러고는 답답했는지 본인이 뒤늦게 시를 쓰는데, 그 시 구절 하나하나와 시의 감성이 딱 우리 정서와 한을 맞춤으로 풀어낸다.

아버지와 백기완 선생의 인연은 꽤 오래전으로 거슬러 올라간다.

6·25 동란이 일어나고 부산으로 피란을 가게 된 백기완 선생의 부친은 보수동 꼭대기에 커다란 판잣집을 짓는다. 그곳에서 백기완 선생은 한 신문에 모집광고를 낸다. 광고의 내용은 '한 시간에 영어 단어를 몇 개 외우고, 수학 문제를 몇 개 풀 수 있는 사람은 다 모여라'였다. 그 광고를 보고 당시 고등학생, 대학생들이 각지에서 몰려든다. 이들은 다니는 학교도 달랐고 출신 지역도 모두 달랐다. 이들은 그 판잣집에서 생활하며 열심히 공부하고 토론했다. 이 모임이 시초가 되어 1954년 봄 백기완 선생 주도하에 '대한자진학생녹화대'를 결성하게 된다. '대한자진학생녹화대'는 당시 어려운 농촌을 돕고 계몽하는 운동을 전개했는데 아버지는 친구인 이추림 시인의 권유로 같은 해 여름방학, 강원도 삼척 원동의 농촌계몽운동에 참여하여 처음으로 백기완 선생을 만난다. 동지로서의 첫 만남이 시작된 것이다.

백기완 선생은 이 시절을 가리켜 이렇게 회상한다.

---

14) 이추림(1933.5.23~1997.12.27). 시인, 전북 고창 출생, 서라벌예대 문창과 졸업, 1955년 장시 〈태양을 화장하고〉가 《자유문학》에 추천되어 등단. 한국현대시인상 등 수상.(위키백과 참조)

이 숯덩이는 오늘의 거짓됨을 찢어발기는 갈마(역사)의 랑(예술)이다. 여러 글묵(책)에서 뜸꺼리(문제)를 건네받을 것도 없다. 저 피눈물 나는 모습에서 랑의 아우내(아우성)를 읽으라는 것이다. 이런 울림이 들려 고인한, 정종관, 김광일, 김희로, 그 밖에 피 끓는 젊은이들이 앞장서 '자진녹화대'를 만들 때 나도 그 맨 꼬래비에 따라나섰다.15)

아버지 외에도 수십 명의 뜻있는 젊은이들은 매년, 봄에는 나무 심기 운동을 벌이고 여름에는 농촌계몽운동을 벌이며 전쟁으로 황폐해진 국토를 살리는 데 노력을 기울였다. 학생들은 지금의 난지도 공원에서 나뭇가지를 꺾어 묘목을 만들고 이를 한강 변에 심는데, 수십만 그루가 넘는 엄청난 규모의 식수작업이었다. 그렇지만 이런 노력도 대통령선거 유세차 방문한 해공 신익희 선생의 연설을 듣고자 온 어마어마한 군중에 의해 절반은 밟혀서 못 쓰게 되고 절반은 이촌동 피난민들의 땔감으로 쓰이는 웃지 못할 일이 벌어지는 등 생각지도 못한 어려움을 겪기도 한다.

백기완 선생과 아버지 그리고 여러 동지는 이런 농촌계몽운동과 녹화운동을 계속해오다 1960년에 '국민생활정화연맹'을 창설한다. '국민생활정화연맹'을 창설한 이유는 우리나라 경제가 막 일어서고자 몸부림치고 있는 가운데 한편에서는 양담배의 소비가 늘고 수입품의 인기가 높아져 이대로는 안 되겠다는 취지에서 만들어진 일종의 우리 물산장려운동을 하는 뜻있는

15) 백기완, 〈길을 찾아서〉, '젊은 날 일곱 해, 나무만 백만 그루', 한겨레신문, 2008.11.3.

이들의 단체였다. '국민생활정화연맹'의 구성원은 위원장으로 당시 초대 민선 서울시장인 김상돈 선생[16]이 맡았으며 지도위원으로 작곡가 이흥렬, 시인 서정주와 박두진, 화가 이항성 선생 등이 맡아주었다. 정화연맹 회원들은 손수레에 확성기를 싣고 서울 시내를 돌아다니며 '국산품을 애용'하고, '명동을 녹화'하자는 구호로 시민들의 생활을 정화하자는 운동을 전개하였다. 하루는 이들이 신상초[17] 선생을 찾아갔는데 "내가 방금 미제 만년필로 양담배를 피우면서 국산품을 애용하자는 논설을 썼네"라며 겸연쩍은 듯 웃으셨단다. 당시의 혼란한 시대상황을 단적으로 표현하는 말이다. 이들은 폐허가 된 명동공원의 사용권을 얻어내어 대규모의 도서관을 설립하고 윤전기를 들여 신문을 찍어낼 계획을 하고 있었으나 5·16쿠데타가 일어나면서 모든 것이 물거품이 된다.

1961년 5월 16일, 군인들이 총을 들고 민주당 준심(정권)을 뺏었다. 4월 불쌈(혁명)을 이룩한 지 겨우 한 해가 지나서였다.

새벽부터 떠드는 굴대(방송)가 지겨워 광화문으로 걸어가는데 총 든 군인들이 비켜 가란다. 내 집엘 가는데 왜 이래라 저래라냐. 여러술 소릴 치고서야 생활정화연맹 일매기(사무실)엘 오니 정종관, 김희로, 신기선, 방배

16) 김상돈(1901.6.9~1986.4.30). 반민특위 부위원장, 초대,3,4,5대 국회의원, 서울시장, 삼선개헌반대범국민투쟁위원회 고문.
17) 신상초(1922.12.15~1989.2.26). 동아일보, 중앙일보, 경향신문 논설위원, 제5,9,10,11대 국회의원.

추(방동규), 민창기 등 쩡쩡한 벗들이 묻는다.

우리는 어떻게 해야 하는가? 우리가 가진 것이라는 게 손수레 하나밖에 더 있느냐. 그것이라도 앞세워 전차처럼 싸워야지.[18]

아버지는 1987년 대선에서 오랜 동지인 백기완 후보를 돕는다. 그 당시 아버지는 민통련 전국회의에 부산대표로 최성묵 목사와 김재규 사무처장과 함께 참여한다. 당시 민통련의 일반적인 생각은 김대중 후보에 대한 지지였다. 이에 의장이었던 문익환 목사 역시 동의하는 듯한 의사를 비치자 한 단체의 대표는 이에 반발하여 퇴장하는 일이 발생했다. 이를 본 몇몇 대표는 의장에게 불손하게 굴고 임의로 퇴장한 사건에 대해 제명을 하자고 건의한다. 아버지는 "우리 민통련에 상벌규정이 어디 있느냐. 설령 있다 해도 수십 년을 함께한 동지를 결석재판할 수는 없지 않으냐"며 제명을 반대한다. 이렇듯 각 계파와 대표별로 지지하는 후보와 의견이 달라 10시간이 넘는 마라톤 회의 끝에도 결론이 나지 않았다. 심지어 몸이 약했던 계훈제 선생은 실신하는 사태까지 일어났다. 그때 감옥에 가 있던 이부영과 김근태 의장은 각기 비둘기를 날린다. 김근태 의장은 김대중 후보를 지지하자는 의견이었고 이부영 의장은 어떤 일이 있어도 단일화해야 하고 만일 단일화가 안 되면 민통련 독자 후보를 내자는 의견이었다. 군부독재에 항거해 어깨동무를 함께하고 눈물과 피를 흘렸던 동지들이 갈라지는 순간이었다. 그런

18) 백기완, 〈길을 찾아서〉, '5·16 보고도 웅크린 못난이', 한겨레신문, 2008.11.17.

말이 있지 않은가. '보수세력은 부패로 망하고 진보세력은 분열로 망한다'고. 이때가 바로 그 순간이었다.

아버지는 퇴장하고, 다음날 서울민통련에서 가톨릭농민회, 인천지역민주노동자연맹 등의 단체와 함께 백기완 선생을 독자 후보로 추대했다. 이에 끝내 민주진영의 김대중, 김영삼 두 지도자가 단일화를 못하자 백기완 선생은 출마를 선언하고 서울의 외교구락부에 두 지도자를 부르고 자신의 출마 이유를 설명한다.

"내가 대통령 선거에 출마한 이유는 대통령이 되고자 하는 것이 아닙니다. 두 분 선생의 단일화를 이루고자 출마한 것입니다."

두 지도자는 이구동성으로 단일화를 꼭 해야 한다고 말한다. 하지만 두 사람은 서로 다른 꿈을 꾸고 있었으며 단일화를 아전인수격으로 해석하고 있었다. 단일화를 해야 하지만 지금 단일화를 해버리면 정부의 공작에 의해 깨져버리니 선거일을 임박해서 해야만 단일화의 효과가 극대화될 수 있다는 논리로 당장 단일화하는 데는 난색을 보인다. 그렇게 시간이 흐르고 선거가 임박해지자 다시 두 지도자를 부르지만, 김대중 선생은 참여하지 않는다. 이에 백기완 선생이 동교동으로 직접 찾아가자 김대중 선생은 자신의 승리를 장담하며 축하해줄 생각만 하라고 얘기한다. 이른바 '사자필승론'에 대한 기대감 때문이었다. 그렇게 두 지도자의 지나친 자신감과 욕망 때문에 단일화는 끝내 물 건너가고 만다.

아무런 성과를 거두지 못하고 돌아온 백기완 선생 후보 측은 선생의 집에서 회의에 들어간다. 여러 가지 말이 오간 끝에 아버지는 동지들에게 대통령 후보직을 사퇴하고 단일화에 매진하자고 주장한다.

　"만약 개표 결과 노태우가 당선하게 되고 백 후보가 가져간 표가 김영삼이나 김대중에게 갔을 경우 당락이 뒤바뀔 수 있는 결과가 생긴다면 민주화도 못 시키고 그에 따른 모든 책임을 지게 되니 후보직을 사퇴하자."

　이에 백기완 선생도 수긍하고 후보직을 사퇴한다. 그다음은 그렇다면 누구의 손을 들어 줄 것인가에 대한 문제였다. 동지들은 회의 끝에 두 후보의 노선이 우리의 노선과 다르며 그 결과는 국민의 뜻에 따르자며 그 누구의 손도 들어주지 않기로 한다.

　그렇게 선거가 끝나고 개표가 시작됐다. 당시 부산 '국본'[19]이었던 아버지는 부정선거를 감시하기 위해 부산의 한 개표장에 참관인으로 참여한다. 개표 결과를 확인해보니 이미 사퇴한 백기완 선생을 찍은 무효표가 엄청난 숫자였다. 결과론적인 얘기지만 대충 추정을 해봐도 전국적으로 백만 표는 훨씬 더 얻을 수 있었겠다는 짐작을 하게 했다. 그리고 아버지는 그때 후보직 사퇴 의견을 낸 것을 후회하게 된다. 당시 백기완 후보의 등장은 권력욕에 빠져 있는 야권의 두 후보에 실망한 많은 시민과 민주화 세력에게 커다란 반향을 일으켰다. 백만 표 정도면 대통령은 못 됐을지언정 민중세력의 확산에 커다란 도움이 됐을 텐데 하는 안타까움이 밀려왔다.

　백 선생은 옛동지들을 '쩡쩡한 벗'이라 표현한다. 그 표현 속에 민주화

---

19) 민주헌법쟁취 국민운동본부.

와 통일운동의 과정에서 삶과 죽음의 경계를 함께했던 동지에 대한 믿음과 자랑스러움을 느끼게 한다. 그만큼 선생은 동지와 함께하기를 좋아한다. 그렇다면 그 동지들과 무엇을 할 것인가? 함께 민중을 생각하고 통일을 생각하는 것, 그것이 바로 '노나메기' 정신이며 백 선생이 꿈꾸는 세상이다.

노나메기 정신은 '한마디로 말하면 너도 일하고 나도 일하고 그리하여 너도 나도 잘살되, 올바로 잘사는 벗나래(세상)'20)를 뜻한다. 이것이야말로 진정한 연대의 정신이 아닐까.

몇 해 전 서대문 형무소 역사관에 갔었다. '동백림사건'으로 억울하게 수감됐던 이응로 화백, 천상병 시인, 윤이상 작곡가를 추모하는 '동백림 3인의 거장'이라는 문화제에 함께하기 위해서였다. 야외에서 치러진 이 행사날 하늘에서도 이들의 기구한 삶을 슬퍼했는지 비가 추적추적 내렸다. 문화제가 끝나고 작고한 세 명의 거장들을 기리기 위해 찾아온 백기완 선생을 오랜만에 만나게 되었다.

"아버님, 김희로 선생님 막내아들이에요. 건강하시죠?"

"그래, 그래."

환하게 미소 지으며 나를 안아주신다.

짧은 포옹이지만 깡마른 선생의 육체에서 민중을 향한 그의 일생이 느껴진다. 원래 백기완 선생은 80킬로그램이 넘는 건장한 분이었다. 온갖 견디기 힘든 고문으로 몸무게가 40킬로그램으로 줄고 그 후유증으로 아직도 뼈

---

20) 노나메기 누리집(http://nonamegi.jinbo.net).

마디에서는 물이 나온다고 한다.

전두환 군부에 의해 끌려가 고초를 겪은 선생은 몇몇 지인들의 도움으로 강원도 어느 산골로 요양을 간다.

여기는 지금 어데쯤일까?

흙먼지 날리며 한참 달려온 강원도 산비탈 인적 없는 나루터

벗들은 살점을 뜯어주며 살아서 돌아오라고

살점을 뜯어주며 살아서 이기고 돌아오라고 몸부림쳤지만

나는 결코 어디에서고 홀로가 아님을 이제사 알았네그려.

(…)

벗들이여! 살점을 뜯어준 벗들이여!

(…)

사랑하는 내 조국 땅, 통일을 위한 한 줌 거름이 되고 있다고

벗들이여! 이렇게 전해다오.[21]

선생의 시와 외침이 위정자들의 공허한 메아리와 근본적으로 다른 이유는 온몸으로 써내려간 시요, 온몸으로 외친 절규였기 때문이다. 그리고 그 간절함의 옆에는 항상 동지들이 자리하고 있었다는 것, 그것이 바로 아프고 힘겨워도 세상을 살게 하는 힘의 원천이 되는 것 아닐까.

21) 백기완, 《젊은 날》, 〈전지 요양 가는 길목에서〉, 도서출판 화다, 1984.

노무현과 바나나

술자리가 깊어질 무렵 강 실장이 조심스레 말을 건넨다.

"노무현 대통령을 어떻게 생각하세요?"

갑작스러운 강 실장의 질문이었다.

'너는 어떻게 생각하는데?'라고 묻기엔 녀석의 낯빛이 너무 진지하다.

"왜? 너도 노빠냐?"

짐짓 녀석의 속내를 다 아는 양 바로 되묻는다.

"네, 사실 저는 노무현 대통령을 좋아하거든요."

'노빠'라며 비아냥거리는 듯한 내 말투에 놀랐는지 동공이 커지면서도 강 실장은 제 생각을 분명히 말한다.

'좋아한다……, 그렇다면 나는 어떤가? 나도 그를 좋아하는가?'

스스로 물어본 후 다시 강 실장에게 묻는다.

"그래? 뭐가 좋은데?"

나의 공격적인 듯한 말투가 의외였는지 혹은 많은 젊은이가 노 대통령을 좋아하듯 나 역시 그럴 것으로 생각했는데 내 반응이 뜻밖이었는지 톤을 낮춰 조심스레 얘기한다.

"제 생각엔 가장 인간적인 대통령이었던 것 같고, 기득권 세력에 저항해

약자를 대변했고……."

"그래, 그런 사람이지. 그런데 개인적으로는 그를 별로 좋아하지 않아. 사실 아버지와 노 대통령은 예전에 민주화운동을 같이하던 동지였어. 그 후 노 대통령은 정계로, 아버지는 계속 재야단체에서 활동하게 됐는데, 한번은 아버지가 삼성자동차 사태 때문에 협력업체가 도산 위기에 처한 데다 부산경제가 수렁에 빠지자 그 문제로 노무현 대통령에게 전화를 했어. 당시 노무현 대통령은 김대중 정권을 창출하는 데 지대한 공헌을 했고 그 때문에 더욱 영향력 있는 정치인으로 부상할 때였는데, 노무현 대통령이 '누구세요?'라고 했다는 거야. 대로한 아버지는 전화를 끊으면서 '지가 나를 몰라서? 함께 목숨 걸고 투쟁했던 동지인 나를 몰라서? 누구세요? 라고. 기가 막히고 창피해서 어디 가서 말도 못하겠다'고 어머니께 하셨다고 하더라고. 이 얘기를 어머니께 듣고는 그분에 대한 내 감정이 안 좋아졌어. 뭐, 물론 개인적인 얘기라, 그리고 어떻게 보면 그 바닥에서는 흔한 일일지도 모르고. 또, 얼마나 많은 청탁이 들어왔겠니? 이해는 하지만 백 번 양보해도 내가 개인적으로 좋은 감정을 가질 리 없지."

나의 얘기를 경청하던 강 실장은 말이 없다. 노 대통령에 대한 자기 생각을 바꾸지는 않았겠지만, 나의 위치나 심정 때문에 더는 얘기를 지속하기 어려웠으리라.

내가 노무현 대통령을 처음 만났던 것은 1987년 봄이다.

2·7 박종철 추도집회로 아버지가 구속되었고 당시 같이 시위에 참여했

던 노 대통령은 어머니를 위로하고자 우리 집을 방문했다. 그때 노 대통령은 어머니와 내 앞에서 이런저런 위로의 말을 건넸는데 그때 나눈 이야기 중 기억에 남는 것은 '노모가 건강이 나빠 누워 계신데 형님들이 안 좋은 사건으로, 더구나 이미 그런 경험이 있는데 나까지 구속되면 노모의 건강이 더욱 악화할까 염려된다. 그런저런 이유로 제가 같이 구속되지 못해 미안하고 송구하다'는 내용이었다. 노 대통령도 이미 2·7 추모제에서 연행 당일 재판부가 영장을 기각했음에도 불구하고 검찰이 하룻밤 사이 네 번씩이나 재신청한 헌정사상 초유의 일을 겪고 난 상태였고[22] 더불어 현직 변호사로 신분이 확실한 상태였기 때문에 자의와 상관없이 구속을 피할 수 있는 상황이었다. 반면 아버지는 추모제를 개최한 부산민주시민협의회의 부회장이고[23] 시인이라는 불확실한 신분상의 이유로 구속되었기 때문에 굳이 이런 얘기를 할 필요가 없었지만, 온전히 우리 가족을 위로하기 위해 자신의 치부까지 밝혔다. 이런 노 대통령의 첫모습은 친근하고 겸손해 보였으며 어떻게 보면 상당히 촌스러워 보이기까지 할 정도였다. 그 당시 고교 3년생이었던 내가 생각한 변호사라는 직업은 사회적 지위와 함께 경제적으로도 윤택한 삶을 사는 적당히 근엄하고 세련된 모습의 사람이었기 때문에 노 대통령의 그런 모습은 매우 인상적이었다. 더욱 그럴 것이 노 대통령이 우리 집에 오기 전 김광일 변호사가[24] 방문했었는데 김 변호사는 말끔한 슈트 차림에 비

---

22) 〈6월 항쟁을 기록하다〉, 제9부 각 지역의 6월 항쟁, 1장 부산지역의 6월 항쟁 외.

23) 일부 사료에는 상임이사로 표기되어 있으나 당시에는 부회장이었다. 〈민주시민〉 제11호, 1987. 3. 31.

서가 함께했으며 음성도 크고 당당했다. 이런 김 변호사의 모습이 노 대통령의 모습에 오버랩되면서 더욱 비교되었다. 그 후로도 아버지가 구속되어 있는 동안 노무현 대통령을 비롯한 김광일 변호사 외에 많은 분이 쌀과 돈 등을 집으로 보내왔고 아이러니하게도 우리 가족사에 그 기간이 먹고사는 문제에서만큼은 걱정이 가장 덜한 시기였다. 이런 모습은 자연스럽게 아버지가 옳은 일을 위해 많은 사람과 함께하고 있으며, 동지란 이런 것이라는 생각을 일으키게 하여 우리 가족이 외로움과 두려움에서 벗어날 수 있는 중요한 계기가 되었다. 그 후 아버지가 석방되고 노무현 대통령을 비롯하여 문재인, 김광일 변호사 등 부민협 상임위원들이 옥살이에 망가진 몸을 추스르라고 개 두 마리를 잡아 와 우리 집에서 석방 기념 회식을 한다. 하지만 노무현 대통령은 보신탕을 먹지 않아 어머니가 소고기를 사 와서 음식을 따로 하기도 했다. 그 후로도 아버지와 노 대통령 외 많은 동지는 거리에서, 강연회에서 뜻을 같이했고 노 대통령과 김광일 변호사는 국회의원이 되어 중앙정치인으로 아버지는 재야인사로 활동한다. 이때 노무현 대통령은 '남의 지갑 주운 것으로 여기고 지갑 임자가 나타나면 곱게 내려오겠다'는 말을 아버지께 전했고 또 실제로도 그런 행동을 한다.[25]

---

24) 김영삼 대통령 비서실장, 초대 국민고충처리위원회 위원장, 부민협 상임위원 역임.

25) 3. 17 제도정치의 한계를 느끼고 의원직 사퇴서를 제출하다.

　　7. 13 민자당의 방송법 등 날치기 처리를 규탄하며 김정길, 이철, 이해찬 의원과 함께 의원직 사퇴서를 제출하다.(사람사는세상 노무현재단 홈페이지 연보 중)

그런 노무현 대통령에 대한 사적인 기억을 간직하고 있던 나는 그 후 대학생이 되어 서울로 올라왔고 다른 학우들과 함께 아버지의 동지로서, 청문회 스타로서, 3당 합당에 반대한 노무현 대통령의 열렬한 팬이 되었다.

그러던 중 시간이 꽤 흐른 어느 날 어머니로부터 내가 강 실장에게 해준 바로 그 얘기를 들었다. 뒤통수를 무언가로 얻어맞은 듯한 느낌이었다. 사실 강 실장에게는 담담한 어조로 말했지만, 꽤 큰 충격이었다. 단순히 칠순 노인이나 재야의 선배에 대한 예우의 문제가 아니라고 생각했다. 동지라 해도 하나의 문제를 놓고 이견은 있을 수 있다. 하지만 그것을 푸는 방법이 노무현 대통령답지 않았다는 생각이 들었다. 아니, 내가 아는 노무현은 그래서는 안 됐다. 그에 대한 기대감이 다 무너져버렸다.

사실 나는 노 대통령을 위대한 정치인이라고 생각하지는 않는다. 정치 외적인 면이 훨씬 매력적이었고 그가 꿈꾸는 '사람이 함께 사는 세상'에 공감했을 뿐이다. 그것이 바로 궁극적인 연대의 목적이고 반드시 이뤄야 할 가치라고 생각했다. 하지만 이 하나의 사건으로 그것이 무너져버렸다.

자세한 얘기를 아버지에게 듣고 싶었지만 꺼낼 수 없었다. 동지에 대한 상실감이 컸을 아버지를 생각하자니 마음이 아팠고 그 얘기를 아버지에게 꺼내 다시 생각나게 하는 것은 바람직하지 않겠다고 생각했다. 결과론적인 얘기지만 이는 어리석은 생각이었다.

이런 내 생각 또는 오해가 풀어지기까지는 오랜 시간이 걸렸다. 시간이 많이 흘러서 아버지는 팔순을 훌쩍 넘기셨다. 이제는 아버지께 그 얘기를 직접 듣고 싶어졌다. 더는 기회가 없을지 모른다는 생각이 들었다.

"처음에는 견해가 달랐지만, 그 후에 이해를 시키고 많이 도와줘서 시민단체와 협력업체가 감사패까지 수여했다."[26]

노무현 대통령은 표현의 서투름과 고상하지 못함으로 그가 이야기하고자 하는 내용과 본질에 앞서 많은 오해와 논란을 일으켰다. 엄밀하게 얘기하자면 본인이 일으켰다기보다는 정치적으로 반대편에 있는 언론과 정치집단이 공격하기 좋은 빌미가 되었다는 것이 정답일 게다. 이것은 정치적 견해가 달라서의 문제가 아니다. 견해의 차이는 동지들 사이에서도 늘 있을 수 있지만, '저 사람이 미워 죽겠는데 하는 말은 틀리지 않았을 때' 이른바 꼬투리라도 잡아야 하므로 생겨난 소모적 분쟁이다. 그리고 그 결과 상식과 진실은 왜곡되고 볼썽사나운 아귀다툼만이 자리한다. 요즘은 이런 아귀다툼이 정치권에서만 끝나지 않고 온 대한민국에 전염병같이 퍼져 있는 것 같다. 바람직한 소통은 사라지고 불필요한 언쟁만 난무한다. 표현방식도 중요하지만 상대가 전달하고자 하는 내용을 잘 이해하고 그 속뜻을 잘 파악하는 것이 더 중요하지 않을까. 나아가서 상대방의 속뜻을 알면서도 상대의 실수나 표현방식으로만 크게 시비하는 일이 많은데 이런 행위는 지켜보는 이로 하여금 눈살을 찌푸리게 한다. TV, 신문, 인터넷 등의 언론매체를 보고 있자면 세상 돌아가는 꼴이 좀 더 나은 세상으로 가려는 과도기에 나타나는 환절기 감기 같은 현상인지 아니면 끝장으로 치닫는 말기 암환자의 증상 같은

---

26) 1999.3 부산 자동차산업 살리기를 위한 삼성자동차 매각협상 중재에 나서다.(사람사는세상 노무현재단 홈페이지)

것인지 나 같은 소시민은 그저 답답할 뿐이다. 논리와 논지에 상관없이 표현방식이 고상하고 세련되지 못하다는 이유로 비판하는 것은 옳지 않다. 유치하고 단세포적인 생각이다.

세 치 혀가 아닌 자신의 온몸을 세상을 위해 던진 사람들, 더군다나 그들 인생의 궤적이 부당한 권력의 편에 선 것이 아니고 오히려 그에 맞서서 가난하고 소외당하고 힘없는 서민을 대변한 인생이었다면 그들의 사상과 지나온 삶을 통해 이해해야 한다. 이런 사람들의 언어에는 그래서 진실함이 담겨 있다. 나는 그렇게 생각한다.

"아무것도 아니다. 그렇게 나이가 들면 서로 다 용서하고 이해하게 된다. 나도 노짱을 얼마나 뭐라 했는데, 물론 잘하라고 뭐라 했지만. 이젠 그마저 가고 없으니……."

이야기를 하는 아버지의 시선은 먼 곳을 향했지만 나는 가슴 한 귀퉁이의 응어리가 봄눈 녹듯 녹아내리는 기분이었다. 더 나은 가치를 위해 함께하려면 그런 것이었다. 부침이 있을 때도 있지만 근본적으로는 서로 이해하고 용서하는 것.

아버지는 노무현 대통령을 로맨티시스트로 기억한다. 한창 동지로 활동할 때 하루는 노 대통령에게 "노변은 소설가를 해봐도 좋을 것 같아"라고 하니 노 대통령은 "제가 무슨 소설을 쓰겠습니까?" 하며 겸연쩍어 하였다. 그러자 아버지는 "그렇게 감정도 풍부하고, 또 변론문 쓰는 것 보면 소설 쓰고도 남을 것 같은데"라고 했다고 한다. 그만큼 감성이 풍부하고 눈물이 많았는데, 그 눈물이 한 점의 가식이 없는 진심 어린 눈물이었다. 노무현 대통령이 서거했을 때 아버지는 "저 잘되라고 뭐라 했지, 잘못되라고 뭐라 했나?"라며 한숨을 쉬셨다. 대통령이 된 후 시민단체의 수장으로서 쓴소리했던 것이 못내 마음에 걸렸었나 보다. 말 못할 안타까움의 표현이다. 지금은 그도 지나 "너무 안타까운 죽음이다"라며 말을 흐린다.

　아버지는 노무현 대통령이 행정부의 수반이 된 후로 많은 것을 비판했다. 시민단체란 원래 그런 곳이다. 시민단체는 정부와 대립각을 세우고 감시하고 비판하는 곳이다. 정부에 아첨하고, 빌붙고, 옹호하는 곳이 아니다. 시민단체가 정부의 편에 선다면 이미 그것은 시민단체의 기능을 포기한 것이나 다름없다. 요즘에는 시민단체라는 탈을 쓰고 정부의 친위부대를 자처하는 곳이 많다. 하나의 정부가 잘한 것은 국민과 역사가 판단할 일이다. 시민단체는 정부가 잘한 것은 그대로 두고, 정부의 잘못을 캐내어 비판하고 수정을 요구하는 곳이다. 아버지는 시민단체의 수장으로서 그 일에 충실했다. 이런 이유로 오랜 동지를 비판하는 것에 대해 말 못할 미안함이 늘 있었다.
　그와의 마지막 만남은 APEC 유공자로 청와대에 초대되어 메인테이블에 마주했을 때다. 대통령은 아버지에게 아직도 영도에 사시느냐고 묻는다. 부산진으로 이사했다는 말에 과거 민주화운동을 회상하며 하야리아 미군기지[27]의 무상반환 요구를 함께했던 기억으로 "아주 그 근처로 이사하셨군요" 하며 미소를 보인다.
　아버지는 이제는 가고 없는 노무현 대통령의 돌무덤 앞에서 그의 미소

속에 투영된 동지에 대한 애틋함을 시로 노래한다.

그대의 차가운 돌무덤 앞에서[28]

　　　　　－ 子晴 金曦魯

대통령,

그대 이 차가운 돌무덤 속에서

무엇을 생각하고 있습니까.

아니 그대는 이미 부활하여

우리들 가슴 가슴마다에 살고 있는데

나는 왜 이 빈 무덤 앞에서

살아 있는 당신을 찾고 있을까.

27) 캠프 하야리아(Camp Hialeah)는 부산광역시 부산진구 범전동 및 연지동에 설치되어 있는 주
　　한 미군의 기지였다. 일제 강점기 때 일본의 경마장으로 사용하다가 1945년 UN 기구, 1950년
　　한국전쟁 이후 주한 미군 부산 사령부가 설치되었다. 2006년 8월 10일 공식적으로 폐쇄되었
　　고, 이후 주한 미군과 반환 협상이 이어지다가 2010년 1월 27일 부산시에 반환되었다.(위키백
　　과 참조)
28) 계간 〈열린시민사회〉, 2013년 봄호.

지열이 뜨겁던 六월의 그날
혼자서는 무거운 깃발을 함께 들고

단절된 남북의 지하수를 목말라 하며
반역의 뇌관이 무친 거리를 지나
독재의 성루를 지나

민중의 피 묻은 깃발을 세우던 날
우리는 전리품도 훈장도 원하지 않았건만
어찌하여 그대는 이 차가운 돌무덤으로
몸을 감추어야만 했습니까?

지금 생각하면 하야리아 미군기지
무상반환을 위한 북한산 자락의 만남이
이승에서의 마지막 만남이었던 것을

아직도 영도에 살고 있습니까?
아니요 부산진으로 이사했습니다.
아주 하야리아로 이사하셨군요 하던
동지의 마지막 미소가 선한데

그대가 가던 병고의 마지막 날
악몽을 꾸면서
이 늙은 시인은 할 일 없이
뜨거운 혈루로 조시를 썼을 뿐
六월의 그날처럼 함께 못한 것을

그러나 동지여
나 다시는 그대의 빈 무덤 앞에 서지 않고
조국 강산에 메아리치는
완전한 통일 독립을 위하여
五월과 六월을 함께 기억하리.

영원한 대통령,
그대 이 차가운 돌무덤 속에서
무엇을 생각하고 있습니까.

아니 그대는 이미 부활하여
우리들 가슴 가슴마다에 살고 있는데

우리는 왜 이 빈 무덤 앞에서
살아 있는 당신을 찾고 있을까

우리는 끝나지 않는 역사를
기록해 나가야 한다.

하루는 초등학교에 다니는 딸이 뜬금없이 내게 묻는다.

"아빠, 노무현 대통령이 자살했어?"

어떻게 설명을 해주어야 할지 막막했다. 고민 끝에 내가 생각하는 그대로 얘기하기로 마음먹었다.

"노무현 대통령이 자살한 것은 맞지만, 자살에도 그 차이가 있단다. 한 나라의 대통령은 우리가 상상할 수 없는 만큼의 책임이 있는 사람이야. 그리고 그만큼의 엄청난 힘이 주어지지. 그 힘이 얼마나 큰지 대통령만 갖는 게 아니라 그 가족이나 부하들도 많은 힘을 갖기도 하지. 그런데 그중에는 국민이나 대통령의 뜻과 다르게 개인적인 이익을 위해 그 힘을 사용하기도 해. 노무현 대통령 주변에도 그런 일이 있었나 봐. 임기가 끝나고 다음 정부가 그 일로 노무현 대통령을 공격했지. 그러니 사람들이 나쁜 짓을 한 사람 말고도 노무현 대통령과 그를 따랐던 사람 그리고 잘했던 일과 생각까지도 모두 안 좋게 보는 거야. 그래서 노무현 대통령은 그런 것이 안타까워 죽음을 택했고 그 후로 많은 사람이 그의 진정성을 알게 되었단다. 단순한 자살이 아니고 많은 것을 살리는 죽음이었어. 하지만 그래도 자살은 안 좋은 거야."

그러자 딸이 또 묻는다.

"그럼 이명박 대통령도 자살해?"

"……."

노무현 대통령의 죽음은 많은 것을 살리는 죽음이었을지 모른다. 그래도 그렇게 급하게 가지 않았으면 더 좋았을 것을. 가슴이 먹먹해진다.

나는 이른바 '친노'도 '비노'도 '반노'도 아니다. 그냥 '호노'쯤이라고 해두자. 하지만 내 지인 중에는 '노빠'가 많다. 또한 그에 상응한 수만큼 노대통령을 반대하는 지인도 많다. 이들 중의 많은 수는 노 대통령이 어떤 일을 하면 무조건 찬성하거나 무조건 반대했다. 갖가지 이유를 대지만 내 눈에는 그렇게 보였다. 그 이유라는 것이 맹목적 찬성을 위한 또는 맹목적 반대를 위한 이유에 불과했다. 이런 사람들이 내 지인들뿐이겠는가.

몇 해 전 강원용 목사의 생전 마지막 인터뷰의 영상편집을 할 기회가 있었다. 강원용 목사는 그 인터뷰에서 허균의 '호민론'29)을 들어 민심을 셋으로 나눠 "첫째는 백성 중에서 '항민'이 있는데, 항민은 그저 권력을 잡은 사람이 하는 일에 무조건 순종하며 따라다니는 사람이요. 둘째로 '원민'은 사사건건이 불평만 하고 반대만 하는 사람들이다. 그 셋째가 '호민'인데 이 호민들은 권력자가 잘하면 잘한다 하고 도와줘야 한다고 마음먹으며, 잘못할 경우에는 가차 없이 잘못했다고 비판하는 사람들이다. 이처럼 잘잘못을 판단할 수 있는 호민, 이 호민이 바로 진짜 백성이다. 이 사람들의 지지를 받으면 권력자는 못할 일이 없다. 그 대신에 이 사람들이 등을 돌리면 별짓

29) 허균의 문집 《성소부부고》에 실린 글.

다 해 봐야 아무것도 되지 않는다"라고 해석한다.

여야를 막론하고 거의 모든 정치인은 '국민 여러분, 국민이, 국민을, 국민을 위해……'라는 말을 밥 먹듯이 한다. 내가 난청 환자인지는 모르겠으나 그들이 그렇게 외치는 국민은 도대체 누구를 말하는지 모르겠다. 어렵게 생각해보건대 아마도 허균이 말한 그 항민이 아닐까. 요즘 정치상황과 세태가 안타까운 것은 오로지 항민과 원민만이 존재하는 느낌이다. 그런 이유로 점점 호민의 목소리는 사라지고 있다. 이 호민은 오늘날의 시민을 일컫는 말이다. 그러니 참시민과 참시민정신이 사라지고 있는 것은 아닌지.

노무현 대통령은 정치인이 되기 전 대표적인 시민이었다. 그리고 대통령이 되어서는 그 시민 시절에 느낀 바를 실현하고자 노력했다. 그중 어떤 것은 성공했으며 또 어떤 것은 실패했다. 요즘도 그런 그의 노력이 정쟁의 주요문제로 거론되는 것을 보면 이미 정권이 두 번이나 바뀌었지만, 아직도 그가 대통령인 것 같은 착각이 들 정도다. 그런 의미에서 보면 그는 성공한 대통령은 아니다. 다만 분명한 것 하나는 자신을 스스로 낮춤으로써 가진 자, 힘 있는 자 외에도 숨죽여 사는 훨씬 많은 다양한 사람들이 이 사회에 존재한다는 것, 그리고 이들이 자신의 목소리를 낼 길을 넓혔다는 것, 그래서 특권층만 살지 말고 함께 사람답게 살자고 한 것이다. 그가 대통령 재임 기간에 행한 통치행위 중에 어떤 것은 성공하지 못했고 또 어떤 행위는 우호세력, 비판세력 양쪽 모두에게 비판을 받았음에도 많은 사람이 아직도 봉하마을을 찾는 이유는 최고 권력자로서의 통치행위나 정치력보다는 평생을 그런 자신의 신념과 상식의 가치를 추구하기 위해 늘 몸을 던져왔다는 진실함에 있을 것이다.

　1987년 봄, 어머니와 대화가 끝난 후 노 대통령은 나를 보고 미소 지으며 한마디 건넨다.
　"니, 어머니 잘 모시래이!"
　그러면서 가지고 온 바나나 한 꾸러미를 건넨다.

　그로부터 26년, 부산에 내려간 김에 아이들을 데리고 그의 돌무덤을 찾았다. 내 차에는 마침 어머니께서 챙겨주신 바나나가 있었다. 오래전 그에게서 받은 바나나를 이제는 나도 줄 수 있었지만 정작 받아야 할 그는 형체 없이 사진으로만 존재했다.
　나는 다만 부엉이바위와 그의 돌무덤만 번갈아 보다 아이들에게 그가 생전에 역설한 '민주주의의 최후의 보루는 깨어 있는 시민의 조직된 힘입니다. 이것이 우리의 미래입니다'라는 말을 설명해주었다. 아이들이 아직 그 말의 의미가 무엇인지 이해하지 못하겠지만, 그곳에 전시된 할아버지와 노무현 대통령의 사진을 보며 그들이 6월의 뜨거운 아스팔트 위에서 외친 간절한 함성이 영원히 기억되길 소망한다.

어제, 오늘 그리고 내일

인간은 누구나, 더욱이 진정한 '지식인'은

본질적으로 '자유인'인 까닭에 자기의 삶을 스스로 선택하고,

결정에 대해서 '책임'이 있을 뿐만 아니라

자신이 존재하는 '사회'에 대해서도 책임이 있다고 믿는다.

이 이념에 따라, 나는 언제나 내 앞에

던져진 현실 상황을 묵인하거나 회피하거나

또는 상황과의 관계설정을 기권으로

얼버무리는 태도를 '지식인'의 배신으로 경멸하고 경계했다.

사회에 대한 배신일 뿐 아니라

그에 앞서 자신에 대한 배신이라고 여겨왔다.30)

문득 25년 전쯤 부산의 어느 변호사 사무실에서 보았던, 조금은 차가워 보이는 인상에 그러나 크고 맑은 눈을 가진 한 사내가 보고 싶어졌다. 당시 고3이었던 내가 이제는 40대 중반의 나이가 됐으니 그도 아마 노신사가 되

---

30) 리영희, 《대화》, 한길사, 2005.

어 있으리라.

　오후 1시 40분. 홍대 '상상마당' 인근의 내 사무실에서 그가 방문한다
는 홍대입구역 부근에 위치한 카페 '꼼마'에 2시까지 가려면 서둘러야 했
다. 9월 말이었지만 아직은 햇볕이 따가웠다. 걸음을 재촉해서 걷다 보니
이내 더워졌다. 재킷을 벗어 한쪽 팔에 걸치고 부지런히 발걸음을 옮겼다.
행사가 열린다는 장소에는 언론사의 카메라들로 가득 차 발 디딜 틈이 없
고, 행사장의 앞쪽에는 커다란 현수막에 '동행'이라는 글자와 함께 '문재인,
국민에게 길을 묻다'라는 글이 보인다. 그 현수막 앞쪽으로 놓인 의자가 비
어 있는 것을 보니 아직 후보가 도착하지 않은 것 같았다. 어디쯤 자리를
잡고 그의 이야기를 들어볼까 하고 죽 둘러보니 앉을 자리는커녕 서 있기
도 빡빡해 보였다. 관계자로 보이는 사람에게 어디서 보면 되느냐고 물으
니 어떻게 오셨느냐고 한다. 그러면서 이 행사는 '국민명령 1호' 정책제안
자 중에서 문재인 후보의 정책 멘토가 되겠다고 자발적으로 신청한 '시민
멘토'들이 참여하는 '타운홀 미팅'이란다.
　오래전 특수한 인연으로 잠깐씩 보았던 분이 어떻게 변했고 어떤 말을 하
는지 궁금해서 와 봤는데, 앞뒤 정보 없이 홍대 인근에 온다는 기사만 보고
온 내 불찰이었다. '머리가 나쁘면 손발이 고생한다더니. 내가 그렇지 뭐.'
속으로 투덜대며 행사장을 빠져나왔다. 약간 비탈진 인도를 대여섯 걸음 내
려갔을까. 어디에서 나왔는지 여러 사람이 한꺼번에 몰려나와 언덕을 올라
온다. 분위기가 심상치 않았다. 몇 걸음 더 내려가 보니 무리의 중앙에서 올

라오는 사람들 가운데 한 인사가 바로 문재인 후보였다. 거리가 좀 더 좁혀지자 나는 그에게 다가가 인사를 했다. 그는 그런 내게 악수를 청한다.

"제가 까까머리 고등학생 때 후보님을 뵌 적이 있습니다."

"아, 그래요. 어디에서요?"

"부산에서요. 그때 제 아버지를 후보님께서 변호해주셨었거든요."

"아, 그래요. 아버님 성함이 어떻게 되시죠?"

"김 희자 로자 쓰십니다."

"아. 그래. 아버님 며칠 전에 만났어."

옛 동지의 아들에 대한 친근감의 표시인지 어투가 경상도 억양의 반말로 바뀐다. 기분이 나쁘지 않았다.

"그래, 여기는 어쩐 일로?"

"네, 제 사무실이 이 근방인데 후보님 오신다기에 인사드리러 왔어요."

"그래. 근데 왜 안 들어가고?"

"일반인들은 못 본다고 해서요."

"일반인들은 왜 못 보지?"

수행비서에게 묻는다. 혹시 오해가 생길까 봐 내가 나서서 상황을 설명했다.

"정책 제안자 중 이번 행사의 참여를 신청한 사람 가운데 선별하여 얘기를 나누는 자리랍니다. 제가 모르고 왔었습니다."

"이제 들어가셔야 합니다. 시간이 좀 늦어졌습니다."

수행비서가 얘기한다. 나는 마지막 인사를 건넸다.

"건강 유의하시고 건투를 빕니다."

"그래, 고마워."

행사장을 향해 발걸음을 옮기며 다시 뒤를 돌아본다. 그러고는 한 번 더.

"아버님 며칠 전에 뵈었어."

그러면서 보내는 따뜻한 미소, 처음 만났던 장소와 시간과 세상은 많이 변했지만, 그 따뜻함은 젊은 시절 그대로였다.

시간이 많이 흘렀다. 30대 중반의 젊은 변호사의 머리가 이제는 반백이 되었다. TV를 통해 보면 대통령선거에서 낙선한 후 더욱 머리가 희어진 것 같다. 그도 그럴 것이 낙선 후 마치 큰 죄를 진 죄인처럼 보냈다고 한다. 낙선의 슬픔보다는 많은 사람의 기대에 못 미쳤다는 자괴감이 컸던 모양이다. 그만큼 책임감이 큰 사람이다.

노무현 대통령은 문재인 변호사를 '원칙주의자'라고 말한다. 그를 아는 사람이면 모두 그 의견에 동의한다. 아버지도 예외는 아니어서 그를 얘기할 때 '지독한 원칙주의자'라고 표현한다.

"문재인은 돌아가신 아버지가 와서 부탁해도 아니라고 생각하는 것은 절대 안 들어 줄 사람이다."

아버지는 문재인 변호사를 그렇게 표현한다.

1987년 말 부산, 아버지의 주도로 시민단체의 뜻있는 여러 동지가 예전에 장준하 선생과 함께 만들었던 '민족학교'를 다시 만들기로 한다. 그리고 뜻이 결실을 보아 아버지는 초대교장을 맡았고, 최성묵 목사는 교무처장, 문재인 변호사는 재정부장을 담당하고, 노무현, 김광일 변호사 등은 이사로 참여한다. 이때 학교설립 기금을 마련하기 위해 도·서예전을 여는데 한 가지 사건이 발생한다. 동지 중의 한 명이 예산을 집행하면서 도자기를 구울 때 편법으로 가스버너에 구운 후 남은 돈을 횡령하는 사건이 일어난 것이다. 워낙에 원칙주의자이고 더군다나 당시에는 30대의 젊은 나이였던 문재인 변호사는 모두 어려운 시기에 좋은 뜻을 이루고자 시작한 일에 마음을 더 보태지는 못할망정 오히려 횡령을 저지른 동지에게 배신감을 느꼈는지, 대의를 위해 그냥 넘어갈 수 없는 사안이라며 그를 고소해야 한다고 강력히 주장한다. 일을 크게 만들 수 없고 또 동지를 고발한다는 자체가 누워침 뱉기라고 생각한 아버지는 문 변호사를 설득하기로 한다. 하지만 그의 강직한 성품과 원칙을 고수하는 의지 때문에 설득하는 데 많은 애를 먹었다고 한다.

이렇듯 부정과 부패, 불의와 타협하지 않는 그의 성품은 공직을 맡으면서도 끝까지 유지됐다. 실제로 문재인 변호사가 청와대의 참모로 있을 때 나름 함께 사선을 넘나들었던 아버지가 상경하여 만나게 되더라도 꼭 수행원을 대동했다고 한다. 만일에 있을지 모를 청탁을 사전에 차단하기 위해서다. 이런 그의 원칙을 지키고자 하는 노력 때문에 지인들로부터 섭섭한 말도 듣고, 인심을 잃기도 하지만 오히려 그를 지지하는 국민들로부터는 신뢰와 믿음을 얻게 된 것이 아니겠느냐는 생각이 든다. 심지어 대선 당시 상대방 후보진영에서조차 바른 사람이라고 했으니 말이다.

부민협은 부산지역 최초의 범시민적이고 통일적인 민주화운동 단체로서 이후 부산지역의 민주화운동 지휘부 역할을 했을 만큼 그 결성은 매우 획기적인 사건이었다.

나는 우리나라의 민주화운동사에서 6월 항쟁을 가장 높게 평가하여여 마땅하다고 생각하고 있다.

처음부터 끝까지 계획적이고 조직적으로 전개되었다는 점에서 자연발생적이거나 우발적인 성격이 짙었던 다른 민주화운동들과 확연히 구별되기 때문이다.

명동성당 농성 해산 후 다른 지역의 항쟁 열기가 급속도로 가라앉았을 때 부산에서 더욱 치열한 시위가 전개되었던 것도 결국 우연하게 이루어진 일이 아니었다.

그래서 나는 6월 항쟁 속에 부산에서도 항쟁이 있었다는 식으로 평면적으로 이해되고 있는 것에 큰 불만을 가지고 있다.

6월 항쟁에서 부산이 주도적인 역할을 할 수 있었던 것은, 물론 그 무렵 부산시민들의 민주의식과 항쟁의지가 그만큼 강했기 때문일 것이다.[31]

아버지와 문재인 변호사는 민족학교 외에도, 2·7 박종철 추모집회, 6월 항쟁, 한겨레신문 주주모집, 민자당 해체, 노태우 정권 퇴진 운동 등 부산·경남 일원에서 많은 활동을 같이 해나갔다.

---

31) 고 최성묵 목사 추모집.《그의 부활을 기다리며》,〈6월 항쟁의 중심〉, 문재인, 333~335쪽.

특히 한겨레신문과 평화신문·방송 창간 때는 한 건물에서 문재인 변호사는 한겨레신문 부산지사장을 아버지는 평화신문·방송의 부산지사장을 지내며 개인적인 막대한 손해에도 불구하고 우리나라의 민주화와 바른 언론을 위해 계속된 노력을 기울였다.

많은 민주화 인사들의 아내들이 그렇겠지만, 문 변호사가 자기 뜻을 지속해서 펼칠 수 있었던 데는 아마도 아내의 내조가 뒷받침되지 않았다면 불가능했을 것이다. 그의 아내인 김정숙 여사는 그런 점에서 특히 인상적인 사람이다. 그녀는 1987년 시위가 한창일 때 전경들이 쏜 최루탄과 시위대가 던지는 돌멩이가 쏟아지는 사이에서 연좌농성을 하는 부민협 간부들에게 위험을 무릅쓰고 접근한다. 그러고는 건물의 기둥에 숨어 준비해온 젖은 손수건을 가방에서 꺼내어 최루가스로 괴로워하는 부민협 간부들에게 계속 던져주었다. '부창부수'라는 말은 바로 이럴 때 쓰는 것이 아닐까.

하지만 이런 동지들에게도 시련은 찾아온다. 2002년 대선 당시 노무현 후보의 부산선대위원장이었던 문 변호사는 아버지를 찾아온다. 이유는 시민단체 이름으로 노무현 후보를 지지해 달라는 것이었다. 아버지는 이 부탁을 거절한다. 개인적으로는 오랜 동지를 지지하지만 시민단체는 선거에 관여해서는 안 된다는 논리였다. 더군다나 그 규칙을 정한 사람이 바로 아버지였으니 아버지에게는 들어주기 힘든 부탁이었다. 그 후로도 몇 차례 같은 방문과 같은 거절이 반복된다. 문재인 변호사의 서운한 감정은 이루 말할 수 없었을 것이다. 그런 상황을 전후해서 노무현 후보의 캠프에서는 하나의 루머가 나돈다. 노무현 후보에게 잘 보이고 싶었고, 무언가 역할을 하고 싶었던 캠프의 인사가 '김희로 선생과 정각 스님이 노무현은 절대 찍으면 안 된다며 거리에서 선동하고 다닌다'라고 퍼트린 루머였다. 그 얘기를 들은 노무현 후보를 지지하는 동지들이 아버지를 어떻게 생각할지는 뻔한 노릇이었다. 조성래 의원이 아버지를 찾아온다.

"선생님 그 얘기가 진짜입니까?"

"내가 미쳤소. 왜 그러고 다니겠소?"

"그렇지요. 그런데 누가 그렇게 얘기합니다. 그래서 다들 그렇게 알고 있습니다."

"동지에 대한 믿음이 그것밖에 안 되나 보지요."

그 후 노무현 후보는 대통령에 당선되었고 노 대통령과 함께 청와대로 들어간 문재인 변호사는 여론 수렴차 시민단체인사들과 만나는 시간을 가진다. 그때마다 아버지는 노무현 정부에 대해 싫은 소리를 한다. 만날 때마다 선배들의 싫은 소리에 나중에는 문재인 변호사도 이해할 수 없었는지 한마디 한다.

"우리가 무엇을 그렇게 잘못했습니까?"

"뭘 잘못한지 모르는 그게 바로 문제요. 아무리 좋은 약도 환자가 거부하면 소용없는 것 아니요. 유능한 의사는 일단 환자가 받아들일 수 있게 만들어야 하는 것 아니겠소. 그게 바로 정치력이요."

앞서 언급한 바와 같이 아버지는 노무현 대통령 서거 후 그렇게 싫은 소리를 한 것에 대해 무척 마음 아파한다. 누가 상상이나 했겠는가.

문재인 후보는 노무현 대통령 이전에도 정치권으로부터 많은 구애를 받는다. 그때마다 매번 고집스럽게 거부했지만 노 대통령의 청은 차마 거절할 수 없었던 모양이다. 그리고 그렇게 거부해왔던 정치권으로의 입문을 통해 그의 말과 같이 '운명'에 의해 대통령 선거의 후보가 된다. 고 리영희 교수의 말처럼 그는 '자신이 존재하는 사회에 대해서도 책임이 있다고 믿는다. 이 이념에 따라……' 그는 그렇게 대통령 후보가 된 것이다. 오직 대권욕이나 정파의 권유와 이익을 위해서가 아닌 '그 앞에 던져진 현실 상황을 묵인하거나 회피하거나 또는 상황과의 관계설정을 기권하지 않고자' 그는 대선후보가 되었다. 나는 그렇게 믿는다. 그것이 내가 내 아버지를 통해 듣고 보아 온 그를 찾아 토론장을 찾아간 이유였다.

그렇게 시간은 지나갔고 18대 대선에서 고배를 마신 문재인 후보는 사회 원로들에게 죄송하다는 말을 전한다. 아버지는 그런 그에게 "죄송할 것 없다. 역사는 그렇게 쉽게 바뀌지 않는다. 민주진영이 언제 그렇게 많은 표를 받은 적이 있었느냐"며 그의 핼쑥해진 모습을 걱정한다. 동지라는 것은 때로는 미안할 필요 없는 것에 미안해하고, 어려워할 때 위로해줄 수 있는 존재이다.

노무현 대통령은 생전에 "대선에서 질 수도 있다. 이기면 좋지만 늘 이길 수는 없는 것 아닌가. 그러나 패배하면 패배하는 대로 다음에 대한 희망을 남기는 패배를 해야 한다"[32]라고 강조했다.

문재인 후보가 대선에서 실패하자 그를 지지했던 많은 사람들이 실의에 빠진다. 때마침 개봉한 영화 〈레 미제라블〉[33]은 그때 그들에게 하나의 큰 위로가 되었다고 한다. 나도 영화를 보았는데, 어떤 메시지라도 건네주듯 유독 '내일'이란 단어가 많이 나왔다.

세상의 모든 내일
오늘과 다를 것 없는 내일
죽음과 하루 가까워진 내일
변함없이 혼자일 내일
우리가 헤어질 내일
폭풍이 몰아칠 내일
주의 뜻을 알게 되는 내일
심판의 날인 내일
승리의 날인 내일
새 삶이 시작되는 내일
내일과 함께 미래는 시작되지!
내일은 오리라!

32) 문재인, 《문재인의 운명》, 가교출판, 2011.
33) 〈레 미제라블〉, 톰 후퍼 감독, 휴 잭맨, 러셀 크로우 주연, 2012.

영화 속 주인공들은 각자 저마다의 '내일'을 노래한다. 이들이 말하는 '내일'은 무엇일까 궁금해졌다. 그래서 영화에서 말하는 모든 '내일'을 한 번 뽑아보았다. 영화 초반에 이들의 내일은 희망이 없는 내일이었다. 하지만 극의 중반, 후반으로 갈수록 이들의 내일에는 희망이 보이기 시작한다. 비록 많은 피를 흘리고 곧 올 듯 말 듯 쉽게 오지 않지만 바리케이드 너머에는 분명히 내일이 있고 그 내일은 반드시 온다는 것이다.

　문재인 변호사를 두고 바로 그 '내일'이라는 사람들이 있다. 또는, 안철수 의원이나 반기문 유엔 사무총장이 그 '내일'이라는 사람들도 있다. 또는 여권의 차기 대통령 유력 후보로 거론되는 분들을 '내일'이라고 생각하는 사람들도 있다. 반대로 이들은 '내일'을 상징할 인물이 아니라는 사람들도 있다. 우리가 내일을 미루어 짐작할 때는 오늘을 거슬러 내려가 어제로 판단해야 한다. 진심으로 바라건대 그 어제의 모습이 사회적 약자들을 위해 살아왔거나 부당한 권력의 억압에 떳떳이 대항했던 어제를 지닌 사람이 바로 그 '내일'이었으면 한다. 하지만 그렇지 않다고 해도 실망하거나 포기할 필요는 없다. 그들이 역사책에 기록될 인물이라면 그 역사를 쓰는 주체는 우리이기 때문이다. 우리는 내일이 쉽게 오지는 않는다는 것을 알고 있듯이 또한, 반드시 내일이 온다는 것 역시 잘 알고 있다. 바로 오늘이 힘겨워도 굳건하게 버텨야 하는 이유이자 희망을 버릴 수 없는 이유다.

　그래서 세상의 모든 내일은 희망이다.

　그래서 세상의 모든 내일은 그 누구도 아닌 바로 '손잡은 우리 자신'이다.

아스팔트 위 아버지

"재판장, 나에게 묶인 이 포박을 풀어주시오. 그렇지 않으면 난 이 재판을 못 받겠소. 교도관들은 이 포박을 풀고 모두 한 줄 뒤에 앉게 해주시오.

내가 오늘 재판 받으러 나온 이유는 형을 적게 받기 위해 나온 것이 아니요. 여기 계신 판·검사께서는 우리나라의 대표적인 인텔리들인데 당신들의 자존심을 지켜주러 나온 것이요. 법은 만인 앞에 평등하다고 알고 있는데, 똑같은 사건에서 한 사람은 저 위에 앉아서 나를 변호34)하고, 한 사람은 방청석35)에 앉아 있고, 한 사람은 피고석36)에 앉아 있는 것, 이것 자체가 나는 이해가 안 가는 바요. 그래도 나에게 형을 내리겠다면 5년형을 주시오. 내가 머리가 좀 나쁜데 최대한 5년형을 준다면 내가 그 안에서 변호사 공부를 하고 합격해서 나올 테니 그때는 나를 구속하지 않을 것 아니요.

또 경찰들은 어떻소? 억울하게 고문당해 죽은 꽃다운 젊은이를 추모하러 가는데 물대포를 퍼붓는 경찰들은 어느 나라의 경찰이요? 도대체 어느

---

34) 문재인 변호사(문재인 의원은 당시 아버지의 변호를 맡았다).
35) 노무현 변호사(노무현 대통령은 방청석의 어머니 옆에 함께 자리한다).
36) 김희로 이사장(아버지).

나라의 경찰을 수입했기에 애국가가 나오는데 같이 부르지는 못할지언정 어떻게 최루탄을 쏘아댄단 말이오?

　내가 어젯밤에 유관순 열사와 박종철 군이 만나는 꿈을 꿨는데 유관순 열사가 박종철 군에게 '나는 독립된 나라를 꿈꾸며 만세를 부르다 왜놈들에게 고문당하고 맞아 죽었는데, 자네는 어떻게 같은 조국의 경찰에게 고문당하고 맞아 죽었단 말인가? 내가 그렇게 그리던 독립된 조국이 그런 나라가 됐단 말인가?'라고 묻던데, 꿈속에서도 참담하기 이를 데 없었소."

　피고인의 최후진술을 숨죽여 듣고 있던 방청석은 웅성거리기 시작했다. 어떤 여인은 흐느끼며 눈물을 흘리고, 어떤 사내들은 분기충천해 하며 손뼉을 치고 환호성을 지른다. 그 사내 중 한 명은 옆에 앉은 피고인의 아내에게 "선생님 정말 대단하십니다" 하며 슬픔과 분노로 점철된 역사의 장에 함께했다. 그리고 그 사내는 훗날 대통령이 되고, 변론을 담당했던 변호사는 대통령 선거에서 야당 역사상 가장 많은 표를 획득한다.

　담당 검사는 재판이 끝나자 먼저 나와 잠시 후 나오는 피고에게 "선생님 죄송합니다"라며 양심의 소리를 전한다.

　"걱정할 것 하나도 없어요. 이 재판은 검사와 법관들이 재판한 게 아니고 관계기관의 재판이라고 난 생각해요."

　그렇게 짧은 인사를 나누고 한 사람은 검사실로 한 사람은 구치소로 발걸음을 옮긴다.

장준하 선생의 죽음 후 지도자를 잃고 공황상태에 빠진 아버지는 경제적 어려움마저 겪게 되자 자식들을 처가에 맡기고 부산으로 향했다. 어머니에게 다시는 민주화투쟁 같은 것은 하지 않겠노라 약속한 후 친척이 운영하는 회사에서 근무하지만, '광주민주화운동'이 일어나는 등 나라가 처한 현실과 무기력한 자신의 모습을 한탄하며 술에 의존한다. 그러던 어느 날 만취 상태에서 택시를 타고 귀가하던 중 영도다리 위의 선전물을 본다.

'의로운 사람이 잘사는 세상.'

아버지는 "사기꾼, ○ 같은 새끼 ○ 같은 소리한다"라며 마음에 두고 있던 울분을 터뜨렸다. 이를 들은 택시 기사는 차를 곧바로 영도경찰서로 몰고 가 아버지를 신고한다. 당시 이런 신고를 하는 택시기사에게는 개인택시 면허를 포상으로 주었다. 그야말로 대한민국판 '5호 담당제'였던 것이다. 신고를 받은 정보과 형사는 아버지의 소지품을 검사하던 중 묵주를 발견하고는 "조심하세요. 아직 계엄령하입니다. 지금 들어가면 삼청교육대 갑니다"라며 신병을 인수할 사람이 있느냐고 묻는다. 천주교 신자였던 모양이다. 연락을 받은 어머니는 급히 경찰서로 가고, 그렇게 또 한 번 아버지의 일탈(?)에 눈물진다.

그 후 아버지는 낮에는 직장에서 일하고 밤에는 지인의 부탁으로 '구봉고등공민학교'[37]의 야간반 국어선생이 되어 가정형편 때문에 학교를 못 다

---

37) 고등공민학교高等公民學校는 공민학교나 초등학교를 졸업한 후 중학교에 진학하지 못한 사람들 중 나이가 취학에 적합하지 않은 이들을 위해 중학교 교육 과정을 실시하는 학교이다.(위키백과 참조)

닌 청년들을 가르쳤다. 학교장인 손덕만 신부는 부산의 재야인사들과 민주
화운동협의체를 결성하고자 하던 차 송기인 신부와 최성묵 목사에게 부산
에 김희로 씨가 와 있다고 얘기한다. 얘기를 전해들은 송기인 신부와 최성
묵 목사는 아버지에게 "민주 투사가 가만 있어서 되겠나. 함께하자!"라고
권한다.

그렇게 송기인 신부, 손덕만 신부, 오수영 신부, 최성묵 목사, 김희로 시
인, 김광일 변호사, 노무현 변호사, 문재인 변호사 등이 주축이 되어 부산
의 종교, 법조, 문화계 등 총 33명이 서명에 참여한다. 이른바 '부산민주시
민협의회'[38]가 탄생하게 되는 순간이다. 실로 그 이름만으로도 대단한 동
지들의 역사적인 결의였다.

이후 이들은 부산 YMCA 강당에서 부민협의 결성식을 열었다. 그러자
이 모임의 첩보를 접한 시경에서 출동한다. 출입문을 부수며 진입하려는 경
찰과 안에서 문을 잠그고 대치하던 부민협 회원들은 30분의 시간을 주면
자진해서 나가겠다는 협상을 하고 비상대책회의를 연다. 이 비상대책회의
에서 송기인 신부는 회장이 되고 최성묵 목사는 부회장이 되며 아버지는 통
일분과위원장으로 피선된다. 문을 열자마자 진입한 경찰들은 집회에 참석
한 부민협 발기인 모두를 잡아가기 시작했다. 의자에 앉아 있던 아버지에
게도 경찰이 와서 "선생님도 가시죠" 하며 연행하려 한다. 아버지가 "야!
이놈아 내가 누군 줄 알아?" 하고 고함을 지르니 부산에서 처음 본 새로운

---

38) 약칭 부민협.

얼굴에 당황한 경찰은 멈칫거린다. 먼발치에서 이를 지켜보던 시경 정보과장은 "야, 그 선생님도 모셔라"라고 명령하고 아버지는 그렇게 또 한 번 강제연행이 된다.

부산민주시민협의회는 범내골에 위치한 한 건물의 3층에 사무실을 열었다. 그 사무실은 앞쪽과 뒤쪽 모두에 출입문이 있어서 유사시에 도주하기 좋은 장소였다. 이곳에서 부민협 회원들은 열정을 다해 민주화운동에 매진하지만, 회장을 맡았던 송기인 신부는 타의에 의해 미국으로 건너가게 된다. 회의를 거쳐 공석이 된 회장에 최성묵 목사를 추대하고 아버지는 부회장이 되어 2.7 박종철 추모집회를 준비한다.

세월이 가면서 전두환 패거리들의 발악이 극에 달했던 1987년 봄, 박종철 군이 서울 남영동 대공분실에서 고문을 당하던 중 사망한 사건이 일어났지요. 우리는 박 군의 사인 규명을 요구하며, 2월 7일 날 박종철 군 사인 규명 및 추모회를 대각사에서 열기로 했지요. 2월 6일, 내일의 추모회 계획을 마치고 밤늦게 목회하시는 중부교회 앞 중국집에서 늦은 저녁을 함께 먹는 동안 우리에겐 참으로 긴 침묵의 시간이 지나 형님은 무거운 입을 열어, "어이! 욕쟁이 아우, 이번에 잡혀가면 한동안 나오기가 어려울 텐데, 집안 단도리는 해놨나?" 하고 묻는 자상함을 잊지 않으셨습니다. 나는 헛웃음을 웃으며, "형님, 난 집에 없는 것이 집을 돕는 일이지요"라고 말했지요. 그간 두 차례의 옥살이와 수십 차례의 연행, 연금으로 집안사람들을 불안하게 한 나로서는 어떤 면에서는 감옥 속이 더 편한 것이었는지도 모른다는 생각이었습니다.

나는 형님에게 집에 들르지 말 것을 권했지요. 오늘 우리가 집에 들어가면, 분명 연금을 당할 가능성이 있으니 밖에서 자라고 했더니, 새벽 일찍 나오면 된다고 하시며 집으로 돌아가셨고, 나는 광복동 어느 여관에서 잤습니다.

이튿날, 약속 시각에 대각사 앞으로 갔더니, 대각사는 이미 전경에 의하여 봉쇄되고 형님은 보이지 않았습니다. 수소문 끝에 형님은 어젯밤 집에 들어갔다가 연금을 당하여 나오지 못했다고 했습니다. 저는 무척 섭섭했던 것이 감옥에 가도 함께 갔으면 하는 심정이었는데, 이 아우 혼자라고 생각하니 어쩐지 힘이 쭉 빠지는 기분이었습니다.[39]

대각사에서 진행하려 했던 추모집회는 경찰의 원천봉쇄로 자리를 옮겨 임시로 제일극장 앞에서 열렸다. 시위대와 진압경찰의 대치상태가 갈수록 격렬해지자 아버지를 비롯한 부민협의 회원들은 최루탄과 돌멩이가 날아드는 한가운데에서 목숨을 걸고 연좌시위를 벌인다.

그리고 이 집회로 인해 아버지는 또다시 연행되고 구속된다.

아버지가 그렇게 구속된 후 어느 날, 나와 형 그리고 작은외삼촌은 담당

---

39) 고 최성묵 목사 추모집. 《그의 부활을 기다리며》, '형님', 김희로, 309쪽.

검사의 허락으로 아버지 면회를 갔다. 어린 나이에 검찰청의 모든 것이 신기하기만 한 나는 곧 아버지를 만날 수 있다는 기대에 마음이 설렌다. 하지만 그 설렘도 잠시, 검사실로 인도되어 들어오는 아버지는 짙은 회색 수의 차림에 형광등에 반사되어 차갑게 번쩍이는 은빛 수갑과 절대로 끊길 것 같지 않은 포승줄로 포박된 모습이었다. 아무 말도 할 수 없었다. 감정이 북받쳐 올라 '아버지'라고 부를 수 없었다. 입을 떼는 순간 참고 있던 울음이 터질 것 같았다. 그래서는 안 될 것 같았다. 잠시의 적막이 흐른 후 담당 검사는 분위기를 눈치 채고 교도관에게 포박을 풀어줄 것을 지시한다. 아버지는 괜찮다며 작은외삼촌에게 어머니의 안부를 묻는다. 외삼촌 역시 이 기막힌 광경에 말을 더듬는다. 그렇게 짧은 면회가 끝나고 집으로 돌아오는 내내 우린 아무 말도 없었다.

'참신한 사회와 참된 민주의 새역사를 창조하자. 시월에 찬란한 유신의 새 아침이다. 조국의 영광을 길이 빛내자. 길이길이 빛내자~.'

내가 초등학교 다닐 때 음악 시간에 배운 노래 중 제일 좋아하는 곡이다. 얼마나 이 노래가 좋았으면, 혹은 얼마나 많이 불렀으면 마흔이 넘은 지금도 잊히질 않는다. 활기찬 멜로디와 더불어 조국의 영광을 길이 빛내자 하니 그럴 만도 하다는 생각이 든다. 그 무렵 우리 집 앞에는 늘 검은색 지프가 와 있었다. 물론 우리 집 차가 아닌 중앙정보부 소속의 차로 아버지를 감시하기 위한 차였다. 내 아버지가 유신헌법 때문에 중앙정보부에 끌려가 온갖 고초를 겪을 때 아이러니하게도 나는 그 유신헌법을 찬양하는 '유신 찬가'를 목청 높여 불렀다. 그리고 그 감시는 또 다른 군부세력으로 정권이 바뀌고 내가 고등학교를 졸업할 무렵까지, 그러니까 6월 항쟁 이후까지도 계속되었다.

좀 크고 나서야 안 사실이지만 그때를 생각해보면 웃지 못할 웃기는 광경의 연속이었다. 그때 세상은 그랬다. 재미있는 일은 아버지를 담당했던 형사 중 영도경찰서 정보과의 이 형사 같은 경우에는 내가 고등학교를 졸업할 때 용돈까지 줬다. 그래서 그런지 한편으로 아버지는 나에게 세상에 대해 아이러니와 페이소스를 느끼게 해준 분이기도 하다.

1986년 속칭 '평화의 댐'을 건설한다고 전국적으로 모금 운동이 일어났었는데 말이 모금 운동이지 강탈해간 것이나 마찬가지였다. 당시 학교에서도 학생들을 대상으로 일정 금액을 정해 모금을 했었는데 결국 우리 반에서 그 성금을 안 낸 사람은 나 혼자뿐이었다. 교육 당국의 눈치 때문에 악착같이 거둬야 하는 학교와 매일 이름 불리는 것이 싫어 빨리 내버리고 싶은 나는 아버지의 고집 앞에 무릎을 꿇고 말았다. 어쩌면 그때 우리 집 사정상 진짜 돈이 없었을지도 모르겠지만.

이런 아버지의 신념과 아버지의 일은 아버지 대에서 끝나지 않았다. 내가 대학을 휴학하고 군에 입대해서도 아버지의 꼬리표는 늘 따라다녔다.

보충대에 입소하니 군사령부에서는 몇몇 특수보직에 적합한 신병을 차출했다. 입소 인원들을 한자리에 모아놓고는 먼저 '서울대, 고대, 연대' 출신을 불러냈다. 그리고 운전면허 소지자뿐만 아니라 실제 운전할 수 있는 사람도 불러냈다. 그 당시만 해도 우리 나이에는 운전은커녕 면허증을 가진 사람마저 드물었을 때다. 나는 그 두 가지 모두에 해당했다. 이른바 SKY 출신도 별로 없었고 특히나 그중에 운전할 수 있는 사람은 극소수였다. 그렇게 보충대에서 요구하는 특기 별로 특정한 인원들이 차출되었다. 하지만 나를 부르지는 않았다. 그때까지만 해도 그러려니 했다.

나머지 입소자들은 어떤 구분인지 모르겠지만 나뉘어 훈련소로 향했다. 훈련소에 가니 이번에는 군단에서 사람이 나와 승용차 운전이 가능한 병사를 불렀다. 실제 운전이 가능한 사람은 나 하나였다. 그러고는 운전테스트를 했다. 심사를 담당한 사람은 운전이 능숙하다며 대기하고 있으라는 말을 전한다. 하지만 그 뒤로 아무 연락이 없었고, 따로 불려가 훈련소 중대장, 대대장 등과 면담을 시켰다. 훈련도 대부분 빠지고 누군지도 모를 높은 계급의 사람들과 면담을 했다. 그런데 면담 내용이 이상했다. 면담의 주요 내용은 아버지 뭐 하시냐와 데모하지 말라는 내용이었다.

'왜 내게 이런 얘기를 할까?' 궁금해졌지만 누구에게도 물어볼 엄두가 나지 않았다.

6주간의 기초군사훈련이 끝나고 우리는 자대에 배치됐다. 나는 최전방에 배치되었다. 육공트럭에 실려 어디론가 한참을 가다 보니 주위에는 온통 해골 그림에 그 아래로 '위험', '지뢰'라는 글이 교차해서 철조망에 매달려 있었다. 말로만 듣던 GOP였다. 그렇게 잔뜩 겁에 질린 채 자대 생활을 시작하고 얼마 후 생각지 못한 곳에서 나의 궁금증은 풀리게 되었다.

연대 종교행사에서 미사를 보고는 천주교 군종병과 이런저런 얘기를 나누는 과정 중에 내 형도 신부가 되기 위해 가톨릭대학을 다니는 학사님이라고 얘기하니 더욱 반갑게 대해준다. 그렇게 군종병과 친해진 어느 날 혹시 운전할 줄 아느냐고 물어본다. 그렇다 하니 잘됐다며, 연대장이 신자인데 고대 출신을 좋아하고 천주교 신자라 더 좋다며, 서울에서 비서도 하면서 자가용 운전을 할 인원을 뽑으니 기다리고 있으란다.

며칠이 지나 연대 수송관이 우리 부대를 방문해 나를 찾는다. 그러더니 서울에서는 어디에서 살았냐고 물어본다. 고대에 다니기 때문에 그 인근에서 살았다고 말하니 "지역도 비슷하네. 잘됐네"라며 이것저것 몇 가지 묻더니 서울에서 자가용 운전할 준비하라며 돌아간다.

'서울로 다시 돌아갈 수 있다니……' 나는 잔뜩 기대에 부풀었다. 그곳의 생활은 어떨지 모르겠지만 지금 있는 이곳보다는 나쁘지 않을 것 같았다. 전방에서의 졸병생활은 사람이길 포기해야 가능한 생활이었다. 육체적 고통보다도 그 이해할 수 없는 군대문화에서 벗어나고 싶은 마음이 굴뚝같았다. 그렇게 또 며칠이 지나갔다. 종교행사에서 군종병이 나를 조용히 부른다. 군종병은 난처한 표정을 하며 내게 묻는다.

"혹시 아버님이 뭐 하시는 분이세요? 조사를 해보니 아버님 때문에 신원조회에 걸려서……"

군종병의 한마디에 군에 입대해서 나에게 일어났던 일에 대한 의문이 모두 풀렸다. 나는 또 그렇게 허탈한 미소만 지을 수밖에 없었다.

'아! 아버지'

군대에서 일어난 웃지 못할 일은 우리 가족 중 나만 겪은 것은 아니었다. 형은 군 시절 막심 고리키의 《어머니》를 읽다가 간부에게 발각됐다. 이 간부는 평소에도 정신교육 시간에 "한겨레신문보다 더 나쁜 신문이 평화신문이야"를 습관처럼 말하던 투철한(?) 군인정신으로 무장된 사람이었다. 책을 사서 읽게 된 동기를 비롯하여 이것저것을 조사하던 중 그 간부는 끝으로 형에게 물었다.

"느그 아버지 뭐 하시노?"

형은 이 간부가 평소에 하던 말이 기억났다. 쭈뼛쭈뼛하던 끝에 사실을 말했다.

"평화신문 부산 지사장입니다."

"……"

그런 형은 제대 후 가톨릭 사제가 되어서 군종신부로 한 번 더 군대에 가게 되었다. 대한민국에서 두 번 군대에 간 몇 안 되는 사람 중 하나가 된 것이다.

많은 민주화 운동가가 그렇듯 처음부터 아버지가 민주투사나 재야단체의 지도자가 되고자 나선 것은 아니었다. 아버지는 시를 전공하고 문학과 영화를 사랑한 예술인이었다. 문예지를 발간하고 '동성영화사'의 작가실장과 기획실장을 맡아 자신의 예술적 재능을 꽃피우고자 했으나 세상이 그를 거리로 불러냈다.

아버지는 "세상과 싸우기에는 내 글 솜씨가 부족해 내 온몸으로 뛰어들겠다"며 아스팔트 위에 선다. 그리고 어쩌면 잠깐이면 끝날 일이라고 생각했던 아스팔트 위의 목마름과 피맺힘이 팔순이 넘은 지금까지 계속 이어지고 있다. 그런 아버지를 볼 때마다 가슴에는 응어리진 무언가가 울컥하고 치밀어 오르는 느낌을 받는다.

원고지

김희로

어릴 적 내 원고지는
눈뿌리 붉게 타는
봉선화가 가득 피어 있었는데

아득한 시간부터 익혀온 보고픔으로
억만리 하늘 타는 북만北滿 눈길 주어
무식한 애국자 내 애비 초상을 그렸는데

그다음 내 원고지는
남을 또 북을
형이 아우를 아들이 애비를 겨냥한
국제 한당꾼의 전승가를 강요당했는데

오늘 동숭동 내 아들들의 원고지는
벽화에서 진 낙엽으로
선혈이 흥건한데

아!
나는 지금 내 원고지에
무엇을 써야 할 거나

손가락을 잘라 혈서나 쓸거나
심장의 온 피 솟구친 각혈로 혈서나 쓸거나

제 할배가 제 애비가 겪은 밤을 쫓다 쓰러진
너의 흐트러진 책가방을 챙겨

피로 물든 네 원고지의 여백에
나는 이렇게 기록하려니

너는 유다의 밀실에 매몰된
뇌관을 향해 타는 영원한 도화선
네 심장의 열기에
뜨거운 용암이 철철 흐르면

빙하의 내 원고지에는

눈뿌리 붉게 타는

봉선화가 또 피려니[40]

'스탕달 신드롬'[41]이라는 현상이 있다.

에드바르 뭉크의 작품 〈절규〉는 나에게 그런 느낌을 갖게 하는 작품이다. 뭉크의 〈절규〉는 통속적인 미의 기준에서 보면 결코 아름다운 작품은 아니다. 아름다움은커녕 스산한 기운과 그 해골같이 생긴 인물의 비명을 지르는 것 같은 표정은 집 어딘가에 그런 그림이 걸려 있다면 당장에라도 창고에 처박아 넣어두고 싶을 정도다. 그도 그럴 것이 이 작품을 처음 전시했을 때 관객들에게 공포심을 유발한다는 이유로 전시회장을 폐쇄했을 정도였다고 하니 말이다. 하지만 〈절규〉는 미술작품 경매 사상 최고가의 신기록을 갖고 있다.[42] 아마도 그 이유는 완전한 자유를 갈구하면서도 결코 시대와 동떨어져서 살 수 없는 개인의 우울한 한계와 현대인의 불안과 공포를 가장 잘 표현한 우리의 자화상이기 때문일 것이다.

내게는 아버지가 그런 존재다. 아스팔트 위에 선 아버지의 모습이 담긴 사진을 통해 나는 또 다른 스탕달 신드롬을 경험한다. 자식을 보며 아버지

---

40) 〈씨알의 소리〉 제25호(1973년 8월호).

41) 스탕달 신드롬은 아름다운 그림 같은 뛰어난 예술 작품을 감상하면서 심장이 빨리 뛰고, 의식 혼란, 어지럼증, 심하면 환각을 경험하는 현상이다. (위키백과 참조)

42) 2013년 11월 기준.

들은 자신의 자화상이라고 생각한다지만 오히려 아버지야말로 자식의 자화상이며 내면이고 역사이다. 유쾌하진 않지만, 기꺼이 그 의미를 따라야 하는 깊이와 감동이 있는 역사다.

그런 '아버지'라는 단어에는 말로 다 못할 그 무엇이 있다. 대부분 아들들은 어렸을 때 '아버지'를 닮기가, '아버지'처럼 살기가 죽기보다 싫다고 하지만, 결혼하고 아이를 낳고 그 아이를 키우면서 '아버지만큼만이라도 할 수 있으면'이라는 생각을 하게 된다. 나 역시 예외는 아니어서 심지어 아버지가 집에 없어야 집안이 평화로워진다고까지 생각한 적도 있었다. 그도 그럴 것이 내 아버지는 아버지로서의 역할이나 살림살이에 도움을 주지 못했으며 오히려 잦은 음주와 그로 인한 주사로 우리 집안의 밤을 공포의 시간으로 만들어버렸다. 그런 나의 아버지에 비해 베토벤의 아버지는 천사이며, 카프카의 아버지는 성직자였을 것이다. 아버지가 얼마나 싫었으면 신이 실수로 잘못 만든 것이 있다면 그게 바로 '아버지'일 것이란 생각마저 했었다.

다만 아버지는 나에게 인생을 이렇게 혹은 저렇게 살아야 한다고 강요한 적이 없다. '네가 알아서 잘 결정해라.' 늘 같은 말이었지만 어찌 아비의 심정으로 바로잡아주고 싶고, 좋은 충고를 해주고 싶지 않았겠는가. 하지만 아버지의 자식 사랑은 기다림이었다. 자식에 대한 사랑과 믿음 그리고 미안함이 점철된 애타는 기다림 말이다.

오랜 원망과 애증이 뒤섞인 상태로 어느덧 나도 아버지가 되었고, 어릴 적 몰래 훔쳐 본 아버지의 눈물과 흐느낌의 의미를 조금은 이해하게 되고, 지금의 나도 그때의 아버지처럼 힘들고 아파 눈물이 나오지만, 아버지가 일어나셨듯 나도 일어나야 하는 것을 잘 알고 있다. 그것이 세상의 모든 아버지가 지닌 숙명이기 때문에.

아버지들에게도 꿈이 있었네

오랜만에 방문한 부산 집. 아버지의 서재에서 낡은 앨범을 발견하고는 별생각 없이 보게 된 사진들. 꿈은 우리의 전유물이라고 생각했었는데 아버지들에게도 젊은 날이 있었고 나보다 더 큰 꿈이 있었음을 알게 됐다. 이·당연한 사실이 왜 이렇게 새롭고 놀랍게 느껴지는지…….

예전에 꿈은 20대에 소유하는 것으로 생각했다. 그 시절 30대, 늦어도 40대가 되면 이미 꿈을 이루었을 것이라는 막연한 생각도 한몫하지 않았나 싶다. 30, 40대 이후로는 꿈을 이룬 후의 '라이프 스타일'이란 것만 있었지 무엇인가를 이루려는 꿈을 굳이 꿀 필요가 없을 것으로 생각했다. 그러나 우물쭈물하는 사이에 아무것도 이룬 것 없이 마흔이란 나이는 KTX보다 빨리 왔고, 빛보다 빠른 속도로 40대가 지나가고 있다. 세상에 꿈을 펼쳐 보이기 위한 한 인간이 지녀야 할 열정과 에너지는 고스란히 아버지로서, 남편으로서, 자식으로서의 책임을 강조하는 환경에 희생이라는 명목으로 빼앗기고 점점 그런 것에 스스로 익숙해져가게 되고, 갈수록 인생은 별 볼일 없게 되는……. 세상은 40대에게 꿈을 허락하지 않는 것 같았다. 이제는 가끔 그 '꿈을 이룰 수 있을까.' 당연히 이루어질 것으로 생각했던 나의 꿈조차 스스로 의심하게 될 때 마주한 아버지들의 꿈.

'아버지! 이제 당신들로 인해 다시 꿈을 꿉니다. 내가 바로 당신들이 그렇게 목숨 걸고 지키려 했던 꿈이었음을. 당신들의 꿈이 바로 나였음을 이제 알게 되었습니다. 그러니 여기서 쉽게 주저앉을 수 없지요.'

● 대한학생자진녹화대 시절 좌로부터 아버지, 한 사람 건
너 백기완 선생. 젊은 시절 80킬로그램이 넘는 건장한 체
격이었던 백기완 선생은 오랜 고문으로 몸무게가 40킬로
그램이 되었다.

● 국민생활정화연맹 시절. 오른쪽 위 방동규(배추), 오른
쪽부터 백기완, 김상돈 시장, 아버지.

민족의 등불을 잃고

어느 날 아버지께서 "너희는 참 불행하다. 아버지 때는 함석헌 선생, 장준하 선생 같은 분이 계셔서 힘들 때마다 조언을 구할 분들이 있었는데 너희는 그런 스승이 없으니……" 하며 안타까움을 토로한다. 아들은 속으로 말합니다. '그렇지 않아요, 제겐 아버지가 계시잖아요.' 그 아들은 속으로 또 생각합니다. '그렇지만, 내 자식은, 내 자식의 자식은 누구에게 무엇을 물을 수 있을까?'

그런 아버지가 힘드셨는지 오랜 동지인 백기완, 구중서 선생과 함께 그리운 장준하 할아버지를 찾았다. 하지만 할아버지는 아무 말이 없다. 무슨 말이 필요하겠는가. 이미 할아버지의 정신이 그들의 아들에게까지 흐르고 있는 것을.

:. 장준하 선생.

:. 장준하 선생이 최후를 맞이한 약사봉 계곡.
어린 나를 돌보기 위해 선생님을 지켜드리지 못했던 아버지는 선생님과 동지들에게 죄인 아닌 죄인이 된 한을 가슴에 묻어야 했다. 그 때문에 선생이 돌아가시고 참지도자를 잃은 민족의 운명도 달라졌겠지만 우리 집은 그야말로 하루하루가 처참했었다.

:. 장준하 선생을 찾아 손잡은 동지들. 왼쪽부터 구중서, 백기완, 김희로.

What a Wonderful World!

'푸른 나무와 붉은 장미, 파란 하늘에 하얀 조각구름, 눈부시게 축복된 날과 신성한 밤, 무지개와 친구들…….' 영화 〈굿모닝 베트남〉 중 수많은 베트남인이 미군으로부터 폭격을 당하고 짓밟히는 장면에서 배경음악으로 루이 암스트롱의 〈What a Wonderful World〉가 흘러나온다. 세상을 아름답게 하고 사람의 마음을 푸근하게 해주는 이 아름다운 노랫말이 흘러나올 때 인간의 온갖 추악하고 파괴적인 행동을 보여주는 영상이 보인다.

'시월에 찬란한 유신의 새 아침이다. 조국의 영광을 길이 빛내자. 길이길이 빛내자~' 내가 초등학교 다닐 때 음악 시간에 배운 노래 중 제일 좋아하는 곡이다. 얼마나 이 노래가 좋았으면, 혹은 얼마나 많이 배웠으면 마흔이 넘은 지금도 잊히질 않는다. 활기찬 멜로디와 더불어 조국의 영광을 길이 빛내자 하니 그럴 만도 하다는 생각이 든다. 그 무렵 우리 집 앞에는 늘 검은색 지프가 와 있었다. 물론 우리 집 차는 아니었다. 하지만 우리 집과 관련한 차이기는 했다. 가택 연금된 아버지를 감시하기 위한 차였으니까. 그리고 그 감시는 내가 고등학교 졸업 무렵까지. 그러니까 6월 항쟁 이후까지도 계속되었다. 그리고 몇 차례의 투옥까지. 내가 '유신찬가'를 목청 높여 부를 때 내 아버지는 그 유신헌법 때문에 중앙정보부에 끌려가 온갖 고문을 당했다니…….

어린 나에게 세상은 그렇게 아이러니었다. What a Wonderful World!

 •﹕ 추모 집회로 구속된 아버지.

 •﹕ 고 박종철 군 추모집회에서 부산민주시민협의회 회원(노무현, 문재인, 김광일 등)들과 함께 연좌
　　농성 중 전경들이 최루탄을 쏘고 있다.

 •﹕ 이철규 열사 추모집회에서 선봉에 선 최성묵 목사와 아버지.

사진제공 : 부산민족학교

2

그 사람을 그대는 가졌는가

섬

    학창시절 내겐 답하기 곤란한 질문이 하나 있었다. 아버지의 직업을 묻는 것이다. 학교에서 나눠주는 가정환경조사서에는 꼭 아버지의 직업을 쓰는 칸이 있었는데 여기다 어떤 것을 써야 할지가 늘 막막했다. 보통은 부모가 써서 보내주지만 나는 내가 써서 내야 하는 경우가 많았다. 첫 항목부터 작성해 가다 보면 늘 아버지 직업란에서 막혔다. 다른 친구들의 어머니는 가정주부가 많아 그에 비해 무언가 그럴듯해 보이는 어머니의 직업은 분명하고 자신 있게 쓸 수 있었지만 아버지의 직업은 그렇지 않았다. 한번은 아버지께 물어보니 '시인'이라고 쓰라는 것이다. 그래서 시인이라고 썼더니 나중에는 이것이 오히려 더 나를 난감하게 만들었다. 선생님들은 아버지가 어떤 시를 썼느냐, 아버지 시집을 가지고 있느냐, 심지어 어떤 친구는 아버지의 이름이 뭐냐며 그런 시인은 들어본 적 없다고 했다. 사실 교과서에 나오는 시인들 빼고 시인의 이름과 시를 아는 사람이 몇 명이나 되겠는가. 그런 종류의 직업은 일반인이 알 정도로 유명한 사람이 아니면 직업으로 인정받기 어려운 모양이다. 그런 이유로 그다음부터는 시인이라고 쓰질 않고 그냥 회사원이라고 썼다. 그러면 그 누구도 아버지의 직업에 대해 왈가왈부하는 사람이 없었다. 이렇게 사람에게 호기심을 유발하지만 유명인이 아니다 보면 묻는 이에게 이상야릇한 표정을 짓게 하는 직업이 꽤 있다. 문인, 화가, 사진가, 음악가, 운동선수, 배우 등.

　차범근 감독이 선수생활을 할 때다. 지금의 부인과 연애 끝에 결혼하기로 약속하고 각자의 부모에게 인사시키기 전에 미리 얘기하기로 한 모양이다. 차범근 감독의 부인은 그녀의 아버지에게 남자를 만나고 있으며 결혼을 하기로 약속했다고 얘기한다. 그녀의 아버지는 제일 먼저 그 사람의 직업이 무엇이냐고 물어본다. 축구선수라는 딸의 말에 아버지는 정색하며 "축구선수는 내 눈에 흙이 들어가도 안 된다. 당장 헤어져라. 차범근이라면 몰라도……"라고 했단다. 그래서 쉽게 결혼할 수 있었단다. 이 얘기가 사실인지 우스갯소리 좋아하는 사람이 지어낸 얘기인지는 모르겠으나 특정한 사람이 하나의 직업을 대표하는 경우가 아니겠느냐는 생각이 든다. 그 사람이 아니면 다른 사람은 같은 직업을 가졌어도 인정받지 못한다. 단순히 유명인이나 성공한 사람이 아니라는 이유로 사회적 정체성을 인정받지 못한다. 반대로 판사, 검사, 의사, 국회의원, 대기업의 간부 등의 직업을 가진 사람은 그 사람이 어떤 종류의 인간인지는 상관없이 정체성을 인정받는다. 직업이 그 사람의 정체성을 대표하는 경우다. 이런 이유로 어렸을 때 나는 아버지와 달리 확실한 직업을 갖겠다고 다짐했다. 하지만 지금 내 모습은 자식들의 가정환경조사서를 쓸 때 예전과 똑같은 고민을 하고 있다. 다만 아버지의 직업에서 나의 직업으로 대상만 달라졌을 뿐이다. 직업보다는 구속받지 않는 자유로운 생활방식과 삶을 통해 좀 더 나은 가치를 추구하고자 하는 유전자가 나의 어릴 적 의지보다는 훨씬 강했던 모양이다.

나의 어린 시절은 그다지 행복하지 못했다. 불행은 우리 집에만 찾아오는 것 같았고 남들은 모두 행복한 삶을 사는 것 같았다. 길에서 마주치는 모든 사람이 행복해 보였고 그러면 그럴수록 우리 가족의 불행은 더 커져만 가는 것 같았다. 세상이 싫었다. 그래서 그로부터 벗어나는 출구전략으로 그림을 그리기 시작했다. 그림을 그리면 세상과 동떨어져서 살 수 있을 줄 알았기 때문이다. 화구박스에 이젤 그리고 스케치북 하나 들고 여기저기 경치 좋은 곳을 돌아다니며 그림만 그리면 되는 영화 속 주인공 같은 삶을 꿈꾸었다.

대학에 진학한 후 사회의 부조리에 대해 알게 되면서 디자인을 하기로 마음먹었다. 디자인을 하면 세상을 바꿀 수 있을 것 같았다. 많은 사람이 보는 TV, 영화, 책, 간판, 건물 등. 이런 것들을 바꾸면 세상이 달라지지 않을까 하는 막연한 기대가 있었다. 호기 좋은 시절이었고 무엇이든 자신감이 넘치던 때였다.

대학 졸업 후 직장에 다니게 되며 사진을 찍기로 마음먹었다. 세상의 싫은 것, 세상을 바꾸는 것, 이런 것은 모두 세상을 제대로 알아야 가능한 것들이었다. 그래서 세상을 배우기로 했다. 사진이라는 작업은 적어도 이론적으로는 세상을 왜곡 없이 있는 그대로의 모습으로 보여주기 때문이다. 세상을 배우기에 제일 좋은 직업인 것 같았다.

하지만 돌이켜보면 이 모든 것의 밑바닥에는 현실 문제에 대한 도피성 진로변경이라는 말 못할 사정이 있었다. 어떤 일을 하면서 반드시 수반되는 위기와 시련을 극복하지 못하고 이리저리 피해 다닌 결과다. 때로는 내가 좌절하고 힘들어할 때 누군가 작은 도움의 손길이라도 내밀어주었다면 지금 좀 더 성공하지 않았을까 하는 부질없는 생각을 해보곤 했다. 그것이 위로의 말이었건, 경제적 도움이었건, 진심 어린 충고였건 간에 말이다. 그러나 이런 것은 핑계에 지나지 않는다는 것을 잘 알고 있다. 가족이나 친한 친구에게 변명은 될 수 있을지 모르겠으나 나 자신을 속일 수는 없다. 조금 노력하고 바로 결과가 나오길 기대하는 조급함이 자꾸만 다른 것을 찾게 했고 일 자체를 즐기고 탐구하기보다는 그저 성공의 수단으로써 일을 대했기 때문이다. 내 세대에는 인간의 평균 수명이 100세 정도가 된다고 한다. 나는 내 의지로 살게 되는 적어도 70년이라는 세월을 통해 겪게 되는 나와 세상 사이의 변화 과정 자체가 소중한 일이라 여기지 못했다. 그보다는 타인으로부터 '성공'이라는 말을 듣기 위한 순간을 위해 일하는 어리석음으로 시간을 낭비했다.

영화 〈파피용〉[43]에서 파피용은 자신의 형벌을 억울해한다. 하지만 꿈에 나타난 재판관의 "인생을 낭비한 죄, 유죄!"라는 말에 그는 순순히 자신의 죄를 인정한다. 그 누가 인생을 낭비하지 않고 살았다고 자신 있게 얘기하겠느냐마는 '나처럼 이 핑계 저 핑계 대면서 인생을 낭비한 사람이 또 있을까?'라는 반성을 해본다. 지금 이렇게 힘든 것, 인생을 낭비하고 살아온 사람이 겪어야 할 필연적 운명이라 생각된다. 하지만 끝내 탈출에 성공하는 승리자 파피용의 모습에 내 미래의 모습을 투영해보는 것, 단지 소망으로

---

43) 프랭클린 J. 샤프너 감독, 스티브 맥퀸, 더스틴 호프만 주연, 1973.

끝나지 말아야 할 인생의 과제가 아닐까.

점차 나이를 먹어가면서 어렸을 때 정의한 것과는 다르게 개념이 변해가는 것들이 있다. 그중 하나가 바로 '성공'이란 것의 정의다. 가끔 '성공한 삶이란 무엇일까?'라고 자문해보곤 한다. 내가 스스로 이런 질문을 던지는 이유는 현재의 내 삶이 성공하지 못했다고 생각해서일 것이다. 그렇다면 '성공'과 '실패'를 나누는 기준은 무엇일까? 아마도 '성공'이라는 말 앞에 '사회적'이란 말을 붙이느냐 아니면 '개인적'이란 말을 붙이느냐에 따라 그 결과가 상당히 달라지지 않을까 생각된다. 사회적 성공이란 주변인 또는 불특정다수가 성공했다고 인정해주는 것이다. 그럴듯한 전문직에 종사하거나, 명예를 얻거나, 엄청난 부를 쌓았다거나 하는 것들이 그런 것인데 어렸을 때는 이런 것이 성공이라고 생각했다. 내 생애 그런 성공을 맛볼 수 있을지 알 수는 없으나 다만 훗날 스스로 생각하기에 나의 삶이 성공적이었다고 자평할 수 있으면 하는 바람은 있다. 스스로 생각해보았을 때 성공적인 삶, 그것이 지금 40대 중반에 내가 생각하는 성공의 변화된 개념이다. 그렇다면 스스로 생각했을 때 성공적인 삶이란 어떤 것일까? 결국, 그것은 행복한 삶이다. 행복한 삶을 살지 못한 사람이 스스로 성공했다고 얘기할 수는 없으므로 결국 성공적인 삶이란 자신이 스스로 행복한 삶이다. 그러나 우리는 어쩌면 어려서부터 사회적 성공이라는 남들이 인정하는 기준을 통과하기 위해 개인적 성공을 포기하길 강요받아왔는지 모른다. 그리고 어떻게 될지 모를 불확실한 미래의 성공을 위해서는 오늘의 고통이 당연하다고 생각했을지도 모른다.

삶이 행복하기 위해서는 여러 가지가 있을 수 있겠지만 그중 하나를 꼽으라면 '좋아하는 일을 오랫동안 즐겁게 할 수 있는 것'이다. 사람이 잠자는 시간을 빼면 일생의 반 이상을 일하면서 보낸다고 한다. 그러니 자기 일이 즐겁고 보람이 있다면 반 이상은 성공한 삶일 것이다. 그리고 그런 성공의 끝자락에는 행복이 존재하기 마련이다.

다만 좋아하는 일을 오랫동안 한다는 것에는 전제조건이 따른다. 흔히들 그 전제조건으로 좋아하는 일과 잘하는 일의 차이가 있을 경우를 얘기한다. 그럴 수 있다. 지독히 좋아하는 어떤 분야가 있지만 그만큼 지독히 그 분야의 재능이 없는 경우의 사람들이 있다. 몇 해 전 동서커피문학상 수상자와 심사위원들과 함께 김유정 문학촌으로의 열차여행을 영상 취재하러 간 적이 있다. 서울역에서 출발한 전세열차를 타고 김유정역까지 가면서 문학작품도 읽고 시낭송도 하는 무척 흥미로운 여행이었다. 여행 중 한 심사위원이 하고 싶은 것과 해서 성공할 수 있는 것에 대한 주제로 얘기하면서 명리학을 좀 공부해야 한다고 말한다. 청중의 대부분이 여고 시절 문학소녀로 작가를 꿈꾸던 주부들이라 그런 얘기를 했는지는 몰라도 결국은 자신의 능력을 알고 그에 맞는 일을 해야 성공할 수 있다, 단지 좋아한다는 이유로 열심히 한다고 해서 성공할 수 있는 것은 아니다는 내용이었다. 나는 이 말이 이해는 됐지만 동의할 수는 없었다. 좋아한다면 해야 하는 것 아닌가? 성공하지 못할까 봐 두려워하고 괴로워하기보다는 또는 하고 싶지만, 재능이 없어 포기하기보다는 일하는 과정의 기쁨을 느껴야 한다. 대가나 보상 등의 결실을 먼저 생각하고 해야 하는 일이라면 그 기쁨이 얼마나 클 수 있을까? 또는 그렇게 일하며 사는 삶이 얼마나 정신적으로 여유로울 수 있을까? 늘 불만족스럽고 부족함을 느끼게 될 것이다.

> 하느님은 하루를 주고, 또 힘을 주었다. 하루도 힘도 노동에 바쳐졌고, 보수는 노동 자체에 있었다. 그렇다면 누구를 위한 노동인가? 노동의 열매는 어떤 것인가? 그러한 생각은 부차적이고 무익하다.[44]

사람을 허무하게 만드는 이 글의 뜻이 이제는 조금 다르게 다가온다. 그렇다면 어떻게 일해야 할까?

아주 오래전 내가 주워들은 얘기 중에 "아무리 열심히 노력해봐야 머리 좋은 놈 못 쫓아가고, 아무리 머리 좋아 봐야 운 좋은 놈 못 쫓아간다"란 말이 있다. 이 말을 열심히 일하는 후배에게 농담조로 한 적이 있다. 우스갯소리로 한 얘기지만 이 후배의 반응이 너무 진지했다. 분위기를 다운시키려고 한 말이 아닌데, 농담이라고 던진 말이 오히려 숙연하게 만든다. 거기다 이 후배의 표정이 정말 그 말에 동의한다는 표정이다. 나중에 안 사실이지만 내가 이 농담을 던진 시기가 하필 후배가 자신의 재능과 앞으로의 진로를 두고 심각하게 고민하고 있던 때였다. 괜히 미안해졌다. 그냥 재미있는 얘기로만 생각한 이 이야기가 재미없어졌다. 결국, 빽 있는 사람, 돈 많은 사람처럼 금수저를 입에 물고 태어난 운 좋은 사람들만 잘사는 세상이란 얘기이

---

44) 레프 톨스토이, 연진희 역, 《안나 카레니나》, 민음사, 2012.

기 때문이다. 그 후로 이 얘길 뒤엎을 말이 없을까 무척 고민했다. 그러다 몇 해 전에 비로소 그 말을 찾아냈다. "아무리 운 좋아 봐야 미친놈 못 쫓아간다." 정말 그렇다. 운이란 것은 자신의 의지로 할 수 있는 것도 아니며 또 그 기운을 다할 수 있기 때문에 결국은 불완전할 수밖에 없다. 하지만 무언가에 미친다는 것은 자기 의지로 할 수 있는 최고의 상태이며 그 결과물은 가장 열정적인 사람만이 가질 수 있는 특권이자 전리품이다. 인생은 수학같이 정확한 공식에 의해 도출되는 답이 있는 것이 아니다. 계산기 두드리고 요리조리 머리 써봐야 뜻대로 되는 것이 아니다. 그러니 결과를 미리 생각해 자신의 재능으로 성공할 가능성이 있는가를 고민할 것이 아니라 내가 얼마나 좋아하는 일에 미쳐 있는가를 고민해야 한다. 재능이 우뚝한 봉우리라면 열정은 커다란 산맥과 같다. 사람의 일생은 하나의 봉우리를 올랐다고 끝나지 않는다. 거대한 산맥의 능선과 계곡을 오르고 또 내려가길 수차례 해야 한다. 그러니 그 한 발 한 발이 즐겁고 행복해야 할 것이다. 다만 우리가 해야 할 것은 그 과정에서 필연적으로 겪을 어려움과 곤경을 이겨내는 내공을 키워야 한다. 힘든 일이지만 충분히 가치 있는 일임에 틀림없다.

또 오랫동안 자기 일을 즐기려면 동지가 필요하다. 협업자가 필요하다. 그리고 그들과 함께 공동선을 추구하고 있다는 사회적 역할과 자부심이 필요하다. 그 속에서 자신과 자기 일이 더욱 가치 있게 되기 때문이다.

나는 지난 세월 협업자가 필요 없다고 생각했다. 신경 써줘야 하는 거추장스러운 대상으로만 여겼다. 혼자 선택하고, 혼자 결정하고, 혼자 책임지는 것이 더 편하다고 생각했다. 함께하는 기쁨보다는 혼자 하는 편리함을 택했다. 그러다 보니 사람과 세상에 보이지 않는 선을 긋게 됐다. 그리고 그 선은 단순히 구분 짓는 것을 넘어 점점 배타적인 벽으로 변했고 결국은 나 스스로 섬처럼 고립되는 결과를 가져왔다.

내가 초등학생 때 책상은 지금과 달라서 짝꿍과 한 책상을 나누어 썼다. 그러다 보니 가끔 분란이 일곤 했는데 그 해결책으로 가운데에 칼로 선을 그어놓고 서로 '넘어오지 않기!'라는 상호불가침 조약을 맺는 것이다. 그 조약을 깬 쪽은 딱밤을 맞거나 좀 더 잔인한 방법으로는 물건을 넘어온 만 큼 칼로 자르는—실제 그런 일은 거의 없었지만—형벌이 있었다. 물론 개중 엔 힘이 좀 세고 양심이 불량한 녀석들이 있어 누가 보더라도 말이 안 되 는 '가운데'에 선을 그어놓고는 횡포를 부리기도 했다. 중학교에 올라가면 서부터 개인 책상을 사용하게 되었고 다시는 내 생애 그런 유치한 38선이 존재하지 않을 거라 생각했다. 물론 가끔 붐비는 식당에서나 커다란 강당 에서 여럿이 강의를 듣고자 공동으로 써야 할 경우, 예의를 지키기 위해 어 림으로 구획을 나누어 그를 침범하지 않으려 하긴 하지만 잠시뿐이니 평 소에 의식하게 되지는 않는다.

시간이 흘러 사회생활을 하면서 세상에는 초등학교 시절 책상에 그어놓 은 선보다 더 강력한 힘을 발휘하는 침범해서는 안 되는 선이 많다는 것을 알게 되었고, 더불어 내가 스스로 그어놓은 선까지 존재하게 되었다. 그런 선 긋기에 익숙해진 나는 직장 상사나 부하직원, 갑과 을의 관계에 놓여 있 는 거래처는 물론이고 공공장소나 심지어 운전할 때도 버릇처럼 나름의 선 을 그어놓는다. 그러고는 속으로 '넘어오기만 해봐라!'라며 벼르기 일쑤다.

때로는 더 나아가 덫을 쳐 놓고 그 안에 사냥감이 들어오기를 기다리기까지 한다. 마치 그 순간이 오면 세상이 나에게 안겨준 한과 스트레스를 모두 쏟을 심산으로.

나에게 이런 선 긋기는 남에게 피해를 주지 않는 만큼 나도 자그마한 손해라도 절대 입을 수 없다는 강박관념에서 비롯됐다. 하지만 세상은 그런 것이 아니다. 단지 내 차선을 위협적으로 끼어드는 것만이 나에게 피해를 주는 것은 아니다. 보이지 않는 손에 의한 느끼지 못하는 피해가 훨씬 크다. 내가 아무리 선 긋기를 하고 다녀도 권력과 부조리한 사회시스템에 의해 나도 모르게 받는 피해는 곳곳에 널려 있다. 그러므로 이 세상이 부조리하다고 생각한다면 세상을 바꾸는 일에 참여해야 한다. 그 속에 힐링이 있고, 스탠딩이 있고, 울림이 있다. 나만 잘 먹고 잘살기 위한 일을 하고 또 그런 삶을 산다면 스스로 가치를 떨어뜨리는 것이다.

한때 나는 대학원 진학을 간절히 원했던 적이 있다. 긴 가방끈은 나를 그럴듯하게 보여주는 최고의 포장지라고 생각했다. 하지만 직장 후배 초원의 말에 대학원 졸업 이상의 깨우침을 얻게 되면서 대학원 진학을 기분 좋게 접었었다.

"너는 미국에서 유학할 때 석사학위 논문 주제가 뭐였니?"

"처음에는 '가'라는 주제로 하려고 했는데 지도교수가 안 된다고 해서 '나'라는 주제로 했어요."

"'가'는 왜 안 된데?"

"공익에 부합되지 않대요."

'아, 그런 거구나!'

그 지도교수가 훌륭한 사람이었는지, 아니면 초원이 쓰려 했던 논문의 주제가 난해해서 그랬는지는 모르겠다. 그리고 대학원 과정을 거쳐 석사나 박사학위를 받으려면 다른 지도교수들도 다 그런 잣대를 들이대는지는 모르겠다. 하지만 그런 것이었다. 우리 사회에서 적어도 석사학위 이상의 자격을 취득한 사람은 분명 혜택받은 사람일 것이다. 굳이 '노블레스 오블리주Noblesse Oblige'란 거창한 말을 쓰지 않더라도 혜택받은 사람들이 가져야 할 자세는 바로 함께하기 위한 관심과 배려가 아닐까.

나에게 주어진 작은 문제를 해결하는 일에서부터 세상을 바꾸는 일까지, 그것은 작고 큰 협업을 통해서 이루어지게 되어 있다. 인간은 본디 공존적인 존재이기 때문이다. 촛불이 하나일 때는 바람에 쉽게 꺼질 수 있으나 여럿이 모이면 횃불이 되고 그것이 번져 들불이 되는 것을 3·1운동이나, 4·19나, 6월 혁명이라는 역사를 통해 이미 증명해 보이지 않았던가. 그래서 우리에겐 동지와 협업자가 필요하다.

'No man is an island, entire of itself.'[45]

어떤 사람도 섬이 아니다. 그 자체로 온전한 삶은 없다.

---

45) 존 던(1572~1631, 영국) 기도서17, 이미도(작가, 외화번역가)의 문화일보 〈이미도의 인생을 바꾼 대명사〉(2012.3.14) 재인용.

'89690'

　부산발 서울행 통일호 열차에 오른 지 5시간 30분, 한강철교를 지나는 열차의 객실 내에서는 패티 김의 노래 〈서울의 찬가〉가 흘러나온다. 차창 밖에는 붉은 노을이 서울의 하늘을 물들이고 있고, 금빛 육체로 주위의 모든 것을 내려다보며 도드라지게 서 있는 63빌딩이 눈에 들어온다.

　'드디어 서울이다.'

　초등학교 4학년 봄방학 부모님을 만나겠다는 생각 하나로 눈물을 흘리며 올랐던 열차, 달라진 것이 있다면 그때는 안 보였던 63빌딩이 있다는 것. 그리고 그 63빌딩의 높이와 9년의 세월만큼 자라버린 나의 꿈과 키. 그때는 나의 의지와 상관없이 열차에 올랐지만 이젠 나 자신의 노력과 능력으로 이 열차 안에 앉아 있다.

　'이제 이 서울은 내가 접수한다!'

　주섬주섬 짐을 챙기는 사람들을 보며 잔뜩 부푼 가슴으로 다짐하고 또 다짐해본다.

　'여행이 지루했나 보군, 난 마지막에 내려야지. 이 환희를 될 수 있는 한 오랫동안 느끼리라. 그리고 오늘을 기억하리라.'

~헤어져 멀리 있다 하여도 내 품에 돌아오라 그대여 아름다운 서울에서
서울에서 살으렵니다.

내가 그동안 왜 이 노래를 촌스럽다고 생각했을까. 이렇게 좋은 노래를.
천천히 의자에서 몸을 일으켜 짐을 챙기고 객실을 빠져나온다.

열차의 마지막 계단, 9년 전 달리는 열차 밖으로 몸을 던지려 내디뎠던,
그렇게 두려웠었던 마지막 계단을 세상에서 가장 도도한 발걸음으로 내려
온다. 천천히. 아주 천천히.

그렇게 마지막 계단으로부터 발걸음을 옮겨 서울역의 플랫폼에 첫발을
내딛는다. 교황처럼 몸을 숙여 이 축복의 땅에 키스라도 하고 싶지만 그건
생략하기로 한다.

택시 승차장에는 많은 사람이 줄 서 있고 나는 그 줄의 끝을 찾아 서고
는 내 차례가 오기를 기다리며 조금씩 전진한다. 이윽고 내 차례, 뒷좌석에
짐을 싣고는 기사의 옆 좌석에 앉는다.

"고대로 가주세요."

일부러 목소리를 저음으로 깔면서 그러면서도 또박또박 느리게 목적지
를 말한다. 이 순간을 얼마나 기다렸던가. 또 한 번 환희가 밀려온다. 사실
나는 고대가 서울의 어디쯤에 있는지도 모른다. 시험 보러 잠깐 왔었지만
그때는 정신도 없었고 오로지 시험을 잘 치러야 한다는 생각뿐이었지 학교
의 위치가 어디에 있나 이런 것은 생각할 겨를이 없었다. 하지만 지금은 상
황이 다르다. 서울역에서 안암동까지 가는 거리의 풍경이 하나하나 눈에 들

어오기 시작했다.

"고대 학생인가 봐요?"

택시기사가 묻는다. 정말 좋은 질문이었다. 어쩌면 그 기사가 내게 그런 질문을 안 했다면 꽤나 섭섭했을 것이다.

"아, 네. 제가 요번에 고대에 합격해서요……."

원하는 질문을 받았다는 기쁨에 마음이 풀어지고 그렇게 방심하는 순간 묵직했던 목소리는 비음이 약간 섞인 내가 들어도 별 매력 없는 원래의 목소리가 나온다. 하지만 뭐 어떤가? 나는 그 순간 세상에서 부러울 것 하나 없는 완벽한 상태인 것을. 혹여 서울대생이 합승했으면 모를까. 서울대는 반대편이니 그럴 일은 절대 없을 것이다. 물론 그 당시에는 서울대가 반대편에 있다는 사실도 몰랐지만.

그렇게 서울 생활은 시작됐다. 하지만 서울이란 도시는 그렇게 호락호락한 도시가 아니었다. 자의에 의한 상경의 환희도 그리 오래가지는 못해 〈서울의 찬가〉를 흥얼거렸던 내 입이 어느새 조용필의 〈꿈〉을 애절하게 부르게 되었다.

화려한 도시를 그리며 찾아왔네 그곳은 춥고도 험한 곳. 여기저기 헤매다 초라한 문턱에서 뜨거운 눈물을 먹는다. 머나먼 길을 찾아 여기에 꿈을 찾아 여기에 괴롭고도 험한 이 길을 왔는데 이 세상 어디가 숲인지 어디가 늪인지 그 누구도 말을 않네…….

'우리 세대는 저주받은 세대야.'

하늘 같은 선배에서 까마득한 후배까지, 술잔이 몇 순배 돌고 모인 무리들이 취기가 오르기 시작하면 선배 중의 한 명이 이런 말을 하곤 한다. 그러고는 '우리 때는 말이야……' 하며 한참을 자신이 속한 세대에 대한 푸념을 늘어놓기 시작하고 한바탕 연설이 끝나고 나면 여기저기서 봇물 터지듯이 모두 자신의 세대가 저주받은 세대라며 저마다의 이유를 댄다.

"너희가 보릿고개를 넘겨봤어?"

"IMF 때문에."

"88만 원 세대의 비애를 아십니까?"

모두가 일리 있는 얘기다. 멀리 일제강점기에서 해방과 6.25, 그리고 독재와 민주화 과정까지 어느 한 세대 복받은 세대가 없다. 우리 세대 역시 그렇다.

우리가 어릴 때는 가장 맛있고 좋은 것은 아버지 몫이므로 언감생심 눈독을 들인다는 것은 있을 수 없는 일이었다. 다만 아버지의 성은을 기다릴 뿐이다. 요즘은 가장 맛있고 좋은 것은 아이들의 몫이다. 행여 내 것인 줄 알았다가는 금방 마누라의 핀잔을 들어야 한다. 걸칠 옷이나 신발도 마찬가지다. 인터넷이나 중저가 브랜드에서 저렴한 제품을 고르고 또 고르고, '결제하기' 버튼을 클릭할까 말까 하는 고민 끝에 '장바구니'에만 넣어둬야 하는 우리에 비해 요즘 아이들은 '등골브레이커'니 뭐니 하면서 초고가의 브랜드 제품으로 온몸을 치장한다. 그것도 단 한 시즌만!

우리는 그런 세대다. 어려서는 윗세대에 치이고 어른이 돼 서는 아랫세대에 밀리는, 한 번도 주인공이었던 적이 없던 세대. 세상이 변화하는 중간에서 구세대에도 신세대에도 속하지 못하는 '낀 세대'. 1987년 민주화운동 중 온몸으로 투신해 민주화의 한 축을 차지한, 지금은 486이니 586이 되어버린 386세대도 아니고(1969년도에 태어나 89학번이고 지금은 40대이니 형식적으로는 486이 맞겠으나, 6월 항쟁이 있었던 1987년 이후에 대학에 입학했기 때문에 실질적 의미의 386이나 486은 아니다) 컴퓨터와 최신 디지털 기기로 중무장한 채 온갖 신문물의 혜택을 누리는 새로운 세대도 아닌 그런 어정쩡한 세대다.

어느덧 우리는 아버지가 되었지만, 예전의 아버지 같은 존재감은 느낄 수 없다. 우리의 아버지들은 전후 대한민국을 복구하는 사명을 띠고 있다거나 독일의 광부나 간호사, 중동의 건설일꾼, 또는 공장의 공돌이, 공순이라 불렸다. 이분들의 희생이 오늘의 대한민국을 있게 했다. 그런 이유로 가정이나 사회에서 대단한 존재감을 가질 수 있었다. 오늘날 아버지가 된 우리의 모습에서는 찾아보기 힘든 광경이다.

'할아버지의 재력, 엄마의 정보력, 학생의 체력, 동생의 희생 그리고 아빠의 무관심.'

원래는 아이들의 성공적인 교육환경으로 회자하는 말로 우리 사회를 씁쓸하게 했던 말이지만 그 안에서도 우리 세대의 사회적 정체성을 엿볼 수 있다. 우리는 이렇듯 그저 없는 듯 있기를 강요받는다. 세상일과 자기 자식들의 교육조차 무관심하고 묵묵히 돈만 벌어오면 된단다. 세상의 주류가 될 수 없는 주목받지 못한 우리 세대, 우리 세대의 아픔은 이렇게 존재감의 상실에서부터 출발한다.

　내게는 기억이 다하는 순간까지 잊히지 않을 것 같은 숫자가 세 개 있다. 첫 번째는 주민등록번호이고, 두 번째는 91-7302****라는 숫자의 군번이며, 마지막 하나는 89690으로 시작하는 나의 대학 학번이다.

　청운의 뜻을 품고 지성의 상아탑이라는 대학에 첫발을 디뎠을 때는 세상을 다 얻은 것 같았다. 정식 입학 전 신입생 오리엔테이션 때 배운 응원가는 그런 우리를 더욱 들뜨게 하였다. 고등학교까지 TV에서만 보고 말로만 듣던 '고·연전'의 주인공이 되는 시점이었다. 특히 교가보다 더 많이 불리는 〈막걸리찬가〉는 입시라는 굴레에서 벗어난 기쁨과 희열을 느끼게 해주었다. '마실까 말까, 마실까 말까, 에라 씨발 니미 조또. 마셔도 사내답게 막걸리를 마셔라 맥주는 싱거우니 신촌골(연대)로 돌려라~ 만주 땅은 우리 것, 태평양도 양보 못 한다.' 그동안 금기시해왔던 욕설을 공개적으로 그것도 수천 명이 합창할 수 있다니, 더군다나 통일을 넘어 만주와 태평양까지 생각하는 원대한 꿈을 가질 수 있다니, 대학은 내 인생의 전환점이 되기에 충분했다. 그리고 양념처럼 잔재미를 주는 사학의 라이벌 연대에 대한 조롱까지. 그전엔 뭔지도 모르고 멋있게 보였던 연대의 '아카라카 칭 아카라카 총'은 '아가리 찍 아가리 쪽'으로 고대의 '입실렌티'와는 그 멋스러움에서 비교도 안 되는 교호에 불과했다. 응원단장의 "여러분 뾰루지가 났을 때 고대 인근 약국에서 '연고' 달라고 하면 약사들이 못 알아들어요. 반드시

'고연' 달라고 하세요"라는 멘트 하나는 그동안 '연·고전'이라고 불렀던 우리를 그 후로도 25년 이상 '고·연전'이라 부르게 하는 확실한 계기가 되었었다.

정식 입학을 하고 난 후 학교의 분위기는 응원제 때의 활기찬 분위기와는 사뭇 달랐다. 당시 상황은 6월 항쟁 이후 시국에 관한 문제보다는 학내 분규나 학원 민주화에 관심을 더 가질 때였다. 특히 학생회 측에서는 총장 선출과 등록금동결문제와 관련하여 총장의 퇴진을 요구하는 등 학교 당국과 총학생회의 마찰이 극심한 상태였다. 그렇게 어수선한 상태에서 우리는 지도교수와 첫 만남을 갖는다.

처음으로 40명의 학우 전원과 지도교수가 만난 자리는 기대했던 것과는 달리 유쾌한 자리가 아니었다. 지도교수는 고대 내에 처음 생긴 예술관련 학과로 학교 당국에서 우리에 대한 기대가 크고 앞으로 우리 과가 발전하려면 학교의 방침에 잘 따라야 한다는 취지의 얘기를 한다. 한마디로 학생회가 주관하는 반학교적 행동에 참여하지 말라는 얘기였다. 하지만 광주에서 온 덕희가 지도교수의 말에 조목조목 반박을 했고 예상치 못한 상황에 지도교수는 당황한 표정이 역력했다. 신입생 오리엔테이션에 참여하지 않았던 일부 학생은 덕희의 태도를 문제 삼으며 재반론을 했다. 그러나 덕희의 주장이 더 논리적이었으며 신입생 오리엔테이션에 참여한 대다수 학생의 동조까지 더해지며 지도교수는 더욱 난처한 지경에 이르렀다. 어떻게든 그 상황을 수습해야 했던 지도교수는 우리 과를 잠수함과 비교하며, "잠수함은 빠르지는 않지만, 물밑에 있다가 물 위로 천천히 올라오듯 우리 과도 지금은 나서지 말고 수면 아래에 있다가 천천히 우리의 길을 가자"라며 마무리를 지으려 했으나 그마저도 여의치 않았다. 그러다 타 대학에 다니다 해군에서 군대를 마친 후 다시 입학한 상덕 형이 "제가 해군에서 군 생활을 해서 아는데 잠수함이 느리지 않아요"라며 시작한 재치 있는 말에 그나마 분위기가 좀 나아지긴 했지만, 처음으로 구성원 모두가 만난 상견례 자리에서 학내문제로 학생과 교수, 학생과 학생 간의 이견과 충돌 때문에 반갑지만은 않은 자리가 되어버렸다.

그 후로도 쉽게 학내문제의 해결을 위한 실마리를 찾지 못했고 1989년 4월 15일 급기야 학교 당국은 '임시휴업령'[46]을 발포한다. 이 임시휴업령이 발포된 결정적인 계기는 부정입학의혹과 관련하여 학생회에서 총장을 검찰에 고발하는 사태로까지 번졌기 때문이었다. 특히 대자보에 붙은 부정입학 의심사례를 보면 전두환의 동생 전경환의 아들이 승마특기생으로 입학한 문제에 대한 의혹이 있었다. 학생회 측에서는 승마특기생으로 입학하려면 몸무게가 45킬로그램 이하여야 하지만 그 학생의 몸무게가 90킬로그램을 넘는다고 주장했고, 이에 대해 학교에서는 입학해서 술도 먹고 안주도 먹고 그러다 보면 몸무게가 늘 수 있다는 웃지 못할 답변을 한 것 등이 학생들을 분노하게 했다.

학교의 휴업령에 대해 총학생회 측에서는 등교투쟁으로 맞섰다. 일부에

---

46) '고대 임시휴업', 동아일보, 1989. 4.15.

서는 수업을 강행하기도 했지만, 정상적인 수업이 이뤄지기는 힘든 분위기였다. 특히 나는 학교 기숙사에서 생활하고 있었는데 기숙사 역시 휴업령의 여파로 문을 닫아야만 했고 기숙사 학우들은 모두 각자의 고향으로 돌아가야 했다. 그 때문에 나는 등교투쟁에 동참하지 못하고 대학입학 한 달만에 다시 짐을 싸서 부산으로 내려가게 된다.

기숙사에서는 층별로 임시휴업에 관한 간단한 회의가 열렸다. 안건은 기숙사를 끝까지 지키느냐 아니면 현실적으로 기숙사에 계속 머무는 것은 불가능한 일이니 귀향을 하느냐에 대한 것이었다.

당시 기숙사의 인원은 방별로 '방졸'로 불리는 1학년 2명, '방장'인 2학년 1명, 각층을 대표하는 '층대표'와 대학원생인 부사감 등으로 구성되어 있었다. 나는 신입생이었던 관계로 당연히 방졸이었다. 회의는 4학년인 층대표가 중심이 되어 열렸다. 층대표는 모인 학우들에게 1분씩 시간을 주어 자신의 의사를 발표할 기회를 주었다. 대학에 들어와서 느낀 것 중 좋은 게 있다면 구성원 모두에게 발언할 기회를 주는 것이었다. 고등학교까지는 학급회의 시간이나 동아리 모임 시간에 늘 임원이나 우등생 등 몇몇 소수 인원만 자신의 주장을 펼 수 있었는데 대학의 토론문화는 달랐다. 이런 문화는 하고 싶은 말은 있지만 나서서 얘기하는 것을 두려워하는 나 같은 사람에게는 반가운 문화였다. 나는 다른 학우들의 이야기를 경청하면서 조용히 내 순서를 기다렸다. 학우들의 의견이 갈렸다. 주로 현실적인 문제로 기숙사를 비워야 하지 않겠느냐는 의견이 많았다. 어차피 있어 봐야 전경들이 들어와서 내쫓을 테고 불상사만 커질 수 있다는 논리였다. 그런 가운데 점점 내 순서가 다가왔다. 그 순간부터는 내가 해야 할 말 때문에 학우들의 얘기가 들리지 않았다. 나는 어떻게 얘기해야 할까 고민하다 스스로 생각하기에 멋진 말이 떠올랐다. 그래서 내 순서가 오면 이렇게 말해야지 하고 단단히 준비하고 있었다.

'만약 학우 여러분의 집에 나쁜 무리가 들어와 행패를 부린다면 어떡하시겠습니까? 집을 그들에게 내주고 도망가시겠습니까? 나는 기숙사에 처음 들어왔을 때 선배들에게 그런 말을 들었습니다. 이제부터는 기숙사가 너희 집이고, 여기 있는 학우가 너희 가족이다. 우리가 정말 이곳을 집이라고 생각한다면 어떻게 행동해야 할지 분명해질 것으로 생각합니다.'

괜찮은 생각 같았다.

당시 고대는 말이 종합대학이지 종합대학을 구성하는 데 빠져서는 안 될 예술대학이 없어 종합대학이라고 부르는 데 부족한 면이 있었다. 그런 와중에 비록 사범대에 속해 있기는 했지만, 예술관련학과가 새로 생긴 것에 많은 기대와 우려가 공존하는 분위기였다. 그런 이유로 우리 과 학생들은 어딜 가나 주목받았다. 한 학생의 행동에 따라 과 전체가 그 행동과 동일시해 평가받았다. 때로는 '오, 짜식들 꽤 쓸 만한데' 아니면 '저 그림밖에 그릴 줄 모르는 것들'이라는 상반된 평가가 공존했다. 더군다나 기숙사에서 생활하는 우리 과 학생은 나뿐이었다. 내 한마디, 나의 행동 하나가 우리 과 전체를 평가하는 잣대가 될 수 있었다. 그런 가운데 기숙사 학우들이 많이 모인 이 자리에서 썩 감동적인 말 한마디를 한다면 나와 우리 과의 인식을 좋게 하는 데 도움이 되리라 생각했다. 그 순간부터는 사실 기숙사에서 계속 생활하느냐 아니면 귀향하느냐의 문제는 내게 뒷전이 돼 버렸다. 어느 부분에서 톤을 높이고 어느 부분을 천천히 말해야 할지 온통 그 생각뿐이었다. 멋있을 것 같았다. 지금 생각해보면 어쩌면 그 짧은 순간에 그렇게 깊이 나르시시즘에 빠질 수 있었는지. 그 당시 내 수준이 딱 그랬다. 지금도 크게 달라지진 않은 것 같지만.

모든 준비가 끝나니 내 발언 순서까지 오는 것이 더디게 느껴졌다. 하지만 심장은 더 빠르게 뛰었다. 준비된 자의 여유 같은 것은 없었다. 소풍 전날의 초등학생처럼 긴장과 설렘으로 가득한 시간이었다. 워낙에 말이 없고 말을 잘 못하는 성격이라 더 했을 것이다.

그런데 전혀 예상치 못했던 일이 발생했다. 내 두 번째 앞 학우의 순서가 됐을까 갑자기 회의를 주관하던 층대표가 마무리 발언을 하며 회의 종료를 선언하는 사태가 벌어진 것이다. '허걱~' 속으로 아무리 '이건 아니지!'를 외쳐봐야 소용없는 일이었다. '끝내기 전에 제가 한마디 해도 될까요?'라는 말이 목까지 차올랐지만 말 못하는 사람에게서는 절대 나올 수 없는 말인 것을 그 당시에도 잘 알고 있었다. 고대 기숙사 역사상 최고의 명대사가 사라지는 순간이었다.

고대 기숙사에는 예전부터 내려오는 전설이 하나 있다. 과거 군부독재 시절 '풍수지리상 북악산 정기를 받은 고대에서 대통령이 나온다'는 얘기를 지관한테서 들은 최고 권력자는 그 정기를 차단하고자 북악산 기슭, 고대 뒤편에 지맥을 끊는 길을 닦는다. 그 이유로 고대에서 대통령이 나오지 않았는데 기숙사를 그곳에 세움으로써 북악산의 정기를 다시 잇게 되어 대통령이 나오게 된다는 전설이다.

이 전설이 사실인지는 모르겠으나 내가 그 얘기를 들은 20년 후 실제로 고대 출신 대통령이 나온다. 이렇게 나타난 고대 출신 대통령을 두고 세간에서는 한 고대생이 연대생에게 "우리는 김연아 있다"라고 자랑하니 연대생이 "우리는 이명박 없다"라고 대꾸했다는 우스갯소리를 한다니 씁쓸한 마음이 든다.

임시휴업령이 내려진 지 채 한 달이 지나지 않아 휴업이 해제되고 다시 캠퍼스는 학생들의 발걸음으로 활기를 되찾게 되었지만, 그 후로도 학생들의 시위와 최루탄의 매캐한 냄새는 교정에서 흔하게 경험할 수 있었다. 이런 우여곡절과 함께 나는 다시 상경하게 되고 우리의 대학생활은 비로소 본격적으로 시작된다. 그러나 고등학교 미술실만도 못한 열악한 수업환경과 부족한 지도교수 그리고 타 전공 교우들의 곱지 못한 시선을 이겨내야 하는 삼중고에 시달리게 된다.

우리 과는 경영대 뒤편의 사범대학생회실 아래층에 자리했는데 가끔은 우리 화장실에 타 학과 학생들이 찾아와 우리 과를 비하하는 유치한 낙서를 하기도 하였다.

하지만 우리는 예술을 향한 뜨거운 열정과 보수적인 고대문화에 참신함을 불어넣고자 하는 의지로 충만했다. '민족고대 청년사대 창조미교'라는 구호도 직접 만들어 학생회 일, 학과 일, 그리고 각자의 전공 활동도 꾸준히 열심히 했다. 학교 내에서 우리는 분명히 소수자에 불과했지만 그냥 소수자가 아닌 '창조적 소수자'가 되고자 노력했다.

느닷없이 감행된 3당 합당과 계속되는 학원 민주화투쟁의 혼란과 혼돈 속에서도 우리는 우리 전공을 통해 어떻게 사회고발과 사회참여를 할 것인지에 대해 고민했다. 그런 우리는 늘 붙어 다녔다. 때로는 실기실에서 때로는 시위 현장에서 그리고 밤이면 동양최대의 막걸리집 '마마집'과 '호질' 등에서 막걸리와 소주 그리고 싸구려 안주를 먹으며 시대가 만들어낸 불의에 분노하면서도 우리가 선택한 예술에 대한 열의와 사람에 대한 사랑을 끊임없이 얘기했다. 논쟁과 다툼도 많았지만, 상대방을 인정하고 다양성을 인정하는 테두리 안에서 서로의 애정이 받침이 된 논쟁이었다.

우리 과의 구성원은 다양했다. 같은 학번이지만 제일 나이 많은 학생부터 제일 어린 학생까지 거의 열 살이나 나는 나이 차이도, 한 학과이지만 서양화에서 디자인까지 서로 다른 전공의 차이도, 생각과 가치관의 차이도 우리의 단합을 무너뜨리지는 못했다. 집안이 부유했던 민지는 늘 술값을 냈고, 학교에서 제일 가까운 집에 살았던 상덕 형은 자신의 집을 흔쾌히 만취한 학우들에게 제공했다. 늘 투덜대고 한 번도 연애를 못해 본 덕희는 캠퍼스 잔디 위에서 여자 친구의 무릎을 베고 자고 싶다는 소망이 있었고, 예쁘게 생긴 영리는 머리를 빡빡 밀고는 늘 멋진 그림을 그려냈다. 빨간 양말을 신고 다녔던 양열은 남학생들이 흠모하는 대상이었고, 제일 키가 컸던 준석과 제일 키가 작았던 양석은 늘 붙어 다니더니 졸업 후 같은 대기업 같은 부서에 취직했다. 덩치만큼이나 푸근했던 정희 누나는 미술심리치료사로 백혈병·소아암 재단 일을 하고 있다. 주명과 은지는 고불거리는 파마머리에 라커 같은 복장을 하고 다녀 범생이 같은 고대생들 가운데 늘 눈에 튀었고, 작고 가녀린 체구에 조용한 성격이었던 혜정은 울산에서 열혈 학부모가 되어 "원명아 나 학교 다닐 때랑은 많이 달라졌어"라고 말한다. 들리는 얘기에 의하면 부조리한 교육계에서 아이들을 지키려고 고군분투하고 있단다. 늘 새로운 디지털 기기를 보여줬던 얼리어답터 태윤은 우리 중 제일 먼저 결혼하여 아이가 대입준비를 하고 있고, 학창시절 많은 대화를 나누지 못했던 수진은 대학교수가 되어 놀러 오라고 난리다. 일러스트레이터 호진, 미술선생님이 된 강올과 다른 친구들까지 모두 40명의 동기들. 안타깝게 먼저 세상을 떠난 친구들도 있지만 모두 내 인생의 친구요, 협업자들이다. 이들과 작은 공동체를 구성해서 뜻깊은 콜라보레이션을 이뤄보고 싶지만 아직은 미력하다. 하지만 언젠가는 그림을 같이 그리는 것이든 세상을 아름답게 변화시키는 것이든 멋진 콜라보레이션을 이룰 꿈을 그려본다. 우리가 같이 꿈꾼 순수하고 아름다웠던 우리의 청춘이 마음속에 살아 있는 한 이루어질 꿈이 아닐까.

우리는 혼란스러운 세대의 소수자로서 자기계발보다는 학과와 학교 그리고 사회 문제에 동참하는 것부터 배우고 그 속에서 상처받고 넘어지고 또다시 일어서는 과정을 통해 함께하는 것의 가치를 깨달았다. 그러나 요즘 대학생은 단군 이래 최고의 스펙을 자랑한다지만 그러면서도 졸업 후 취업 걱정에 많은 스트레스를 받는다고 한다. 이들이 미래에 대한 걱정으로 청춘을 불행하게 보내는 우를 범하지 않길 바란다.

우리는 이제 흰머리를 뽑아버리는 것만으로는 세월의 흔적을 감출 수 없는 중년이 되었지만, 지금도 가끔 모이게 되면 학창시절 얘기를 나누며 그당시로 돌아간 것처럼 웃고 떠들곤 한다. 그러면서 너 나 할 것 없이 하는 얘기는 다시 그 시절로 돌아간다면 죽도록 공부하든지 아니면 미친 듯이 놀아 보든지 두 가지 중 하나는 꼭 하겠다고 한다. 미래에 대한 고민보다는 그 시절에만 누릴 수 있는 깨달음의 기쁨과 청춘의 아름다움을 만끽하겠다는 뜻이다. 지금 대학을 다니는 후배들은 선배들이 그 시절로 되돌아가면 꼭 하길 원하는 것이 그것임을 알았으면 한다. 그러니 미래에 대한 불안과 걱정 따위는 바람에 날려버렸으면 좋겠다.

청춘47)이란 이름의 열차가 있다. 이 멋스러운 이름의 2층 열차를 타면 대학 시절 추억의 MT 장소로 데려다 준다. 이 열차가 꿈 많았던 그 시절로 돌려보내 줬으면 좋겠지만 그럴 수는 없다. 하지만 그 시절의 꿈과 열정, 그리고 최고의 친구들이 있는 한 우리는 여전히 청춘이다. 나는 이제는 사라져버릴 것 같은 나의 청춘을 찾고자 청춘열차의 종착역인 춘천을 찾았다. 그곳에서 상덕 형은 예전의 그 평온한 미소 가득한 얼굴로 한 손을 들어 흔들며 반갑게 맞아준다. 젊음을 받쳐 헌신했건만 그 때문에 곪아 터진 상처

47) ITX-청춘(Intercity Train eXpress). 서울과 춘천을 오가는 한국철도공사의 준고속 열차.(위키백과 참조)

를 씻기 위해 떠난 학교. 그리고 춘천의 산자락에 자리 잡은 지 7년, 형은 어느새 촌부가 되어 있었다. 하지만 자연과 잘 어울리는 형의 넉넉한 미소가 반가웠다. 오랜만에 형과의 만남이 기뻤다.

대낮부터 질펀하게 마시고 서울로 돌아오는 길에 그런 생각을 해봤다. '89690'으로 시작하는 우리 동기들 모두가 청춘을 타고 이곳에 다시 오면 좋겠다. 기왕이면 열차 2층에 자리 잡았으면 좋겠다. 그곳에서 '엘리제'와 '막걸리 찬가'에 사발식을 하고 다시 한 번 '창조미교'를 외치며 우리의 청춘을 수다 떨고 싶다. 차창으로 스며드는 햇빛이 찰랑거리는 술잔의 막걸리에 반사되어 반짝이고, 그 반짝임이 촉매가 되어 다시 한 번 우리의 꿈과 열정을 깨워줬으면 좋겠다.

고대 교수였던 조지훈 선생과 연대 교수였던 나운영 선생이 만든 〈친선의 노래〉에는 '우리 오늘 만난 것이 얼마나 기쁘냐? 이기고 지는 것은 다음다음 문제다'라는 노랫말이 있다. 정말 누가 잘 살고, 못 사는 것은 다음 문제다. 그저 만난 것만으로도 기쁜 친구들이 있어 고마울 뿐이다.

반짝반짝 빛나라 우리의 삶, 우리의 청춘!

영감을 주는 벗

만리길 나서는 길

처자를 내맡기며

맘 놓고 갈 만한 사람

그 사람을 그대는 가졌는가

함석헌 선생의 시 〈그 사람을 가졌는가〉[48]의 첫 구절이다.

함석헌 선생이 살던 그 시대는 지금의 시대와 비교할 수 없는 어려운 시대임에도 불구하고 자기 목숨까지 내어 줄 그런 친구가 있던 시대였다는데, 네트워크의 발달로 온갖 SNS를 이용해 친구 사귀기가 쉬워진 오늘날 오히려 진정한 친구 한 명 구하기가 어렵다.

진실한 친구가 필요한 시대다. 고민을 들어줄 친구, 내 블로그에 와서 댓글 남겨줄 친구, 돈 빌려줄 친구, 술 마셔줄 친구, 주말에 자전거 같이 타줄 친구, 킬킬거리며 음담패설을 나눠줄 친구 등. 이렇게 많은 것을 나에게 줄 수 있는 친구가 있었으면 좋겠다.

48) 함석헌, 《수평선 너머》, 한길, 2009.

온 세상의 찬성보다

'아니'라고 가만히 머리 흔들 그 한 얼굴 생각에

알뜰한 유혹을 물리치게 되는

그 사람을 그대는 가졌는가

이 시 마지막처럼 나를 바로잡아줄 친구. 아 정말 그런 친구가 있으면 좋겠다! 그러다 문득 그런 생각이 든다. '난 누군가에게 그런 친구일까?' 나는 그런 친구가 되고 싶다. 벗에게 깊은 영감을 줄 수 있는 친구가 되고 싶다. 또 그런 영감을 나에게 주는 친구를 갖고 싶다. 그런 친구는 나에게 친구를 넘어 스승이자, 이 외로운 세상의 동반자이자 가이드이며 세상을 살 만하게 만들 동지이기 때문이다.

간밤에 황금색 '똥' 꿈을 꿨다.

'오늘 로또를 사야겠다!'

꿈을 잊지 않고 기억해낸 것도 대단한데 재빨리 현실과 결부시켜 복권을 사야겠다는 생각까지 해낸 자체가 대견했다. 그도 그럴 것이 복권을 평소에 빠지지 않고 구매해왔다면 모를까 전혀 신경 쓰지 않던 것이었는데 잊지 않고 생각이 났다는 것이 신기할 뿐이었다. 더군다나 뒤숭숭한 꿈이었는데 그런 생각은 온데간데없어지고 복권 생각에 은근히 '길몽'이라는 생각마저 들었다.

출근 후 일이 있어 후배 세인과 같이 외근을 나가게 되었다. 마침 지난

밤 꿈이 생각나 나온 김에 "로또를 사야겠다"고 하니 세인이 명당자리를 안다며 그리로 가자고 한다. 주차하기가 어려운 위치라 운전대를 잡고 있던 세인이 만 원을 주며 자기 것도 부탁한다. 얼떨결에 받아서 내 것과 세인의 것을 사서 들고 나오는데 이때부터 문제가 시작됐다. '어, 이 중에 어느 복권을 줘야 하지?' 왠지 행운의 여신이 내게 보낸 미소가 '썩소'로 변하면서 '인생역전'의 운명이 뒤바뀔 것 같은 불길한 예감이 들었다. "야, 안 되겠다 니껀 니가 사라. 부정 탈 것 같아." "에이, 그런 게 어디 있어" 하며 세인은 복권 두 장을 낚아채 간다. "아니, 이게 문제의 소지를 남길 수도 있다니까!" "선배, 당첨되면 돈을 몇 퍼센트 떼 준다느니 어쩐다느니 했던 말 다 뻥이구나? 야! 실망스럽다." "아니, 그런 뜻이 아니고 운이 중간에 틀어져서 당첨될 수 있었던 게 너도 나도 안 될 수도 있다니까!" 가벼운 마음으로 복권을 구매했다가 본의 아니게 둘의 관계가 잠시 썰렁해진다. 사무실로 돌아온 후 인터넷으로 로또와 관련된 에피소드를 검색해보았다. 결과를 보니 한마디로 가관이다. 로또 당첨금 때문에 친구, 애인 사이는 물론이고 부부 사이마저 지저분하게 끝났다는 얘기가 꽤 많이 올라와 있다.

흔히 사람들은 돈을 지저분한 것이라고 말한다. 하지만 결국 돈이 지저분한 게 아니라 사람이 너저분한 것이다. 세인에게 미안해진다.

세인은 내게 있어 함석헌 선생이 얘기한 그런 친구다. 그런 벗이다.

세인을 처음 만난 건 1994년 봄 학기, 그러니까 군에서 전역한 후 복학을 하고 새로운 마음으로 학교에 다닐 때다. 동기 여학생들은 그사이 졸업을 했고 남학생은 그 수가 적었던 데다 몇몇은 이미 군 제대 후 입학을 한 형들이었고, 일부는 면제나 단기사병이어서 복학생의 수는 그리 많지 않았다. 92학번 후배들은 복학생인 나를 어렵게 생각해서인지 늘 깍듯이 예의를 차렸다. 그런 중에 스스럼없이 먼저 와서 친해진 후배들 정, 수현, 선정 그리고 이들의 절친 세인까지. 세인을 처음 대면했을 때는 유명인사의 딸이라는 이유로 색안경을 끼고 봤지만, 곧 세인의 순수하고 솔직한 모습에 선입견은 점점 사라져갔다. 그러고는 어떤 이유에서인지 바빠서 학교에 잘 나오지 못했던 수현을 제외하고 우리는 늘 붙어 다녔다. 같은 과목의 강의를 선택해서 듣고 과제도 서로 의논해서 하고는 했다. 하지만 친함에도 부작용이 있는지 너무 친해지다 보니 늘 빠짐없이 등교는 하지만 수업을 빠지기 일쑤였다. 우리에게 학교는 일종의 '만남의 광장' 같은 의미라고 해도 과언이 아니었다. 매일같이 내일부터는 열심히 공부하자고 다짐해보지만, 학교에서 마주치는 순간 누가 먼저라 할 것도 없이 함께 땡땡이를 쳤다. 그렇게 우여곡절 끝에 졸업한 후 수현은 소식이 끊겼고, 정은 느지막이 군대로, 선정은 유학을 가게 되어, 유일하게 세인만 직장 생활을 하면서 가끔 만나게 됐다.

그러던 어느 날 세인이 독립해서 회사를 차리게 됐으니 함께하자는 제안을 해온다. 당시 오랜 회사생활을 정리하고 프리랜서로 일하고 있던 나는 친구를 도와 일할 수 있다는 사실과 세인이 시작하는 일이 내가 늘 하고 싶었던 일이었기 때문에 보람도 있고, 재미도 있을 것 같아 흔쾌히 함께하기로 한다.

하지만 같이 노는 것과 같이 일하는 것은 차원이 다른 얘기였다. 서로 일하는 방식이 달랐다. 나는 여유롭게 즐기면서 하자는 주의였고, 세인은 워커홀릭처럼 파고들었다. 그렇게 사람 좋은 세인이 일할 때만큼은 부사수의 작은 실수조차 용납하지 않았다. 이렇게 서로 다른 스타일은 회사라는 조직을 운영해가는 대표와 이사 또는 동업자라는 관계가 그 이전의 스스럼없던 선후배의 관계를 압도하게 만드는 계기가 되었다. 회사라는 조직을 위해서는 어쩔 수 없는 변화였지만 때로는 세인도 나도 아쉬움이 많았다. 세인은 "동업자가 생긴 대신에 오빠를 잃었다"는 말을 자주 할 정도였다.

그러나 이렇게 티격태격하면서도 같이 8년이란 시간을 일할 수 있었던 밑바탕에는 무엇보다도 세인의 확고한 이타적 의지 때문이다. 회사가 잘될 때는 그 이득을 먼저 나와 회사에 돌렸고 회사가 힘들 때는 그 책임을 오롯이 자신이 감당했다.

동업에는 많은 어려움이 따른다. 시작할 때는 기분 좋게 시작하지만, 결과가 좋으면 자신이 많은 이익을 보려 하고 나쁘면 자신이 피해를 덜 보려고 한다. 그러고는 서로 욕하며 헤어지는 것이 세상의 흔한 일이다. 그러나 세인은 그런 종류의 사람과는 확연히 달랐다. 더욱이 세인이 아름다운 것은 아무리 어렵고 힘들어도 자신이 후원하는 아이들에게 보내는 후원금은 가장 우선순위에 두었다는 사실이다.

"처음부터 안 하면 모를까, 하다가 안 하면 아이들이 더 힘들어할 거야."

얼마 전 TED 강연을 보았다. '효율적 이타주의의 이유와 방법'이라는 주제로 강연에 나선 프리스턴대학의 피터 싱어 교수는 중국에서 실제 일어난 사건의 동영상을 청중에게 보여줬다. 두 살배기 아이가 차에 치여 큰 부상을 입고 피를 많이 흘린다. 운전자는 뺑소니를 치고 도주했으며 몇몇 어른이 그 아이를 보았지만 그냥 못 본 척 지나쳐 버린다. 사고가 난 그 아이는 후에 병원으로 옮겨졌지만 끝내 사망하고야 만다. 여기서 강연자는 청중에게 묻는다. "만약 당신이라면 이 아이를 도왔겠는가? 그렇게 하겠다는 사람은 손을 들어 달라." 그의 부탁에 대다수가 그랬을 것이라며 손을 든다. 나도 속으로 생각했다. '당연히 도와야지. 그냥 지나쳐 버린 저것들은 인간도 아니야.' 하지만 그다음 이 강연자의 말에 나는 얼굴을 붉힐 수밖에 없었다.

"예상대로 거의 모두 손을 들었군요. 그러나 자기 자신에게 후한 점수를 주기 전에 이 얘기를 들어보세요. 유니세프에 따르면 2011년 한 해 동안 690만 명의 5세 이하 아이들이 예방 가능한 질병으로 죽었습니다. 매일 19,000명의 아이가 죽은 것이죠. 이 아이들을 길에서 만나지 않았다고 해서 상관없는 것일까요? 멀리 있다는 게 문제가 될까요? 저는 도덕적인 측면에서 다를 게 없다고 생각합니다."

어쩌면 길에서 숨져간 그 아이를 살리는 것보다 더 쉽게 죽어가는 아이를 살릴 수 있었는데, 바보같이 그 쉬운 일 하나 못하면서 나에게 너무 많은 점수를 주고 있었다. 하지만 세인은 달랐다. 힘들 때는 빚을 내서라도 그 일만큼은 끊지 않았다. 그런 모습을 옆에서 지켜보면서 나 자신도 세인에게 동화되어 갔다.

그렇게 몇 년이 흐르고 일 때문에 결혼이 늦어진 세인이 결혼을 하게 되었다. 원래 세인의 꿈은 일찍 결혼해서 현모양처로 사는 것이었다. 그런 세인의 꿈을 알고 있었기에 놀라운 사실은 아니지만 갑작스러운 결혼에 오히려 본인이 더 긴장하는 듯했다. 아마도 큰일을 앞둔 사람들이 느끼는 감정인 기대와 우려가 교차했으리라. 그런 세인을 위해 특별히 해줄 것이 없을까 고민했다. 그리고 고민 끝에 세인에게 두 통의 편지를 쓰기로 했다. 결혼 전에 한 통, 결혼 후에 한 통.

01. 세인에게

"우리 각자의 영혼은 그저 하나의 작은 조각에 불과해서 다른 사람들의 영혼과 합쳐져 하나가 되지 않으면 아무런 의미가 없어요." - 존 스타인벡

인생에 있어 큰일을 앞둔 내 영원한 벗이자, 동생이며, 파트너인 세인에게.

많은 시간이 흘렀구나…….

때로는 인연이란 것이 가져다주는 놀라움이 세상을 경이롭게 하는구나.

학교에서 선후배로서 첫 만남 후 18년(욕 같네^^).

너와 너무나도 많은 일을 겪었고, 앞으로도 하느님께서 허락하는 한 많은 창조적인 일을 해내야 하는 힘겹지만 즐거운 도전이 우리 앞에 놓여 있지.

네가 나에게 그랬던 것처럼 나 역시 언제나 너의 행복을 바란다.

내가 이렇게 오랜만에 너에게 메일을 보내는 이유는 어쩌면 너의 삶에 있어 가장 소중한 시절을 맞고 있는 지금 이 순간 너에게 용기와 함께 희망을 줄 방법이 없을까 고민하다(AV시스템은 힘들 것 같아^^; 요즘 꾸준히 로또는 사고 있지만 잘 안 되네) 얼굴을 마주 보고 말로 하기는 낯간지럽고 해서 이렇게 글로 대신한다.

세인아!

38년(이것도 욕 같네^^;)이라는 길다면 긴 세월의 숲을 혼자서도 잘 헤쳐왔고 또, 앞으로도 그럴 테지만…….

나약한 인간에게 종교가 필요하듯, 네가 외롭고 약해질 때, 항상 너의 편이 되어줄 것을 약속할게!(특히 나중에 혹시 부부싸움을 한다면 그때는 특별히 너의 편이 되어주마. 참고로 넌 항상 내 마누라 편이었다는 것을 상기하기 바라며…….)

늘 어린 후배로만 생각했던 네가 소중한 인연을 만나 곧 새로운 인생을 시작한다고 생각하니 조금은 신기하고 또, 왠지 나까지 들뜨는 기분이다.

많은 사람이 중요한 일을 앞두고는 왠지 모를 불안감이나 걱정이 든다는데 너 역시 같은 감정이 들 수도 있겠지만, 난 네가 세상에서 가장 아름다운 12월의 신부가 될 것이고, 누구보다 행복하고 성공적인 결혼생활을 할 것이라 믿어 의심치 않는단다.

수십억 인구 중에서 네잎클로버의 '행운'으로 만난 너와 너의 반려자가 서로에게 자신의 잎을 하나씩 떼어 줄 수 있는 희생의 마음을 갖는다면 세잎클로버의 '행복'이 늘 함께할 거야.

앞으로 또 언제 이런 메일을 보낼지 모르겠지만, 그때까지 안녕~.

2010년 11월 3일 오후 10 : 11

02. 세인에게

또 한 권의 몰스킨 다이어리를 펼치며…….

너에게서 결혼할 거라는 얘기를 전해 듣고 평소에 안 쓰던 메일을 보낸 게 2010년 11월 3일 밤 10시 11분.

두 달이라는 짧은 시간이 너를 알고 지낸 오랜 시간보다 더 많은 것을 변하게 한 느낌이야.

그동안 내가 유일하게 지니고 있었던 품절남이라는 우월적(?) 지위가 이젠 평등해져야 한다는 서글픔도 잠시. 어쩌면 너의 결혼으로 인해 네가 나를 좀 더 이해해줄 수 있을 거라는 생각으로 스스로를 위로해본다. (좀 더 쉽게 얘기하자면 너도 이제 아줌마라는 얘기지. 으하하 멋진 표현 같군!)

요즘 나는 자기 정체성에 대한 불신으로 가벼운 혼돈에 빠져 있단다. 물론 걱정할 만큼은 아니고…….

때때로 생기는 이런 혼돈은 긍정적인 면도 있어서 스스로 성찰하게 하고 또 다른 상황을 만들어가는 계기가 되기도 하니까. (아마도 불혹이 지나도록 철이 안 든 사람에게 오는 일종의 성장통이라고 할까?)

아무튼, 허니문여행을 마치고 이제는 새로운 생활로 돌아와야 하는 너에게 선배로서 뭔가 좋은 말을 해줘야겠다는 의무감에 지메일을 실행했지만 왜 멋진 말이 생각나지 않는지…….(이게 다 새로 입주하는 위층의 인테리어 공사 소리 때문에 신경이 쓰여 설 거야. 쿵쾅, 빡, 탁탁탁탁, 끼익~ 돌아버릴 거 같다. 쩝.)

anyway,

오늘 작년에 네가 미리 선물해준 몰스킨 다이어리의 포장비닐을 제거했어. 이제 본격적인 2011년이 시작됐다는 얘기지.

그러니까 네가 2009년부터 선물해줬던 다이어리가 이제 세 권째라는 얘기도 되고.

무엇인가 기록하고 메모하는 습관이 없는 나에게도……(세상 흔적 없이 깔끔하게 살아가야 한다는 평소의 알량한 지론으로 인해 굳어버린 안 좋은 습관 때문일 수도. 또는, 아이폰이라는 문명의 이기로 인해 과거의 기록방법에 대한 심각한 기억상실로 인한 것일 수도) 네가 선물한 다이어리는 큰 의미가 있단다.

이젠 나의 잿빛 캘빈클라인 백팩에 한 자리를 차지하지 않으면 왠지 허전한 느낌마저도…….

이 메일을 다 쓰고 나면 며칠 전 김 팀장이 준 다이어리에 붙여서 펜을 끼울 수 있는 펜꽂이를 드디어 다이어리에 붙이는 큰 접합수술을 할 거야. 그러고는 내가 즐겨 쓰는 트라리오펜을 꽂아서 2011년과 맞짱 뜰 준비를 마칠 예정이고…….

이런 생각을 하니 문득 '행복'이라는 게 참 가까이 있다는 생각이 든다.

흔한 다이어리, 펜 하나를 보며 날 사랑해주는 사람을 생각하고 또 그런 생각을 하고 있으니 입가에 미소를 머금게 되고…….

결국은 사람이었어, 나의 행복이란 것은! 그리고 오늘 너에게 해주고 싶었던 말도!

네가 처녀일 때(불과 얼마 전이지만 이 단어가 꽤 절절하게 들리는군^^) 나에게 보여줬던 것처럼,

아주 작은 것에도 기쁨을 느낄 줄 아는 아주 큰 재주가 있는 네가, 앞으로도 변함없이 같은 것에 행복을 느낄 줄 아는 행복한 사람으로 살아가길 간절히 바란다.

이제 지메일을 종료하며 추신.

내년부터는 에르메스나 루이뷔통 다이어리, 하다못해 플랭클린플래너 다이어리도 나쁘지 않을 것 같다는 ^^

적어도 대 페이퍼티브의 대표님이 몰스킨보다는 이런 것으로 기억되길 바라는 간절한 마음에서!! 다른 생각은 없음 ^^

2011년 1월 4일 오후 11 : 03

03. 선배님께

시즌2나 되는 장문의 메일을 받고도 답을 쓰지 못할 만큼 몇 달간 선배님의 후배는 아주아주 아무 정신도 못 차리고 있음을 누구보다 잘 알고 있으리라 생각하며…… 더 늦었다가는 선배님께 밟히지 않을까 싶어, 우리를

버리고 달랑 혼자서 태국으로 놀러 간 선배님의 빈 사무실을 보며 이 글을 씁니당^^

근데 쓰다 보니 웬 선배님? ㅋㅋㅋ

오빠!

하하~ 참 신기하다. 10여 년 동안 오빠 오빠 하며 살았는데, 요 몇 년 이사님 이사님 했다고 이젠 오빠가 어색하네.

단순한 거야 당연한 거야^^ ;;;

암튼 오늘은 오랜만에 정겨운 호칭으로 부르겠음!

지난번에 권샘 앞에서 늘 오빠랑 하듯이 말을 주고받는데 놀래는 권샘 얼굴을 보고 내가 느낀 게 참 많았지.

아…… 내가 참 오빠에게 막 하는구나^^ ;;;

언젠가부터 대표와 이사라는 관계로 굳어지면서 내가 오빠에게 버릇없게 굴었던 건 아닌가 생각해봤어.

대표여서는 아니라는 것쯤은 알겠징?

내 입장에서는 오라버님이 날 이렇게 만든 것도 많아. 독해지게~. 물론 그걸 다 오빠 탓을 하는 건 아니고…….

나도 나름대로 늘 오빠가 말한 대로 대표의 모습을 하기 위해 노력했던 터라 오빠의 잔소리 하나하나 놓치지 않았었거든.

물론 듣기 싫기도 하고, 못할 것 같아 그 자리에서는 뭐라 뭐라 많이 했겠지만, 누구보다 나를 잘 알고 내가 할 모든 행동에 아낌없는 지원을 보내주고 응원을 해주는 오라버님이라는 것을 알기에 하염없이 이 짓 저 짓 다 해본 몇 년이었던 거 같아.

덕분에 대표로서 많이 성숙도 했고 우리 회사도 이만큼 자랐고.

아직 너무나 모자란 것도 잘 알고 해야 할 일들도 많은 것을 잘 안답니다.

또, 진정 생각지 못했던 내 인생의 변화로 인해 남들보다 모자란 탓에 적응 기간이 길어져 민폐를 끼치고 있다는 것도 잘 알고.

솔직히 말하면 나의 이 모든 변화가 여전히 두렵고 자신 없기까지 해. 내가 변화에 이렇게 적응 못하는 인간인 줄 처음 알았을 정도니까. 하지만 너무 뭐라 그러지 마셔. 안 그래 보이겠지만 정말 모든 두려움과 걱정과 힘겨움을 꾹꾹 누르며 제자리로 가기 위해 나 자신과 진정 사투 중이니.

너무 오랜 시간 자리를 비운 거 같아 우선 많이 미안하고 조금만 더 내가 돌아올 때까지 지켜봐 주기를 바라.

제자리로 돌아가려고 노력하고 있으니까 조금만 더 봐주시고 이 시간을 통해서 내가 더 나은 대표로 디자이너로 거듭날 것이라는 거 믿어주시기를~(동생으로는 더 잘해줄 거 없지? ㅎㅎㅎ).

대표와 이사로서도 멋진 파트너의 모습으로 더 노력할게요~! 음하하!

그리고 나의 잔소리!

방콕으로 떠나기 전날 내가 했던 잔소리를 꼭 제대로 알아들었기를……울 엄마와 오빠의 공통점 중 하나. 분명히 알아들었음에도 자기 맘대로 해석하고 말하는 버릇. 좋지 않아~~~

제발 좀 오라버님은 단순하게 좀 살아! 생각한다고 달라지는 거 없을 때 많잖아. 그것도 알면서!

불혹을 훌쩍 넘기신 울 오라버님!

앞으로는 참으로 넉넉하고 여유로운 모습을 많이 뵙길 바랍니다! 그러면 운동보다 더 효과가 있을 거야. 당근당근!!!

우리 페이퍼티브는 잘될 거니까 말도 안 되는 걱정하면서 흰머리 잔뜩 얹고 다니지 말고!

방콕에서 돌아오면 멋지게 프로젝트 하나 시작하자고요!

건강하게 잘 놀다 오시오! 그럼 이만.

추신. 늘 감사하고 고마워하는 거 알죠?

그리고…… 이 메일 쓰는데 네이트온으로 들어오시기는. 깜딱 놀랐네. 이놈의 텔레파시~^^ ;;;

그리고…… 내가 무슨 소리를 쓰는지 하나도 모르겠네. 떱…… 이해해 주시오! 암튼 결론은 고맙다는 말입니다~^^ ;

2011년 4월 18일 오후 4 : 57

아이러니하게도 세인과 메일을 주고받은 때는 서로가 자리에 없을 때였다. 습관처럼 오랜 시간을 늘 붙어서 같이 일해왔기 때문인지 평소에는 못 느껴오다 빈자리를 보고 난 후에야 비로소 그 소중함을 알게 되었던 것 같다.

　나에게 멋진 친구가 있다면, 세상의 그 무엇도 끝내주게 해낼 수 있다고 생각한 때가 있었다. 지금이 그렇게 원했던 바로 그때인 걸 난 왜 잊고 있었을까?

　그런 세인과 오래전부터 꿈꾸던 일을 실행하기로 했다. 우리가 하는 일이 단순히 돈을 벌기 위한 목적만이 아닌 세상을 향해 작지만 의미 있는 일을 해보자는 것. 때마침 '독도의 날'을 맞아 내가 관여하고 있는 시민단체에서 대대적인 행사를 기획했다. 그 행사에 필요한 광고와 리플릿, 엠블럼 등을 디자인하기로 한 것이다. 우리는 독도와 관련된 많은 자료를 검토했다. 지리학적, 지정학적 위치 등의 기본적인 사항에서부터 안용복 장군에 관한 이야기와 독도의 생물들까지.

　　사랑하면 알게 되고 알게 되면 보이나니 그때 보이는 것은 전과 같지 않으리라.

　유홍준 교수가 그의 책 《나의 문화유산답사기》에 조선 시대 유한준의 글을 인용해 머리말에 담은 내용이다. 너무나 명문장이라 선무당 같은 내가 평가는 고사하고 감히 인용하기도 부끄럽지만 독도에 관한 공부를 하면서 이 명문장이 정말 꼭 맞는다는 느낌이 들었다. 그러면서 한편으로는 우리가 독도에 대해 자료를 모으고 작업하는 모든 과정이 어쩌면 오히려 '보면 알고 싶고 알게 되면 느끼나니 그때 느끼는 것은 전과 같지 않으리라. 그

느낌이 바로 사랑이어라'라는 생각에 이르게 되었다. 결국, 독도는 우리의 마음이고 우리의 사랑이었다. 그랬더니 독도를 이루는 동도와 서도가 바다 밑에서는 사람의 심장, 하트 모양으로 붙어 있을 것이라는 상상에 이르게 되었다. 그리고 그 하트는 독도에서 살아 숨 쉬는 동물과 식물로 구성된다. 멋진 작업이었다. 그리고 정말 알게 되니 마음으로 볼 수가 있었고 그것은 다시 사랑으로 다가온다는 것을 강하게 느낄 수 있었다. 세인의 마음과 감각이 없었다면 어쩌면 불가능한 작업이었을 것이다.

요즘은 세인이 '멸종위기동물'에 관한 프로젝트를 진행하고 있다. 이런 우리의 노력이 얼마나 큰 결실을 가져올지는 모르겠다. 하지만 세인과 내가 멋진 콜라보레이션으로 세상을 향해 계속해서 메시지를 던질 수 있다는 것만으로도 이미 우리의 연대가 충분히 아름답지 않을까 하는 마음이다.

우리는 우리의 꿈을 사람에게서 찾습니다.

우리가 지닌 열정과 크리에이티브의 만남을 통해 이미지는 해체되고 다시 구조적으로 결합합니다. 그 해체와 결합이라는 행위의 반복을 통해 도출된 정점에 사람이 자리 잡습니다.

그리고 그렇게 자리한 사람이 세상을 변화시킵니다.

사람은 세상을 변화시키고, 우리는 그 사람을 변화시키는 창조적 소수자입니다.

그러기에 우리에겐 조금 더 나은 세상을 만들기 위해 온 정성을 쏟아야 할 의무가 있습니다.

우리는 우리에게 주어진 이 일을 세상에서 가장 아름다운 일이라 부릅니다.

우리가 회사를 만들면서 세운 이 목표가 헛된 망상으로 끝나지 않을 것이라고 믿는 이유는 내 옆에 항상 세인이 있기 때문이다.

Thanks, 세인!

프랑크푸르트의 빛나는 '별'

"형, 섹스 같은 거 말고요. 그 왜 있잖아요, 심장을 두근거리게 하는 순간. 자꾸만 그 여자가 생각나고, 그녀도 나를 생각할까? 고민되고, 왜 그 손끝만 닿아도 전류가 흐르는 것 같은. 그런 느낌을 다시 한 번 느껴 보고 싶지 않나요? 하지만 그런 때가 와서도, 그런 감정을 느껴서도 안 되겠죠?"

인천공항을 출발한 루프트한자 여객기가 울란바토르 상공을 지날 무렵 상윤 형에게 느닷없이 물어본 질문이다. 목적지인 프랑크푸르트까지는 아직 많은 시간이 남아 있고 비좁은 이코노미석에서 잠도 청해봤다 책도 펴봤다 카메라를 다시 꺼내 쓸데없이 렌즈를 끼고 빼기를 수차례, 그래도 지루했는지 온갖 공상에 빠져 있다가 불쑥 생각나서 하게 된 질문.

상윤 형은 '웬 자다가 봉창 두드리는 소리'라는 표정을 지으면서도 워낙에 부드러운 성격에 남을 배려하는 인품인지라 나름의 성의를 다해 답해준다.

"글쎄, 그런 생각 안 해봤지만 그런 것 같기도 하다."

가정적인 것은 알고 있었지만 형의 시큰둥한 대답에 속으로 '남자가 그런 생각도 안 해볼까'라며 괜히 투덜거려 본다. 이렇게 심심한데 여자 얘기를 화제로 꺼냈으면 같이 호들갑을 좀 떨어줘야 하는 거 아닐까?

해마다 10월이면 지구 반대편 독일의 프랑크푸르트에서는 문화올림픽이라 불리는 프랑크푸르트 국제도서전이 열린다. 그리고 이 무렵이 되면 나도 모르게 미소 짓게 하는 한 여인이 생각나곤 한다.

소민.

그녀를 처음 만난 건 2005년 10월, 프랑크푸르트의 뢰머 광장에서다. 광장의 한 모퉁이에 쭈그리고 앉아 담배만 뻐끔뻐끔 피우면서 '왜 이리 안와'라는 짜증을 연신 내뱉고 있을 무렵, 저편에서 수수한 옷차림에 평범한 동양인처럼 생긴 한 아가씨가 우리를 향해 걸어온다.

"혹시 한국에서 오셨어요?"

약간의 실망. 거의 한 달을 같이 지내야 하는데 좀 예쁘면 좋으련만, 약속 시각에 늦은 것에 대한 불만인지 곱게 보이지 않는다. 그녀에 대한 첫인상이다.

매해 열리는 도서전이지만 그해 도서전은 우리나라에 특별한 의미가 있는 행사였다. 우리나라가 주빈국이 되어 도서전의 가장 중요한 행사와 부대행사들을 치러야 하기 때문이다.

나는 상윤 형의 소개로 도서전과 관련한 행사의 영상기록 주관사인 온북TV의 스틸 카메라 책임자로, 행사가 끝난 후 국가기록원에 보관될 사진집의 촬영을 맡았다.

상윤 형은 서양화를 전공했지만 사진기자를 거쳐 영화음악감독을 하는 등 독특한 이력을 가진 아티스트다. 나는 그의 장르를 넘나드는 다재다능함에 반해 형님으로 모시기로 했고, 그런 내가 기특했는지 상윤 형도 나와 이런저런 일을 함께해주었다. 그런 중에 도서전 일을 함께하게 되었고 그런 인연으로 그전부터 형과 인연을 맺고 있던 온북TV의 식구들도 만나게 된다.

온북TV의 식구들은 첫 만남부터 다정다감했다. 열린 마음과 허물없게 대해주는 태도에 낯가림이 많은 나였지만 쉽게 이들과 동화될 수 있었다.

대표를 맡은 조철현 사장님은 호남형 인상에 음성이 우렁차고 털털한 성격이지만 일에 있어서만큼은 저돌적이면서도 치밀했다. 더불어 따뜻한 성품의 살림꾼 최혜영 실장님, 막내 소영 PD 그리고 친형님 같은 신 이사님 등. 우리는 독일의 여러 도시를 종횡무진 돌아다니며 우리나라가 주관하는 행사의 작은 부분까지 놓치지 않고 영상에 담으려 노력했다. 그리고 그 모든 것이 가능한 데에는 소민, 그녀가 있었기 때문이었다.

"나도 사진사예요."

정확하지 않은 한국어 발음으로 시작된 간단한 대화는 촬영이 계속될수록 깊은 대화를 나누게 되었다.

아주 오래전 광부로 독일에 오게 된 아버지와 간호사로 온 어머니 사이에서 태어나고 자라 딱히 한국인이라 하기도, 독일인이라 하기도 어려운 재독 교포 2세. 조금은 어두워 보이는 분위기의 이 아가씨는 그럼에도 맑은 영혼과 교포 2세들 특유의 독특한 감수성을 지니고 있었다.

　인천공항에서 출발한 지 열두 시간, 좁고 지루한 기내에서의 시간이 지나고 드디어 프랑크푸르트 공항에 도착했다. 약 한 달간의 촬영 스케줄을 소화하려면 담배가 많이 필요했다. 유럽은 담배가격이 비싸서 인천공항의 면세점에서 담배를 준비했다. 한 사람당 두 보루, 이 정도면 후발대의 애연가 조 대표님이 올 때까지는 충분하리라. 하지만 프랑크푸르트의 키가 크고 뚱뚱한 세관원은 1인당 한 보루라며 나머지 두 보루에 세금과 벌금을 먹인다. 처음에는 몰랐다고 하소연도 해보고, 세금의 액수를 보고는 상윤 형이 아무리 "투 익스펜시브"를 외쳐봐야 소용없었다. 누굴 탓하겠는가. 사온 담배나 귀하게 피울 수밖에.

　미리 와서 기다리고 있는 숙소의 주인을 따라 프랑크푸르트 변두리의 민박집으로 향했다. 1주택 2가구의 전통적인 형식의 독일가옥 민박집 2층. 짐을 풀고는 서둘러 근처의 마트로 가 온갖 종류의 맥주를 바구니에 주워 담았다. 그러고는 둘이서 맥주 시음회를 열었다.

"형, 이거 맛 괜찮네요."

"야, 난 이게 좋다."

그렇게 독일 맥주와 프랑크푸르트에서의 첫 번째 밤이 지나갔다.

　이튿날은 선발대의 의무와 부대행사의 촬영이 있었다.

휴대폰 대여를 비롯해 숙소에서 여기저기의 행사장까지 촬영 스케줄 체

크와 동선파악 후에 쿤스트페어라인에서 열린 '생의 오프닝' 행사를 담았다. 그리고 며칠은 중요한 행사가 없었다. 상윤 형과 나는 그 사이 체코의 프라하로 월경하기로 했다. 그때 안 사실이지만 형은 이미 한국을 떠날 때부터 프라하로의 여행 계획을 세워놓고 있었다. 내가 형을 따르는 결정적인 몇 가지 이유 가운데 하나가 이런 의외성이다. 형은 베짱이같이 지낼 수 있는 상황이 생기면 개미처럼 부지런해진다.

이 뜻밖의 여행은 오랜만에 내 눈을 호강시켜주었다. 치밀하게 계획을 세운 후 중앙역에서 이체ICE를 타고 '엘베 강의 피렌체'로 불리는 작센주의 수도 드레스덴을 거쳐 도착한 프라하의 구시가지는 그야말로 유럽의 정수였다. 그 옛날 이런 도시를 만들 수 있었다는 사실에 전제주의가 아니었다면 가능했겠느냐는 물음을 갖게 됐고 그런 물음은 아름다움과 함께 두려움마저 들게 했다. 그도 잠시 구시가 광장의 얀 후스 동상과 천문시계탑을 두리번거리며 지나 까렐교에 도착해서 프라하 성을 바라보자니 이런 기회를 준 상윤 형에 대한 고마움보다 '아, 내가 왜 이 멋진 곳에 하필 형과 함께 있다니, 이건 아니야'라는 배은망덕한 생각을 하게 됐다. 정말 그랬다. 세상에서 가장 사랑하는 사람과 내 인생의 마지막 여행지였으면 좋겠다는 생각을 했다. 이제 세상의 그 어느 곳이 나에게 이런 멋진 감동을 줄까?

여행 중 구시가 골목 여기저기에 붙어 있는 김기덕 감독의 영화 〈섬〉 포스터. 그 포스터를 본 순간 상윤 형은 잠시 상념에 잠긴다. 그도 그럴 것이 바로 이 영화의 음악감독이 형이었으니. 먼 유럽의 한 나라 골목에서 자기 이름이 붙은 포스터를 보았을 때의 느낌은 어떨지 궁금하기도 하고 부럽기도 했다. 끝으로 성 니콜라스 성당에서의 현악4중주를 감상하면서 우리의 프라하 돌발여행은 막을 내렸다.

프라하에서 돌아온 다음 날부터 본격적인 촬영이 시작됐다.

뢰머 광장 부근의 사진포럼관에서는 우리나라 중견사진작가들의 전시회 '패스트포워드–한국으로부터의 사진메시지'가 열렸다. 그들의 작품과 독일 현지 언론과의 인터뷰 장면을 촬영하면서 스스로를 '사진가를 찍는 사진사'라는 생각을 해보았다. 나는 메이저를 사진에 담는 마이너였다. 언제나 메인스트림이 되고 싶은 욕망이 있었으나, 나는 낙인찍히지 않은 송아지에 불과했다. '그게 뭐 어떤가, 난 지금 이들을 내 카메라에 가장 잘 담으면 그뿐인 것을. 그리고 나는 사진만 찍는 사람도 아니잖아.' 스스로 주문하고 위로하는 순간 소민이 보였다. '사진가를 촬영하는 사진사, 그리고 그런 사진사를 도와 운전과 가이드를 해주는 사진사' 모두 포토그래퍼이지만 현재의 위치는 사뭇 달랐다. 삶이라는 것은 참 재미있다. 그 누구의 삶도 틀린 것은 아니다. 그저 다를 뿐이다.

"나는 이 일이 끝나면 여기서 받은 돈으로 비행기 표를 사서 마이애미로 갈 거예요. 유럽은 겨울에 사진 찍기에는 날씨가 안 좋거든요. 마이애미에서 사진사를 하는 친구의 어시스턴트로 일해서 남미로 사진 여행을 갈 거예요. 조금 위험하긴 하지만 그곳의 풍경과 사람들이 참 좋아요. 그게 내 작업이에요. 가끔 상업사진도 찍지만 나는 그렇게 세상 사람의 모습을 담은 다큐멘터리 사진이 더 좋아요."

늘 주어진 환경을 탓하고 원하는 조건이 갖추어지지 않으면 아무 일도 못한 채 불평만 늘어놓는 내 모습이 한없이 부끄러워졌다.

국경을 넘는다는 것, 안락한 숙소에 친절한 가이드 그리고 확실한 스케줄, 이것 이상을 생각할 수 없는 나에게 그녀의 도전과 열정은 고스란히 전이되어 가슴속에 새로운 떨림이 되었다. 나는 그런 그녀에게 반할 수밖에 없었다. 그녀는 섹스 없이도 내 심장을 뛰게 했고, 손끝이 닿지 않아도 내 몸에 전류를 흐르게 했다. 그 순간 그녀는 독일을 안내하는 가이드가 아니라 삶을 살아가는 방법을 안내하는 구루가 되었다.

촬영 스케줄은 빡빡했다. 후발대가 도착하고 개막공연인 '책을 위한 진연'의 공연과 함께 도서전이 시작되면서는 더욱 바빠졌다. 프랑크푸르트뿐만 아니라 독일의 거의 모든 도시에서 관련 행사가 열렸다. 메세의 주빈국관에는 '작가의 벽'이 들어섰다. 신경림, 김지하, 이문열, 황석영, 조정래 등 원로작가에서부터 신경숙, 공지영, 김영하, 한강까지 한 명이라도 빠질세라 모두를 카메라에 담았다. 라인 강이 흐르는 쾰른에서는 고은 시인의 시가 낭송되는 모습을, 다름슈타트에서는 '한국현대미술의 비판적 흐름'이 최민, 진중권 교수의 강의로 열렸고, 시청에서는 '한국과 독일에서의 민주주의─통일과 평화'를 주제로 최장집 교수, 이홍구 전 총리의 학술회의를 담았다. 그리고 아고라에서 열린 많은 행사와 김민기 선생의 〈지하철 1호선〉까지.

우리나라의 빛나는 '별'들을 모두 내 카메라에 담았다.

　그야말로 강행군이었다. 내가 촬영하는 모든 곳에서 소민은 나를 도와 함께했다. 그녀와 짝을 이뤄 작업하는 내내 즐거운 시간이었지만 쉴 틈 없는 스케줄과 잦은 이동으로 피곤해진 소민은 교통사고를 낸다. 길을 잘못 들어 후진하는 순간 뒤따르던 차와 충돌을 하게 된 것이다. 사고를 수습해야 하지만 나는 아무 도움이 되질 못했다. 소민은 울먹거리면서도 차분하게 피해자와 경찰을 응대했다. 그러고는 모든 수습이 끝나자 그녀는 일과 사고로 팽팽하게 자신을 당기고 있었던 긴장의 끈이 풀렸는지 털퍼덕 주저앉아 눈물을 흘렸다. 내가 그녀에게 해줄 수 있는 거라고는 별 의미 없는 위로의 말뿐이었다. 나의 헛소리가 우스웠는지 소민은 울다 웃다를 반복하더니 이내 정신을 가다듬고는 다시 그녀답게 힘을 냈다. 그리고 우리는 프랑크푸르트 밤거리에 앉아 한없는 얘기를 나누었다. 밤이 깊어갈수록 서로 이해하는 마음도 깊어갔다.

　　우리 주위의 수많은 별들은 유순한 양 떼처럼 소리 없는 운행을 계속하고 있었습니다. 나는 그 별들 가운데에서 가장 아름답고 빛나는 별 하나가 길을 잃고 내려와 내 어깨에 머리를 기댄 채 잠들어 있다고 생각했습니다.[49]

　도서전의 모든 행사가 거의 마무리될 즈음 프랑크푸르트 시내의 어느 펍

---

49) 알퐁스 도데, 최내경 옮김, 《별》, 대교베텔스만, 2003.

에서 '리테라투어 코리아' 행사가 열렸다. 한국의 문인들이 자신의 작품을 낭독하고 독일어로 다시 통역하는 시간. 현장을 스케치하고 우리도 한 테이블에 앉아 가볍게 맥주를 마시며 문인들의 얘기에 귀를 기울였다. 주빈국 행사의 총감독인 황지우 시인 차례가 되었다. 황지우 시인은 그의 시집 〈어느 날 나는 흐린 주점에 앉아 있을 거다〉를 낭송하고 곧 독일인이 다시 그의 시를 독어로 낭송했다.

"어떻게 시가 저렇게 슬플 수 있죠?"

그리고 한국의 문인과 독일인 청중 사이에 시인의 시만큼이나 슬픈 우리의 역사와 정서를 소재로 이야기가 오간다.

"우리는 그런 걸 '한'이라고 하지. 우리 민족은 한이 많은 민족이야. 아마 너도 부모님으로부터 그런 정서를 이어받지 않았을까 싶네. 그래서 저 시를 마음으로 들을 수 있는 거고."

시와 시인들의 이야기 그리고 한잔의 맥주와 함께 프랑크푸르트 도서전은 그렇게 끝나가고 있었다.

도서전의 모든 행사가 끝난 다음 날 우리는 프랑크푸르트 중앙역에서 만났다.

"오늘 프레스 자격으로 갈 수 있다는 증명서를 받았어요. 기자로 가면 일을 하는데 여러 가지 도움을 받을 수 있거든요. 교통사고도 주최 측이 보험을 들어놓아서 해결됐고 모든 게 잘됐어요. 오빠는 음악을 좋아하죠? 어젯밤 사무실에서 밤새 만들었어요."

촬영하는 중간중간 내게 들려주었던 음악이 담긴 CD를 건넨다. CD 커버에는 맞춤법이 군데군데 틀린 한글로 '많이 웃고, 재미있게 해고, 행복해 개 사라!'라고 쓰여 있다.

모르는 한글로 이렇게까지 쓰기가 얼마나 힘들었을까.

그러고는 그녀의 작업실이 있는 베를린행 열차에 올라타며 마지막으로 손을 흔든다.

살다 보면 정말 저 사람만큼은 잘됐으면 하는 마음이 들게 하는 사람이 있다. 나는 진심으로 그녀가 떠나는 먼 여행이 무사히 끝나길 기원했다. 프랑크푸르트 중앙역에서의 이별은 그렇게 끝났지만, 그녀의 순수하고 진지한 눈빛은 많은 시간이 흐른 지금도 나에겐 설렘으로 기억된다.

귀국 후 정신없이 정부에 제출할 사진을 정리하느라 잠시 잊고 있었던 그녀에게서 한 통의 메일과 사진이 왔다.

나는 이곳 마이애미에서 편하게 잘 있어요.

마이애미에 도착하자마자 이곳 날씨와 해변을 좋아하게 됐지요.

난 항상 해변을 산책해요.

이곳의 해변은 때로는 공격적이고 거칠 정도로 생동감이 있지만,

대부분은 매우 고요하고 평화롭답니다.

그리고 한 가지 더, 시원한 바람.

아! 나는 그 바람의 내음과 별을 볼 수 있는 밤을 좋아해요.

해변에서는 매일 근사한 일이 일어나죠.

그래서 해변은 내가 마이애미에서 가장 좋아하는 곳이에요.

나는 이곳에서 나의 사진집을 위한 몇 가지 테스트를 한 후에

에콰도르로 떠날 겁니다. 아주 긴 시간의 여행이 될 거예요.

당신에게 한 장의 사진을 보냅니다.

이 사진을 담는 순간은 나에게 매우 환상적인 경험이었어요.

마치 내가 이 광경의 일부가 된 듯한 행복감을 느끼게 되었지요.

소민의 메일과 그녀가 보내준 사진을 보며 나는 다시 한 번 그녀의 행복을 빌었다.

훗날, 많은 사람 앞에서 너의 멋진 작품과 함께 인터뷰 장면을 촬영할 수 있길 바라며, 프랑크푸르트의 가장 빛나고 아름다운 별에게……

츄스Tschuss! 소민.

우리들의 일그러질 수 없는 영웅

한번은 사막에 촬영을 갔는데 그날따라 온통 구름이 껴서 사막의 능선이
전혀 보이질 않는 거예요. 그냥 멀건 모래밭인 거죠. 우리가 상상하는 광
활한 사막이 아닌 거죠. 도무지 원하는 영상이 나올 수가 없는 상황이라,
날씨가 좋은 날 다시 찍어야 하나 고민하며 눈앞에 펼쳐진 모래밭을 보다
뒤를 돌아본 순간 공포가 밀려왔습니다. 수십 명의 스태프와 차량이 제 뒤
에서 제 결정만을 기다리며 바라보고 있었던 거예요. 그때의 압박감이란
이루 말할 수가 없었습니다. 순간 생각했죠. 어떤 경우에도 빈틈을 보여
서는 안 된다고. 그래서 바로 결정했습니다. 레디~고!50)

내 친구 경주는 작은 키에 눈이 깊고 맑은 친구다.

지금은 나이 들어 눈가에 주름도 지고 머리도 많이 빠져 아예 시원하게
빡빡 밀고는 늘 모자를 쓰고 다니지만 어렸을 때는 사내아이 같지 않은 예
쁜 얼굴에 작은 키로 인한 귀여움으로 여학생들에게 인기가 많았다. 당시
최고의 홍콩인기배우 장국영을 많이 닮아 친구들이 장난으로 '장국밥'이라

---

50) 윤경주, '좋아하는 일이 결실의 씨앗', 〈함께 나누는 사람들〉(교통안전공단 사보) 2011년 9 ·
10월호.

고 부르기도 했다. 하지만 누구든 예쁘장한 겉모습만으로 이 친구를 얕보고 쉽게 대했다가는 봉변을 당하게 된다. 작은 몸짓이지만 군더더기 없는 날렵한 근육질에 무엇보다도 '깡'이 좋아 경주를 아는 친구들은 아무도 함부로 대하지 않았다.

이런 경주와 나는 특이한 인연이 있다.

경주는 중학교 때는 나의 선배였고, 고등학교 때는 동기였으며, 대학은 달랐지만 학번으로 나의 후배였다. 또 둘 다 어린 시절 서울에서 부산으로 이사했고, 서울에 살 때는 동대문구에 부산에서는 영도에 살았었다. 경주의 아버지는 지병으로 경주가 어린 나이 때 일찍 유명을 달리해서 어머니가 생계를 꾸려갔고 나는 아버지가 계셨지만 조금은 특수한 이유로 어머니가 생계를 꾸려갔다. 처음부터 이런저런 사정을 알고 경주와 친해진 것은 아니지만 이런 것들이 알게 모르게 서로의 공감대를 형성하고 오랫동안 인연을 맺고 사는 데 적잖은 영향을 미쳤으리라 생각된다.

중학교에 입학하고 첫 시험을 치르는 날이었다. 예나 지금이나 시험이란 것은 공부를 많이 했건 그렇지 않건 간에 어느 정도 긴장감을 갖게 한다. 그날도 조금은 긴장한 상태에서 입학 후 첫 시험을 잘 봐야겠다는 마음으로 등교를 했다. 그런데 학교에 들어서자마자 느껴지는 공기가 예사롭지 않았다. 친구들은 삼삼오오 여기저기서 모여 웅성거렸다. 내가 교실로 들어온 것을 본 한 친구가 와서는 이유는 모르겠지만 시험이 연기될 것 같다는 얘기를 전한다. 이윽고 조례를 위해 담임선생님이 들어왔고 어젯밤 2학년이

학교에 몰래 잠입해 서무실의 캐비닛을 뜯고 시험지를 훔쳐갔다는 얘기를 해준다. 그 당시에는 꽤 충격적인 얘기였지만 어차피 나와 크게 상관없는 일이니 한동안 이 사건을 잊고 살았었다. 그러다 약 20여 년이 지나 경주와 옛이야기를 나누던 중 이 사건에 경주가 연루되었었다는 사실을 그에게서 직접 듣게 되었다. 중학교 친구들 사이에서는 그 일은 전설적인 사건이었는데, 그 전설 속의 한 인물이 경주였다는 사실에 나는 적잖이 놀랐다.

경주를 처음 알게 된 것은 고등학교 3학년 때 같은 반이 되어서다. 당시 고등학교를 재수해서 올라온 친구들이 있었는데 그 친구들은 입학과 동시에 선생님과 제 나이에 입학한 학생들로부터 색안경 낀 시선을 받게 된다. 그도 그럴 것이 재수생들 모두가 그런 것은 아니지만, 학교에서 금지한 흡연과 당구장 출입 등의 온갖 안 좋은 사건에는 대부분 그들이 끼어 있었기 때문이다. 하지만 나는 이런 재수생들과 친하게 지냈다. 좀 더 정확하게는 교실에서의 지정학적, 지리학적 위치 때문에 나쁘지 않게 지냈다는 것이 더 맞는 표현이다. 내 자리는 나의 큰 키 때문에 늘 뒷자리였고 재수생들은 키와 상관없이 뒷자리를 선호했기 때문에 순진한 동생 동기들을 앞에 앉히고는 선생님들의 시선으로부터 좀 더 자유로운 뒷자리에서 그들만의 학습에 매진했다.

나는 중학생 때 부산 사격 대표팀의 주장을 맡고 있었다. 사격을 계속하고 싶었으나 부모님의 반대로 일반계 고등학교에 진학했다. 부모님은 내가 하고 싶어 한 모든 것을 단 한 번도 반대한 적이 없었지만 운동을 계속하려는 것만은 반대했다. 지금 생각해보면 이때 단 한 번의 반대는 내 인생의 진로를 정하는 데 가장 고마운 반대가 아니었을까 한다. 운 좋게 대표팀 주장까지는 했지만 스스로 느끼기에도 그다지 재주가 없었고 좋아하지도 않았다. 그냥 친구들을 따라 체육고등학교에 가고 싶은 마음뿐이었기 때문이다. 하지만 나와 운동을 같이했던 친구들은 담장 하나 사이를 둔 바로 옆 체육고등학교로 진학했다. 그 때문인지 우리 학교 학생들 사이에서는 김원명을 건드리면 체육고등학교 학생들이 달려와 혼쭐을 내준다는 소문이 있었고 그런 이유로 교실의 뒷자리에서도 재수생들을 비롯해 힘깨나 쓴다는 녀석들로부터 자유로울 수 있었다.

나에게 경주는 그런 재수생의 무리 중 하나였고, 나는 경주에게 그냥 미대 진학을 위해 그림 그리는, 덕분에 야간 자율 학습에 빠지고 일찍 가는 학생에 불과한 존재였다. 그렇게 서로에게 존재감이 없이 각자의 학교생활을 했다.

그러다 경주가 며칠 동안 학교에서 보이지 않는 것이었다. 나는 단순히 흡연하다 학생부에 걸려서 유기정학을 당했나 보다 생각했다. 이 역시 후에 경주를 통해 알게 된 사실이지만 실상은 못되게 구는 친구 하나를 학교 뒤로 끌고 가 다투었다는 것이다. 그런데 이 친구가 끝까지 깐죽거리자 경주는 자기 성질을 못 이기고 돌멩이 하나를 들어 이 친구의 머리를 가격한다. 충격을 받은 이 친구는 피부가 찢겨 흘러내리는 피를 손으로 잡고 교무실로 뛰어가 경주를 고발한다. 이 일로 인해 경주는 무기정학을 당해 한동안 등교를 할 수 없었던 것이었다.

이런 경주와의 무미건조한 관계가 친구라고 말할 수 있게 된 관계로 발전한 것은 고등학교 졸업 후의 일이다. 둘 다 대학입시에 실패하고는 재수의 길로 접어들게 되었다. 일찌감치 미대로의 진학을 꿈꾸고 다시 한 번 절치부심 의지를 불태웠던 나와 달리 경주는 뚜렷한 목적의식 없이 방황하고 있었다. 그러던 어느 날 우연히 부산의 한 거리에서 마주친 우리는 형식적인 인사를 나누게 되고 나는 별다른 의미 없이 나의 안부를 전하는 중에 내가 다니는 화실에 관해 얘기하게 된다. 그리고 곧 경주는 그 화실로 찾아온다.

당시에는 그림을 그린다고 하면 몇몇 유명 미대의 진학을 빼놓고는 공부를 못해서 미술을 선택했다고 생각하는 사람들이 많을 때였다. 하지만 학과 공부가 안 돼 미대를 지망한 학생 중 대부분은 미대 진학에도 실패하고 만다. 그림을 그리는 나 역시 일부 미대 지망생들에 대해 그런 생각을 하고 있기도 했으며, 그리고 경주가 처음 화실로 찾아왔을 때 그런 종류의 미대 지망생이 하나 더 생겼다고 생각했다.

그러나 경주는 달랐다. 불과 몇 개월 만에 몇 년을 그린 친구들보다 좋은 그림을 그려냈다. 하나를 더 배우기 위해 자신의 모든 자존심도 버렸다. 동기는 물론 후배에게까지 잘 안 되는 것은 따라다니며 물었고 그것이 될 때까지 밤낮을 가리지 않고 집중했다. 타지방에서 온 전학생, 고입재수생, 정학을 밥 먹듯이 당한 문제아와 같은 선입견으로 인해 자신의 꿈을 표현할 수 없었던 경주가 재수생이라는 자유로운(?) 신분을 통해 처음으로 세상을 향한 도전을 시작하는 순간이었다. 이런 그의 도전을 위해서는 2절 도

화지 한 장과 4B연필 하나, 그리고 피 끓는 그의 열정만으로도 충분했다.

하지만 어떤 도전이든 시련이 따르는 법이다. 경주도 예외는 아니어서 또다시 대학진학에 실패하게 된다. 이때의 좌절이 그에게 더 컸던 이유는 나를 비롯해 대시, 성재, 근이 선배까지 같은 목표를 향해 동고동락했던 친구들이 모두 대학에 합격했기 때문이다.

정말 꿈 많았던 친구들이었다. 대시는 3대째 한의원을 운영하던 집의 장남으로 한의사가 되길 바랐던 집안의 강압을 이겨내고 미대를 지망했던 친구였다. 성재는 부산, 경남 일원의 유명 나이트클럽을 운영하던 집안의 아들로 때때로 그곳에서 일하면서 학업을 병행했다. 그리고 강사이면서 더 높은 꿈을 꾸고 있었던 근이 선배까지. 우리는 늘 함께했었다. 낮에는 학과 공부를 했고, 그 공부가 끝나면 유나백화점 뒷골목이나 국제시장에서 싸구려 식사로 한 끼를 때우면서 시간이 좀 남으면 근처 당구장에서 당구를 쳤다. 나는 당구를 못 쳤지만 일명 '게임돌이'를 자처하면서 이들과 함께했다. 그러고는 미친 듯이 그림을 그렸다. 그런 친구들이 모두 합격하여 꿈에 그리던 대학생이 되었는데 경주만 합격의 기쁨을 누리지 못했으니 그 상실감이 대단했을 테다. 만약 그 한 명의 불합격자가 나였다면 아마 다시 일어서지 못했을 것이다.

하지만 경주는 끝내 해냈다. 1년여 인고의 세월을 혼자 이겨내며 꿈에 그리던 미대에 합격하게 되었다. 나는 내가 대학에 합격했을 때보다 더 기뻤다. 그때야 대학생활이니 미팅이니 이성 문제니 하는 얘기들을 경주 앞에서 마음껏 할 수 있었다.

그렇게 각자의 대학생활을 하던 어느 날 경주가 미술학원에서 입시생들을 가르치는 아르바이트를 하던 내게 놀러 왔다. 나는 아르바이트가 끝나면 학교 과제를 해야 해서 경주와 보낼 시간이 없었지만 친구의 방문이 반가웠다. 오랜만에 술도 한잔 하고 놀고 싶었다. '친구냐 과제냐 그것이 문제로다.' 햄릿처럼 이러지도 저러지도 못하는 상황이었다. 웬만하면 아무 고민 없이 친구와 함께했겠지만 그때 과제는 중요한 '색채학'이었다. 당시 우리 과에서 색채학은 학생들의 주요 관심 과목이었다. 그도 그럴 것이 색채학을 담당한 교수는 다른 교수들처럼 학자가 아니라 유명광고회사의 크리에이티브 국장이었다. 이분에게 잘 보이면 향후 대기업의 인턴과 취업에 유리하기 때문에, 또는 그것을 떠나 자신의 감각을 인정받고 싶은 마음 때문에 이 교수님의 과제는 모두에게 중요했다. 그런 이유로 한 가지 꾀를 내었다. 바로 내 과제를 경주에게 부탁하는 것. 내가 아이들을 가르칠 동안 경주가 내 과제를 해주면 시간을 절약할 것 같았다. 경주는 할 일 없이 기다리느니 그 과제를 해주겠다고 흔쾌히 허락한다. 역시 내 멋진 친구다.

　　그때 경주가 작업해준 색채학 과제는 여러 가지 색채를 약 2~30단계의 계조로 나누어 단계마다 확실히 구분되면서도 가장 밝은 부분과 가장 어두운 부분까지 자연스러운 표현을 해내야 하는 것이었다. 과목의 중요성 때문이었는지 모두 과제를 해왔다. 어떤 친구는 꼼꼼하고 완벽하게 해왔고 어떤 친구들은 중간중간에 단계가 어색하게 해왔다. 하지만 모두 화지의 왼쪽 위 끝에서 오른쪽 아래 끝까지 네모반듯하게 빽빽이 채워서 제출한 것은 똑같았다. 그러나 나의 과제는 달랐다. 정확하게는 경주가 해준 나의 과제는 달랐다. 경주는 화지 한쪽에 담배 피는 사람의 그림자를 그려 넣고 그 담배에서 나오는 연기로 색의 계조를 표현했다. "이게 바로 크리에이티브다." 담당 교수의 칭찬이 끊이질 않았다. 얼굴에는 뛰어난 제자를 둔 스승의 표정, 딱 그 표정이었다. 스티브 잡스가 그 모습을 봤더라면 아마 지금의 조너선 아이브⁵¹⁾는 내 친구 경주에게 자리를 물려줘야 했을지도 모르겠다. 속 모르는 교수님의 칭찬이 나를 민망하게 했지만, 그보다는 친구의 재능에 기분이 좋았다. 나는 훗날 이 사건을 직장의 후배 크리에이터들에게 들려주곤 했다.

"좀 다르게 생각해 봐!"라는 말과 함께.

경주는 그렇게 뛰어난 친구다. 하지만 그의 말대로 그의 재능은 그의 노력과 열정에 비하면 조족지혈에 불과하다.

대학생활 내내 매사에 성실하게 임했던 경주는 졸업 후 광고기획사에서 디자이너로 일하던 중 우연히 명동에서 영화 촬영 장면을 보게 되고 가슴속에서부터 나오는 어떤 울림을 듣게 된다.

그러고는 또 우연히 친구 따라 CF 프로덕션에 갔다가 막내 조감독으로 영상분야에서 일을 시작하게 된다. 세상을 향한 그의 두 번째 도전이 시작되는 순간이다. 하지만 조감독이란 직함은 말이 좋아 뒤에 감독이란 타이틀이 붙지 사실은 대표적인 3D 노동이다. 거기에다 급여는 최저생계비에

---

51) 2011년 대영제국 훈장을 수상한 애플사의 디자인 부사장.

도 못 미치는 그저 용돈 정도에 불과한 것이 전부다. 불같은 경주의 성격에 그 일을 잘 해내겠나 걱정했었지만 그런 걱정은 그야말로 기우에 그쳤다.

촬영장은 한마디로 전쟁터를 방불케 한다. 그중에서 가장 바쁘고 정신없는 사람 중 하나가 바로 조감독이다. 감독의 온갖 잔심부름에서부터 여러 스태프와 출연자의 일정과 진행사항 체크는 기본이고 식사와 간식까지 모두 조감독에게 떠맡기니 여간 정신을 똑바로 차리고 있지 않으면 예기치 않은 곳에서 문제가 발생하기 일쑤다. 경주가 조감독 생활을 시작한 지 얼마 안 되었을 때다. 그날도 이리저리 정신없이 바쁘게 움직인 경주는 잠시 짬이 난 틈을 이용해 주변에 보이는 박스에 걸터앉아 쉬고 있었다. 그 순간 누군가 뒤통수를 냅다 치더란다. 아프기도 하고 영문도 몰라 멍하게 한참을 있다가 나중에야 알고 보니 촬영부 감독이 앉는 자리였다. 그때 하도 혼쭐이 나서 감독이 된 지금도 촬영부의 집기를 쓰려면 반드시 써도 되는지 묻곤 한다. 재미있는 것은 그 당시 자신의 뒤통수를 쳤던 그 촬영감독을 이제는 감독이 된 경주가 지시를 하는 관계로 바뀌었다고.

그 후로도 그는 7년 동안 그렇게 욕먹어가며, 몸으로 부딪혀가며 일했다. 조감독 생활 7년 동안 부산의 어머니를 찾아 뵌 것은 단지 3일, 그런 노력으로 그는 드디어 감독에 '입봉'한다.

경주와 나는 둘 다 자기주장이 강한 편이다. 그래서 가끔은 언쟁을 벌이곤 하는데, 이럴 때는 다시는 안 볼 작정으로 싸운다. 오래전 경주와 이런저런 얘기를 하던 나는 앞으로는 필름 시대가 가고 디지털 디바이스의 시대가 온다는 얘기를 했다. 큰 의미 없이 단지 세상의 흐름을 얘기한 것이었는데 경주가 발끈한다.

"네가 그렇게 얘기하는 것은 내가 여태껏 개고생하면서 이뤄 온 내 삶의 전부를 아무것도 아닌 것으로 만드는 거야. 난 필름에다 내 인생을 바쳤는데 네가 얼마나 안다고 그따위 소리를 하냐."

나는 기가 막혔다. 경주는 필름을 만드는 기술자가 아니라 그 안에 담길 영상을 만드는 사람이기 때문에 그것이 필름에 담기건 디지털 기기에 담기건 내용은 바뀌지 않는다는 얘기를 했다. 물론 섬세한 차이는 있다. 그러나 그것이 경주의 삶을 부정했다고는 생각지 않았다. 하지만 그런 해명에도 불구하고 경주는 막무가내였다.

그 후로 한동안 연락을 끊었던 우리는 어느덧 그런 다툼은 잊고, 나는 경주가 편집작업을 하는 편집실로 놀러 가게 된다. 그곳에서 경주는 내게 겸연쩍어하면서 말을 건넨다.

"야, 원명아 우리가 예전에 디지털 영상 얘기로 싸웠잖아. 그런데 그 후로 내가 맡은 프로젝트가 최고의 HD 화질로 영상을 만들어야 하는 일이었어. 국내 최초로 그 일을 한 것이라 그 후로 계속 HD 영상작업만 하게 된다. 흐흐."

"이런 망할 자식!"

얼마 전 경주와 나는 같은 광고주의 의뢰로 전국을 함께 돌아다니며 나는 포토그래퍼로, 경주는 영상감독으로 작업을 하게 되었다. 하루의 일과를 마치고 스태프들과의 술자리가 무르익어가자 스태프 중 한 명이 우리의 관계를 물어온다. 분야가 다른데 서로 반말해가며 일하는 것이 궁금했나 보다.

경주는 우리가 고등학교 친구인데 성격과 성향이 완전히 다른 사람이라고 말하며, 학창시절 둘 다 서울에서 전학 왔음에도 나는 사투리도 안 쓰고 자기의 생각과 벗어난 것은 절대 타협하지 않는 '바른 생활 사나이'였다는 것이다. 자신은 부산 친구들과 어우러지기 위해 치열하게 노력했으며, 중·고교 시절 여러 가지 사건도 주변의 친구들 속에서 어우러져 살아보고자 하는 과정에서 발생한 일들이었다고 한다. 그러다 나를 우연히 만나 자신의 인생이 바뀌게 됐다는 얘기다. 그 외에도 오랜만에 이런저런 옛이야기를 함께했다. 그런 경주의 말 중 많은 부분에 공감이 갔지만 사투리 부분에서는 공감할 수 없었다. 내가 보기엔 내가 사투리를 쓰려 노력했고 경주가 서울말을 계속 쓰는 것으로 느껴졌기 때문이다. 이런 내 생각과 경주의 말을 종합해보면 결국 둘 다 사투리를 썼지만 제대로 흉내 내지 못했다는 얘기다. 바보같이 자신은 완벽하게 부산사투리를 구사한다고 생각하면서……

경주는 '우연히', '운이 좋아서'라는 말을 자주 쓴다.
'우연히 너를 만나 그림을 그리게 되었고.'
'우연히 영화 촬영 장면을 보게 되었고.'
'우연히 친구 따라 프로덕션에 가게 되었고.'
'운이 좋아 대학에 진학했고.'

'운이 좋아 영상분야에 몸담게 되었고.'
'운이 좋아 감독이 되었고.'

몇 해만 지나면 경주와 알고 지낸 지 어느덧 30년이 된다. 오랜 세월 동안 그를 지켜보면서 그가 이룬 것들이 결코 운이나 우연히 얻게 된 것으로 생각해본 적은 단 한 번도 없다.

"경주야, 간만에 밥이라도 같이하자."
"나 바빠, 나중에."

언제나 단답형에 퉁명스러운 그의 말투지만, 난 그런 그가 좋다. 온갖 수식어로 포장된 그럴듯한 말보다도, 삶과 일에 대한 진지한 태도로 나를 늘 가르쳐주는 나의 귀중한 벗이다.
그런 그를 친구로 둔 나는 '정말 운이 좋다.'

스벤 리의 '울게 하소서'

나를 울게 하소서
내 잔인한 운명 위로,
자유를 위해 내가 한숨짓게 하소서
슬픔이 내 고뇌의 결합을 끊으리라
만약 동정심이 있다면.52)

수술실에는 헨델의 유명 아리아 〈울게 하소서〉가 흐른다.

부분 마취를 한 세인은 수술대에 누워 있고 얼마 지나지 않아 스벤 리가 들어온다. 나를 보고 싱긋 미소를 짓더니 세인에게 말을 건넨다.

"괜찮지? 금방 끝나니까 걱정할 것 없고 마음 편하게 있어."

그러고는 능숙한 손놀림으로 수술에 필요한 여러 가지 기구를 바꿔가며 그의 작업에 열중한다. 그 순간 그는 장난 좋아하는 친구 스벤 리가 아니었다.

워낙 농담을 잘하고 낙천적인 성격에 의사가운을 잘 입지 않는 그를 '저 친구가 진짜 의사 맞나?'라고 생각한 적이 한두 번이 아니었는데, 지금 그

---

52) 헨델의 오페라 〈리날도〉 중 대표 아리아.

는 마치 한니발 렉터처럼 냉정하면서도 천재적으로 느껴질 만큼 집중하는 모습이다. 그러면서도 왠지 모를 여유까지.

거기에 지금 상황과 어울릴 것 같지 않은 아리아까지 더해 이 낯선 풍경이 더욱 신기하게 느껴진다.

"다 됐다! 잘했어. 괜찮지?"

잔뜩 겁에 질려 있던 세인은 그제야 긴장이 풀리는지 굳어 있던 표정이 환해진다.

저는 좀 비쌉니다.

2006년 지인의 소개로 스벤 리가 관계된 병원의 홈페이지 제작 의뢰를 받았다. 약속한 장소에 가보니 한창 병원의 인테리어 공사 중이었고 그 안에서 두 명의 의사가 나를 맞이한다. 귀티와 부티가 온몸을 휘감고 있는 잘생긴 젊은 두 의사는 나에게 이것저것을 설명한다.

"몇몇 회사에 의뢰를 해봤는데 별로 마음에 들지 않았습니다. 어떤 분은 원하는 대로 다 만들어주겠다느니 며칠이면 만든다느니 말하지만 신뢰가 가지 않더군요."

그중 한 의사가 주로 설명을 하는데 좋게 말하면 문의라 할 수 있고, 나쁘게 말하면 나를 떠보는 것 같았다. 정확하게는 나의 실력을 나름대로 가늠해보는 것이었다. 대부분의 클라이언트를 만나면 으레 있는 일이라 특별히 기분 나쁠 건 없었다.

"그 사람들은 견적도 아주 싸게 해주겠다고 하고……."

결국엔 저렴하게 잘 만들어줄 수 있겠냐는 얘기다. 늘 거래에는 소위 '밀당'이 있기 마련이지만 나로서는 기선을 제압당하면 안 된다. 아쉬운 쪽이 지는 거다.

"그분들이 하는 말이 터무니없는 거짓말은 아닐 거예요. 포트폴리오를 보고 괜찮아 보이면 의뢰를 해도 별문제 없을 겁니다. 다만 사람들은 자동차를 살 때는 티코 가격에 티코를 사고, 그랜저 가격에 그랜저를 사지요. 티코 가격을 주면서 그랜저를 달라고 하지는 않지요. 우리 일도 마찬가지입니다. 계약과 제작과정이 정상적이지 못하다면 문제가 생길 수 있겠죠."

그러면서 한마디 덧붙였다.

"만약 저에게 의뢰하신다면 저는 좀 비쌉니다."

스벤 리가 기억하는 나와의 첫 대화다.

주로 말하는 의사의 뒤에 서서 열심히 듣고 있던 또 다른 의사가 스벤 리였는데, 스벤 리는 술 한잔만 하게 되면 꼭 이 이야기를 되풀이한다. 그 말을 듣고 속으로는 '네가 비싸면 나는 더 비싸다'라고 생각했다는 말과 함께.

결국, 그 일은 내가 수주했고 일을 같이하면서 내 열의와 재능을 높이 샀는지 같은 나이인 스벤 리는 친구가 되길 원했다. 그런 스벤 리 역시 나에게 좋은 인상을 심어주어 나도 흔쾌히 그의 친구가 되기로 했다.

프랑크푸르트 도서전의 좋은 인상이 남아 있는 독일. 그중에서도 아름답게 기억하던 마인츠 돔 그리고 라인 강과 마인 강이 만나는 구텐베르크의 도시 마인츠. 스벤 리는 그 마인츠 출신이었다.

호감이 있다 보니 인연을 억지로 찾은 것인지, 정말 인연이 있어서 호감을 갖게 된 것인지는 모르겠지만 마인츠는 우리 대화의 연결고리였다.

마인츠는 이른바 '황우석 사태'가 일어나기 전, 한창 주가를 올릴 때 황박사의 세미나가 열렸던 곳으로 촬영차 소민과 함께 방문했던 곳이다. 아름다운 전원풍경과 함께 햇살 좋던 날, 장에서 보던 오색찬란한 과일과 채소 그리고 먹음직스러운 갖가지 종류의 소시지들. 그런 얘기와 함께 스벤리는 특히 황우석 박사의 얘기를 재미있어했다.

이런저런 얘기를 통해 술 좋아하고 웃는 모습이 매력적인 넉넉한 인품의 그와 아주 쉽고 빠르게 친해질 수 있었다. 그렇게 만남이 잦아지면서 자연스럽게 깊은 속 이야기까지 나누는 친구가 됐다. 그런 그는 나의 시력교정 수술을 해주었고 나는 그의 사진을 찍어주었다. 스벤 리는 내가 찍어준 자신의 사진이 제일 마음에 든다며 사진이 필요할 때면 늘 내가 촬영해준 그 사진을 사용한다. 그리고 나는 아침마다 손을 더듬어 침대 주변의 안경을 찾는 일 없이 하루를 시작하고.

나는 서른 살 이후로는 친구를 사귄 적이 없다. 가만히 생각해보니 그렇다. 사회에 진출하면서 그전보다는 훨씬 많은 사람과 알게 되고, 활동하는 영역이 넓어지면서 전혀 다른 분야의 사람과도 형이니 동생이니 하며 친근한 호칭을 주고받는 사이는 많아졌지만 정작 친구라고 생각이 드는 사람은 없다. 그런 나에게 "우린 친구잖아"라고 얘기해주는 이 젊은 독일의 의학박사는 서른 살 이후로 만난 사람 중 아무 계산 없이 얼굴을 마주할 수 있는 유일한 친구가 되었다.

불교에서는 현생에서 옷깃만 스치는 인연이라도 있으려면 전생에 오백 겁의 인연이 있어야 가능하다고 했던가. 우리에게는 희한한 우연도 여러 번 있었다.

한 번은 일 때문에 여주에 가게 되었다. 일 년에 한 번쯤 가는 곳이었는데 목적지에 거의 도달했을 때쯤 스벤 리에게서 전화가 온다.

"어디야?"

"나 여주 가는 길인데."

"정말? 나 지금 여주야."

처음에는 장난치는 줄 알았다. 반신반의하면서 여주에 도착해보니 정말 그곳에 스벤 리가 있었다. 생전 처음 와보는 곳이란다. 희한한 우연에 일은 뒷전으로 미룬 채 중국 요리와 함께 한바탕 수다를 떨었다.

그로부터 몇 개월 후 촬영 때문에 방콕행 비행기를 탔다. 게으름을 피우다 안내 방송을 듣고 난 뒤에야 탑승객 중 제일 늦게 타게 됐다. 허겁지겁 올라타 수많은 승객의 따가운 눈초리를 뒤로하고 짐칸에 카메라 가방을 올리고 있는 순간 누가 뒤통수를 치는 게 아닌가. 깜짝 놀라 뒤돌아보니 스벤 리가 서 있는 것이다. 우리는 이륙 후 안전벨트 신호가 꺼지자마자 통로에서 또 수많은 수다를 떨었다.

살다 보면 때로는 아주 작고 가벼운 또는 별것 아니라고 생각되는 것이 사람 사이의 관계를 더욱 돈독하게 만드는 경우가 있다. 그래서 그런지 이런 우연은 우리를 더욱 가깝게 만드는 또 다른 하나의 연결고리가 되었다.

스벤 리. 한국 이름 이수완.

스벤 리는 오래전 우리나라가 아주 못 살 때 젊은 아가씨들을 교육해 독일의 간호사로 보내는 데 가장 핵심적인 역할을 한, 그로 인해 후대에 여러 가지 말도 많았고 또 동백림 사건에도 연루되어 갖은 고문을 당했던 '파독 간호사의 대부' 이수길 박사의 아들이다.

독일의 마인츠에서 태어나 유년 시절을 그곳에서 보낸 스벤 리. 하지만 스벤 리에게 마인츠는 나처럼 잠깐의 관광이나 볼일을 보고 이내 떠나야 하는 외지인이 느끼는 고즈넉한 유럽의 시골 도시가 아니었다.

스벤 리의 말에 의하면 동양인이 없었던 마인츠의 사람들은 자기가 지나가면 가까이서 동물 쳐다보듯이 보는 것은 다반사고 심지어 얼굴과 몸을 만져보는 사람까지 있었다고 한다. 그런 이유로 어렸을 때 늘 싸움을 했는데 그네들보다 작고 마른 체격 때문에 예사로 두들겨 맞았다고 한다. 스무 살이 되면서 열심히, 거의 죽을 만큼 운동을 해서 자기를 때렸던 녀석들을 하나하나 찾아가 복수했다니 그 한이 실로 컸던 모양이다.

"원명아, 원래 게르만족들은 진짜 몸집이 크거든, 걔네들은 맞아도 끄떡도 안 해. 그런 애들은 어떡해야 하는지 아니?"

"나야 모르지."

"싸우다 안 되면 일단 무릎을 꿇고 잘못했다고 비는 거야. 그리고 더 이상 싸우지 말자고 악수를 청하면 모두 악수를 하려고 하거든 그렇게 방심할 때 있는 힘을 다해 불알을 한 방 날리면 돼."

웃으며 농담 반 진담 반으로 재미있게 얘기를 하지만 남과 다를 수밖에 없는 어린 시절, 자신을 스스로 지켜야 한다는 강박관념이 남아 있는지 그는 아직도 매일 10킬로미터 이상을 달리고 헬스클럽에서 체력 단련하는 습관이 몸에 배어 있다.

많은 우여곡절 끝에 그는 하노버 대학에서 의학박사 과정을 밟는다. 그 시절부터 스벤 리는 시력교정수술로 부작용을 앓고 있는 환자에 관해 관심을 갖게 되어 치료 기술 개발을 위해 연구에 착수했다. 그리고 마침내 그는 ASA라섹이라는 가장 발전된 시력교정술을 개발하고 이 때문에 의학계에 미친 공을 인정받아 유럽연합의 은빛 훈장까지 수상한다.

그런 유명세로 그는 우리나라 대학의 초청을 받아 아버지의 조국에 오게 된다. 하지만 이곳에서도 그는 이방인이었다. 그의 탁월한 의술과 독일인이라는 국적 때문에 동료 의사로부터 시기와 질투를 받아야 했고, 심지어 동료의 반대로 인해 학교에서는 강의할 수 없을 때가 많았다. 강의를 못했지만 계약이 되어 있었기 때문에 급여는 지급됐고 스벤 리는 그 금액을 학생들을 위해 모두 기부했다. 그리고 또 다른 일부에서는 자신들의 이득을 위해 어떻게 해서든 그를 이용하려는 생각만 했다고 하니 그의 상심이 꽤 컸으리라.

그 얘기를 하면서 그는 한국의 의료문화가 이상하다며 푸념을 늘어놓는다. 특히 의사와 환자의 관계에 대해 자신은 도저히 이해할 수 없다는 말을 한다. 그는 자신의 미간을 좁히면서 윗눈썹을 팔자로 만들고는−아주 진지해질 때 스벤 리의 독특한 표정이다−내게 말한다.

"원명아, 어떻게 환자가 먼저지 의사가 먼저일 수 있나? 한국에서는 의료사고가 나면 왜 의사는 큰소리치고 환자들은 가만히 있나?"

"……."

그의 목소리 톤은 올라가고 그의 손동작은 점점 커졌지만 나는 아무 말도 할 수 없었다.

"나는 나를 위해서 기도한 적은 한 번도 없어. 하지만 내 환자를 위해서는 늘 기도해."

만나면 늘 어눌한 한국말로 욕하고 때리고 장난치는 것을 좋아하지만 자기 일과 환자에 대해서만큼은 언제나 심각하다. 아마도 내가 그를 좋아하는 이유일 것이다.

스벤 리를 보면 가끔 그가 유년시절 다르게 생겼다는 이유로 겪었을 차별에 대한 생각을 하게 된다. 그리고 이제는 생김새는 같지만 또 다른 의미로 겪을 그의 외로움과 한계에 대한 생각도 하게 된다.

해마다 많은 외국인이 우리나라를 방문한다. 그들을 대하는 우리의 시선과 응대 방식은 참 다양하다. 일반적으로 백인을 보면 괜히 주눅이 들고 흑인은 피하고, 동남아인들은 얕보는 경향이 있는 듯하다. 낯섦에서 비롯된 것이겠지만 그 낯섦에도 등급이 있는 것 같다.

한번은 회사 직원과 함께 홍콩으로 출장을 갔다. 이 친구는 해외여행은 물론이고 비행기 한 번 타 본 적 없는 친구라 여행 전 기대와 긴장으로 마음이 잔뜩 부풀어 있었다. 하지만 목적지에 도착해서 단 하루 만에 모든 긴장이 다 풀리고 심지어 실망이라는 말까지 한다. 무엇을 어떻게 생각했기에 단 하루 만에 다른 문화에 대해 실망했을까 궁금해졌다. 하지만 그 이유는 허무하리만큼 간단했다. 외국에는 더군다나 우리의 방문지가 국제도시인만큼 백인들이 많고 그들과 부딪히면 영어도 못하는데 어떡하나 생각했지만, 대부분이 작고 없어 보이는 동남아인들이라 만만해 보인다는 게 그 이유란다.

그런 그에게 실망하기에 앞서 나를 돌이켜보니 나 역시 별반 다르지 않다. 아시아인들과는 영어가 잘 안 돼도 쉽게 대화를 나눌 수 있을 정도로-우월적 입장까지는 아니지만-좀 쉬워 보였고, 백인을 보면 꼭 필요한 질문도 못하고 오히려 괜히 말을 시킬까 위축되었다. 외국에 나가서도 그러니 국내에 있을 때는 그 차이가 더 했을 것이다. 백인은 왠지 중요한 업무나 관광으로 우리나라를 방문한 것 같고 동남아인은 모두 이주노동자같이 느껴지고. 설령 그렇다 치더라도 나 스스로가 참 천박하게 느껴졌다.

스벤 리의 경우에는 그 중간의 어디쯤 혹은 그의 스펙 때문에 다른 어딘가에 위치할 수 있겠지만 어쩔 수 없이 다름으로 인한 그만의 외로움과 상처가 존재하리라.

하루는 스벤 리로부터 이태원에 맛있는 스페인 요릿집이 있다며 한잔하자고 나오라는 전화를 받았다. 생전 처음 보는 안주에 온갖 국적의 술을 시켜 먹던 중 밤이 깊어지고 식당의 영업을 마칠 때쯤 되자 급기야 수석 셰프까지 와서 주거니 받거니 한다.

내가 셰프와 얘기를 나누던 중 술이 좀 취했는지 스벤 리가 어디론가 전화를 한다. 독일의 부모에게 하는 전화로 보였다. 한국어와 독일어를 섞어가며 얼마나 통화를 했을까. 스벤 리의 눈에 눈물이 고이기 시작한다. 그가 무엇을 말하는지는 모르지만 그의 술주정은 아니었다. 몇 해 동안 술 마시는 것을 보아왔지만 그가 술주정으로 눈물을 보인 적은 없었기 때문이다.

통화가 계속될수록 그의 눈에서는 주체할 수 없을 정도의 눈물이 흐르고 목소리는 더욱 떨려만 갔다. 그리고 휴대폰 넘어 들려오는 또 하나의 흐느낌. 스벤 리의 어머니도 울고 있었다.

지기 싫어하는 그가 강하게 살려고 노력했던 만큼 한 번 무너져버린 감정의 둑은 쉽게 복구되지 않았다. 나는 묵묵히 그를 보고만 있었다. 잠시 후 내가 할 수 있는 것이라고는 그가 나를 의식하지 않도록 쓸데없이 내 휴대폰을 들어 통화도 해보고 자리를 피해 화장실을 들락날락하는 것밖에는 없다는 것을 알게 될 때까지.

스벤 리가 울고 있다.

독일의 안과 의사, 파독 간호사의 대부 이수길 박사의 아들, 전 내무부 장관의 사위, 의학계에 미친 공을 인정받아 유럽연합의 은빛 훈장 수상, 미국백내장굴절학회 최고논문상 수상. 전 세계를 자유롭게 여행하며, 내가 몇 날 며칠을 밤새며 고생해야 만질 수 있는 돈을 십 분 정도의 단 한 차례 수

술로 벌 수 있는, 좋은 옷에, 좋은 차에, 좋은 집에 사는 세상에 부러울 것 없을 것 같았던 그가 울고 있다.

스벤 리가 운다.
아니 내 친구 수완이 운다.
수완이 술에 취해 울고 있다.
아니 세상에 취해 울고 있다.

나는 아무 말 없이 술에 취해 비틀대는 수완을 데리고 가파른 술집 계단을 내려왔다. 이태원 거리의 오색 창연한 네온사인 빛은 그의 눈물에 반사되어 더욱 어지럽게 흔들리고 있었다. 어쩌면 스벤 리는 이태원을 닮았다. 서울의 밤거리를 화려하게 밝히는 불빛 아득히 질곡의 역사가 그대로 드리워진 곳, 이태원. 그래서 스벤 리는 이곳을 좋아하는 것일지도 모른다는 생각이 들었다.

그를 부축하면서 운동으로 단련되어 온몸이 근육 덩어리인 수완의 무거운 몸이, 그가 짊어진 세상의 무게만큼 무거울 수밖에 없었겠다는 생각이 들었다. 나는 그를 차에 태워 보내고는 화살기도를 받쳤다. 스벤 리와는 달리 나는 늘 나를 위해 기도했지만 이번만큼은 그를 위해 기도했다.

"주여, 당신의 뜻이 아니라면 다시는 그를 울게 하지 마소서. 하지만 당신의 뜻이라면 울게 하소서. 싸우게 하소서. 그리고 그 눈물과 함께 우리의 모든 아픔을 딛고 우뚝 일어나게 하소서."

서울

부산발 서울행 통일호 열차에 오른 지 5시간 30분, 한강철교를 지나치는 열차의 객실 내에서는 패티 김의 노래 〈서울의 찬가〉가 흘러나온다. 차창밖에는 붉은 노을이 서울의 하늘을 물들이고 있고, 금빛 육체로 주위의 모든 것을 내려다보며 도드라지게 서 있는 63빌딩이 눈에 들어온다.

'드디어 서울이다.'

초등학교 4학년 봄방학 부모를 만나겠다는 생각 하나로 눈물 흘리며 올랐던 열차, 달라진 것이 있다면 그때는 안 보였던 63빌딩이 있다는 것. 그리고 그 63빌딩의 높이와 9년의 세월만큼 자라버린 나의 꿈과 키. 그러나 서울은 나의 마음처럼 호락호락한 도시가 아니었다. 다만 나를 닮은 벗들로 인해 나는 따로 떨어진 외로운 섬이 아닐 수 있었다.

나는 서울이 좋다. 한강 주변의 가로등이 하나둘씩 켜지기 시작하는 서울의 저녁이 좋다.
서울의 밤도 좋다. 수많은 이야깃거리를 과거로 묻어버리는 서울의 새벽이 좋다.

사회 참여

세인과 오래전부터 꿈꾸던 일을 실행하기로 했다. 우리가 하는 일이 단순히 돈을 벌기 위한 목적만
이 아닌 세상을 향해 작지만 의미 있는 일을 해보자는 것. 때마침 '독도의 날'을 맞아 내가 관여하
고 있는 시민단체에서 대대적인 행사를 기획했다. 그 행사에 필요한 광고와 리플릿, 엠블럼 등을 디
자인하기로 한 것이다.

《왜 세계의 절반은 굶주리는가?》(장 지글러, 유영미 옮김, 갈라파고스)를 읽고 있는데 세인이 농담 삼아 얘기한다.

"다 오빠 때문이야."

그때는 그냥 웃어넘겼지만 '이런 불합리하고 살인적인 세계질서는 어떠한 사정에서 등장한 것일까? 그 책임은 누구에게 있을까?'

내 몸 하나 지탱하기도 버거운 세상에서 불합리, 부조리한 사회 현상에 관심을 두는 것은 그저 남의 얘기였다. 다른 사람에게 해 끼치지 않고 또 그만큼 부당한 대우 안 받고 사는 것. 내가 이 사회에 대해 해줄 수 있는 마지노선이고 최선이라고 생각했다. 나는 이미 그런 사회현상에 몸으로 뛰어든 아버지가 있었고 그로 인해 생겨난 피해의식까지, 혜택은 못 받을지언정 나까지 굳이 어떤 희생을 한다는 것은 말이 안 된다고 생각했다. 그리고 이런 생각에서 벗어나기까지는 꽤 오랜 시간이 흘렀다. 그 오랜 시간 동안 이 사회에서 얻은 좋은 친구들, 가족, 아내, 아이들……

내가 사는 이 사회에 대해 과연 나의 책임은 어디까지일까?

The long road

여행에는 몇 가지 종류가 있다. 출장, 관광, 휴양 등 목적이 다른 짧은 여행에서부터 인생이라는 긴 여행까지.

나에게 여행이란 출장이 거의 전부였다. 그것은 호화롭진 않지만 업무상 프로세스가 가져다주는 안락한 숙소에 친절한 가이드 그리고 무엇보다 확실한 스케줄. 나는 여행에서 이것 이상을 생각할 수 없었다. 그래서 내게 여행이란 무엇을 봤는지 어디를 갔는지 전혀 기억하지 못하는 것이 대부분이었다. 그러다 나는 진짜 여행가를 만났다. 그들은 안락함을 좇지 않았고 주어진 시간에 주어진 길을 따라 여행하지 않았다. 그들은 새로운 길을 만들고 삶을 개척하는 사람들이었다. 늘 주어진 환경을 탓하고 원하는 조건이 갖추어지지 않으면 아무 일도 못한 채 불평만 늘어놓는 내 모습이 한없이 부끄러워졌다. 그들은 나에게 인생에서 계획하지 않는다는 것, 바뀐다는 것, 새롭다는 것이 더는 두려운 존재가 아니라는 것을 가르쳐준 구루였다.

프라하.

프랑크푸르트.

쾰른의 거리 예술가.

별

프랑크푸르트 도서전에서 나는 한국 예술계의 수많은 별을 카메라에 담았다. 그리고 그 모든 순간에 소민은 곁에서 나를 안내했다. 프랑크푸르트, 다름슈타트, 쾰른, 하이델베르크……. 그녀는 행사가 열리는 독일의 이곳저곳을 안내했지만 시간이 흐르면서 내가 안내받은 것은 삶을 살아가는 진지하고 열정적인 자세였다는 것을 느낄 수 있었다.

'사진가를 촬영하는 사진사, 그리고 그런 사진사를 도와 운전과 가이드를 해주는 사진사' 모두 포토그래퍼이지만 현재의 위치는 사뭇 달랐다. 삶이라는 것은 참 재미있다. 현재 처한 위치만으로 그 누구의 삶도 틀렸다고 말할 수는 없다. 그저 다를 뿐이다.

:: 프랑크푸르트 도서전 주빈국관에는 작가의 벽이 들어서고 많은 한국의 별들이 이곳을 방문했지만 소민은 내가 본 프랑크푸르트의 수많은 별 가운데 가장 빛나고 아름다운 별이었다.

:: "허리를 숙여 다리 사이로 달을 보며 소원을 빌면 소원이 이뤄진대요." 소민은 달빛이 비치는 라인 강을 보며 무슨 소원을 빌었을까? '그게 무엇이든 꼭 그렇게 될 거야.'

:: '많이 웃고, 재미있게 해고, 행복해개 사라!' 그녀가 전한 CD를 보면서 '살다 보면 정말 저 사람만큼은 잘됐으면 하는 마음이 들게 하는 사람이 있구나'라는 생각을 하게 됐다. 나는 진심으로 그녀가 떠나는 먼 여행이 무사히 끝나길 기원했다.

:: 새로운 도전을 향해 떠난 그녀는 한 장의 사진을 보내왔다. 소민은 이 사진을 촬영하면서 마치 그 광경과 하나가 된 듯한 느낌을 받았다고 했다. 그래서인지 나에게 마이애미나 에콰도르는 낯선 곳이 아닌 그녀가 있는 도시가 되었다.

히포크라테스 선서

나는 의학의 신 아폴로와 아에스큘러피어스, 그리고 건강과 모든 치유, 그리고 모든 신과 여신들의 이름에 걸고 나의 능력과 판단으로 다음을 맹세하노라.

나는 이 선서와 계약을 지킬 것이니, 나에게 이 의술을 가르쳐준 자를 나의 부모님으로 생각하겠으며, 나의 모든 것을 그와 나누겠으며, 필요하다면 그의 일을 덜어주겠노라 (…) 나는 그와 같은 모든 것을 비밀로 지켜야 한다고 생각하기에, 결코 누설하지 않겠노라. 내가 이 맹세를 깨트리지 않고 지낸다면, 그 어떤 때라도 모든 이에게 존경을 받으며, 즐거이 의술을 펼칠 것이요 인생을 즐길 수 있을 것이다. 하나 내가 이 맹세의 길을 벗어나거나 어긴다면, 그 반대가 나의 몫이 될 것이다.

－히포크라테스 선서 중

"의사들은 모두 히포크라테스 선서를 하나요?"

술자리가 무르익을 즈음 갑자기 궁금해져서 던진 나의 질문에 술자리 의사들이 한마디씩 한다. 일종의 길드 규약이라는 얘기에서부터 의사로서 중요한 선서라는 얘기까지. 기원전 4, 5세기 한 의사가 만든 선서 하나에도 내 생각보다는 많은 의미가 담겨 있다는 생각이 들었다.

하지만 몇 해 전 스벤 리가 내게 진지하게 말했던 "나는 나를 위해서 기도한 적은 한 번도 없어. 하지만 내 환자를 위해서는 늘 기도해"라는 짧은 말이 히포크라테스의 긴 선서보다 더 깊은 진실함을 가져다주었다.

:: 스벤 리는 꿈도 크고 욕심도 많은 친구다. 그는 그가 개발한 의술로 세상의 많은 사람들이 부작용 없이 좀 더 맑고 선명하게 볼 수 있길 언제나 희망한다.

:: 건장한 체격에 세련된 옷차림과 장난기 어린 행동 때문에 스벤 리에게 의사의 느낌을 찾기란 매우 어려운 일이다. 하지만 그의 오랜 의료봉사 활동과 어려운 환경에 있는 계층을 위한 각별한 관심과 지원을 아끼지 않는 모습을 볼 때 나는 비로소 '아, 얘가 의사였지!' 라는 생각을 하면서 혼자 웃곤 한다.

세상의 주인공이 아닐지라도

쿠바 혁명의 영웅 체 게바라를 모르는 사람도 별이 박힌 베레모에 콧수염을 기른 한 사내의 사진을 한두 번은 보았을 것이다. 이 사진이 세계에서 가장 많이 카피됐다고 알려진 〈Guerrillero Heroico영웅적인 게릴라〉라는 사진이다. 이 사진을 촬영한 사진작가는 알베르토 코르다라는 쿠바의 사진작가로 처음에는 패션 사진 일을 주로 했지만 피델 카스트로와 동반하며 쿠바 혁명 사진의 대표작가로 자리매김한다. 그리고 그가 찍은 체 게바라의 사진은 현재까지도 세상의 수많은 젊은이에게 혁명의 아이콘으로 큰 영향을 미치고 있다. 그런 코르다는 그의 생의 마지막 인터뷰에서 생텍쥐페리의 말을 빌려 "우리는 가슴으로만 볼 수 있습니다. 가장 중요한 것은 눈에 보이지 않는 법이에요. 저는 이 말이 사진작가란 무엇인가를 요약해주는 말이라고 생각합니다. 카메라를 들고 이리저리 돌아다니다 갑자기 자기를 슬프게 하거나 즐겁게 하는 무언가를 보고 셔터를 누르는 사람. 그런 사람이 바로 무언가를 느낄 수 있게 만드는 사진작가이죠"라고 말한다.

코르다는 체 게바라나 카스트로처럼 혁명의 주인공이 아니었고 지금도 그의 이름을 알아주는 사람이 별로 없지만 그의 작품은 앞으로도 영원히 많은 젊은이에게 삶의 지표 역할을 해줄 수 있을 것이다.

지금 내가 세상의 주인공이 아닐지라도, 지금 내가 하는 일이 주목받지 못하고 별 볼일 없는 일이라고 생각되어도 우리가 열정을 가지고 일하며 진지하게 세상을 살아가야 하는 것. 이것이 바로 또 다른 의미의 혁명이 아닐까?

모두들 똑같이 젊었을 무렵 똑같이 89690으로 시작하는 학번 하나씩을 부여받고 똑같은 강의실에서 똑같은 책으로 공부하던 똑같이 아름다운 청년들이었지만 저마다의 꿈과 이상은 40인 40색으로 모두 달랐었다.

그러나 이제는 모두 다른 일터에 다른 지역에 지난 25년간 다른 사연을 안고 다르게 살고 있지만 우리의 아픔과 고민은 같아진 중년이 되었다.

하지만 오랜만에 만난 친구들의 모습에서 그 시절의 꿈과 열정, 그리고 최고의 벗들로 인해 우리가 여전히 청춘임을 깨달았다. 반짝반짝 빛나라 우리들의 청춘!

•• 1989년 학과 앞마당에서 함께한 친구들.

•• '89690-시도'라는 동문 전시회를 열고는 인사동 뒷골목에서 뒤풀이를 가졌다. 첫 만남 이후 25년, 우리의 모습은 많이 변했지만 그 시절의 추억에 25년이라는 세월이 더해져 우리의 수다는 끝날 줄 몰랐고 그 수다가 메아리가 되어 그동안 잠들어 있던 그 시절의 꿈을 일깨워 주었다.

3

푸른 나무와 붉은 장미,
파란하늘에 하얀 구름

가난을 향유하다

미당 서정주 선생은 아버지의 대학 시절 은사다. 생전에 부산가톨릭센터에서 열리는 행사에 방문하게 돼서 오랜만에 은사를 뵙게 된 아버지는 "선생님, 저 희로입니다"라며 인사를 건넨다. 하지만 미당 선생은 들은 척도안 하며 옆자리의 지인에게 "부산에 김희로라는 놈이 있다고 하는데 자네그놈 못 봤나?"라고 묻는다. 제자가 되어 오랫동안 연락이 없으니 괘씸하다는 미당 선생 방식의 표현이다. 그런 아버지는 시치미 떼면서 "선생님, 김희로 죽었어요"라고 말한다. 죽을죄를 지었다는 표현을 넘어 이미 죄송해서 죽었다는 아버지 방식의 표현이다. 미당 선생은 아버지가 활동한 '국민생활정화연맹'의 지도위원이었다. 제자들이 사고(?)를 친 이유로 군사독재시절 그 책임을 물어 잡혀가 고초를 겪기도 했다. 아버지의 얘기를 들어보면 사제 간에 남달리 깊은 정이 있었던 것 같다. 아버지의 '자청子晴'이라는 호도 미당 선생이 형제 없이 혼자인 아버지에게 스스로 푸르러지라는 의미로 지어준 것이라고 한다.

아버지는 미당 선생을 애연가로 기억한다. 지금은 상상할 수 없는 광경이지만 강의실에서도 강의 도중에 담배를 피울 만큼 담배를 사랑했나 보다. 한번은 선생의 친구인 구상 선생이 강의하는 서울문리사대53) 강의실을 찾는다. 뒷자리에 앉아 강의가 끝나길 기다리며 앉아 있자니 또 담배 생각이 났나 보다. 이내 담배를 피워 물고 있는데 이 대학교무처장이 지나가다 그 장면을 목격한다. 남루한 차림에 학생도 아닌 듯해 보이는 사람이 강의실에서 담배를 피워 물고 있으니 당연히 쫓아내려 했을 것이다. 이를 본 구상 선생은 자신의 친구를 괄시하는 학교에서는 다시는 강의 못하겠다고 다음 날 부로 강의를 그만두었다는 일화가 있다. 이런 얘기를 듣자니 옳고 그름의 문제를 떠나 당시에도 대학에서 강의 하나 맡는 것이 쉬운 일은 아니었을 것인데 헌신짝보다 쉽게 내팽개칠 수 있는 이들의 동지애와 낭만이 멋스럽게 다가온다.

미당 선생은 서울 중앙시장의 판잣집에서 홀어머니와 살고 있던 아버지의 집을 가끔 가정방문(?) 했다. 아버지는 그런 미당 선생의 집에 자주 인사를 다녔다. 아버지가 미당 선생의 집을 방문하면 선생은 "여보, 희로 군 왔소"라고 말하는데 그 말인즉 막걸리 한 주전자 받아오란 얘기다. 미당 선생의 부인은 늘 앞치마를 두르고 있었는데 선생이 "희로 군 왔소" 하면 그 앞치마에 주전자를 숨기고 가서 막걸리를 받아와 술상을 보곤 했다.

미당 선생의 집에는 아버지 말고도 찾아오는 후학들이 많았는데 한번은 시인 고은 선생이 한 손에는 청주를 들고 한 손에는 고기를 들고 미당 선생을 찾아온다. 당시에는 문인으로 등단하려면 추천을 통해 등단하는 방법이 있었는데 고은 선생은 미당 선생의 추천을 받고자 방문한 것이다. 이를

---

53) 지금의 명지대학교.

본 미당 선생의 동서는 "중놈이 술에 고기를 가지고 다닌다"라며 놀리곤 했단다.

아쉽게도 요즘은 그런 스승이 사라졌다. 술과 고기를 들고 가 인사할 스승이 사라졌다. 때로는 빈손으로 찾아가도 반가워하며 술상을 내어주는 스승이 사라졌다. 예전에는 소풍을 가면 가난해서 도시락을 못 싸오는 제자를 위해 자신의 도시락을 주던 선생님이 있었는데, 요즘은 학부형들이 조를 짜서 선생의 도시락을 싸가야 한단다. 예전에는 제자의 취업을 위해 신발이 닳도록 뛰어다닌 교수가 있었지만, 요즘은 시간강사 자리 하나에도 커다란 선물이 오가야 한단다. 스승과 제자 사이에 정과 사랑과 가르침은 없고 오직 거래만이 존재하는 세상이 되어버렸다. 모든 선생이 다 그런 것은 아니겠지만, 일반적인 인식이 그렇게 되어버린 것은 부정할 수 없는 사실이다.

이런 세태를 아버지는 "너희는 참 불행하다. 아버지 때는 함석헌 선생, 장준하 선생 같은 분이 계셔서 힘들 때마다 찾아가 조언을 구했는데 너희는 그런 스승이 없으니"라며 걱정한다.

대학수업 중에 '중등교사론'이라는 과목이 있었다. 백발이 성성한 노교수께서 열정적으로 지도하셨던 과목인데, 아쉽게도 교수님의 존함도 수업의 내용도 이젠 기억나지 않는다. 하지만 20여 년이 지난 지금도 생생하게 기억되는 가르침이 하나 있다.

"선생님이란 부모 외에도 자기편이 있다는 것을 알려주는 존재다!"

우등생이건 열등생이건, 모범생이건 문제아건 간에 선생님이 자기편이라고 생각한다면 정말 든든하고 좋을 것 같다는 생각이 든다. 하지만 대다수 학생이 생각하는 선생님은 많이 달라 보인다. 선생님은 이제 더는 스승이 아닌 그저 관리인일 뿐이라면 너무 과장된 것일까?

'군사부일체'라는 말은 오늘날에도 똑같이 적용되는 느낌을 받는다. 어쩌면 이렇게 셋이 똑같이 그 권위가 추락했을까.

참스승, 참부모가 필요한 이 시기에 오히려 참어른이 사라지고 있다. 오늘을 사는 아들, 딸들에게 꼭 필요한 것은 빠른 길, 쉬운 길이 아닌 바른길, 옳은 길을 알려 줄 참 멘토 말이다. 모두 경쟁에서 이겨 부자가 되라고 가르치지만 정작 가난해도 마음의 여유를 갖고 품위 있게 사는 방법을 일러주지는 않는다.

가난이야 한낱 남루에 지나지 않는다.
저 눈부신 햇빛 속에 갈매빛의 등성이를
드러내고 서 있는 여름 산 같은
우리들의 타고난 살결, 타고난 마음씨까지야
다 가릴 수 있으랴.

청산이 그 무릎 아래 지란을 기르듯
우리는 우리 새끼들을 기를 수밖에 없다.

목숨이 가다 가다 농울쳐 휘어드는
오후의 때가 오거든
내외들이여 그대들도
더러는 앉고
더러는 차라리 그 곁에 누워라.

지어미는 지애비를 물끄러미 우러러보고
지아비는 지어미의 이마라도 짚어라.

어느 가시덤불 쑥구렁에 놓일지라도
우리는 늘 옥돌같이 호젓이 묻혔다고 생각할 일이요
청태라도 자욱이 끼일 일인 것이다.54)

"힘들지? 너 힘든데 아버지가 도움이 못 돼 미안하구나."

나이 마흔이 넘어 아버지로부터 이런 얘길 듣자니 부끄러워 쥐구멍에라
도 숨고 싶을 지경이다. 요즘 나는 많은 어려움을 겪고 있다. 특히 경제적
어려움이 심해 돈 들어갈 일은 많지만, 수입은 줄어들고 일을 하고도 대금
을 지급해야 하는 곳도 어려운지 차일피일 미루기만 한다. 아이들의 학원
은 하나둘씩 끊다가 이제는 모두 끊어버린 상태다. 공부 잘하는 녀석들에

---

54) 미당 서정주, 〈무등을 보며〉, 1952.

게 미안하다. 아이들 공부시키는 재미로 살아가는 아내에게 미안하다. 원래 선행학습이니 특목고니 하는 것들이 싫고 아이들의 어미가 그런 것에 휘둘리는 게 싫어 늘 반대해왔던 것이긴 하지만 안 하는 것과 하지 못하는 것의 차이는 생각보다 심하다. 어려움은 '줄줄이 비엔나소시지'라고 했던가? 그 말이 실감난다. 꼬박꼬박 날아오는 융자금 상환 예정 메시지에 대출금으로 장만한 이 낡은 아파트도 재산이라고 재산세에 자동차 보험금까지. 집을 내놓아 보았지만 부동산에서는 연락도 없다. 계산기를 두들겨보니 집이 팔려도 대출금을 갚고 나면 전세로 어딜 가기도 어려운 상황이다. 심지어 몇 년 동안 문제없던 자동차가 문제를 일으켜 정비소에 갔더니 타이어를 교체해야 한단다. 브레이크 디스크에, 패드에, 그 외에 이름도 모를 부품도 갈아야 한단다. 거기다 아내는 한마디 더 거든다. 싱크대가 낡아서 상판이 들려 일어나고 서랍들도 다 주저앉았단다. 15년이 된 냉장고는 뭐가 문제인지 이상한 부품들이 튀어나오고 진공청소기의 필터도 몇 년 동안 써오던 게 하필 이 순간에 다 떨어졌단다. "알았어" 하고 현관문을 나선다. '삐삐, 삐삐. 건전지를 교체해주세요.' 마지막으로 도어락이 뒤통수에 대고 한마디 한다. '아~ 놔~ 진짜' 허탈한 웃음만 나온다. 그다지 후회할 일 않고 살았다고 자부하며 산 삶이지만 요즘은 가끔 후회한다. '돈 많이 버는 일을 선택했어야 했나?', '나 잘난 줄 알고 너무 빨리 독립을 시도했나?', '내가 결혼은 왜 했을까?' 별의별 쓸데없는 생각과 함께 나도 모르게 한숨만 푹푹 나온다. 이때 걸려온 전화 한 통.

"힘들지? 너 힘든데 아버지가 도움이 못 돼 미안하구나."

아니라고는 말씀 못 드리겠다. 감정이 북받쳐 온다. 아들이 아무 대답이 없자 아버지는 미당 선생의 시 〈무등을 보며〉를 읊어 주신다. 그러고는 한마디.

"가난을 향유할 수 있는 경지에 다다라야 한다. 가난과 어려움이 네가 가지고 있는 꿈과 너의 할 일을 포기하게 해서는 안 된다. 그래야 열정이 생기고 그 열정이 너를 지켜낼 원동력이 된단다."

나는 이런 얘기가 나의 당면한 문제를 해결해주지 않는다는 것을 안다. 아마 아버지도 그것을 알면서 얘기해주셨을 것이다. 하지만 마치 마술에 걸린 듯 눈이 밝아지고 마음에 정화가 일어나는 듯한 신비한 기운이 내 몸과 마음을 휘감는다. 이것은 일거에 깨닫는 돈오일까? 단계적으로 깨닫는다는 점오일까?

'향유.'

누리어 가진다는 뜻이다. 가난은 가진 것이 없어 누리지 못하는 것이다. 그런 이유로 자기결정권이 없이 주변 환경에 귀속되어 어쩔 수 없는 삶을 살아가는 것이다. 노예 같은 삶이다. 하지만 가난을 향유하는 것은 가진 것이 없어도 자기 의지를 통해 삶 자체를 누릴 수 있는 경지에 다다르는 것이다. 생각해보니 나는 별로 가난하지 않다. 가난하기는커녕 가진 것이 너무 많아 그것을 지키려고 궁핍하게 살아왔다. 가난하지 않음이 오히려 짐이 되어 한 송이 국화꽃을 피우기 위한 소쩍새와 천둥의 신비로운 울음을 향유하지 못한 채 스스로 풍요로움을 망각하고 살아왔다. 이런 여유 없음은 아무리 많은 것을 소유해도 늘 부족함과 불만으로 가득 차게 된다. 인생을 이렇게 보내고 싶진 않다. 더 많은 것을 갖고자 앞만 보고 달리는 삶을 살고 싶지도 않다.

그 옛날 몽골의 유목민처럼 원할 때면 언제나 쉽게 떠날 수 있도록 가볍게 살기를 늘 다짐해보지만, 실상은 그렇지 못하다.

옷장에는 몇 년째 안 입는 옷이 왜 그렇게 많고 서랍 속에는 쓰지도 않는 잡동사니가 왜 또 그렇게 많은지. 물론 이 녀석들이 언젠가는 쓸모가 있을 거라는 생각에 보관하고 있지만 사실 약 2년여 동안 안 써왔다면 앞으로도 99퍼센트 이상은 영원히 쓸 일이 없다고 생각하면 정확하다. 그럼에도 이 녀석들과의 이별이 어려운 건 오로지 쓸데없는 미련 때문이다.

이렇게 생각해보자. 계산하기 편하게 아파트 3.3제곱미터당 천만 원이라고 가정하면 족히 수천만 원을 이 쓸데없는 물건 때문에 낭비하고 있다는 계산이 나온다. 이 녀석들은 은근히 유지비도 많이 든다. 버리지 않고 보관하기 위해서는 서랍장을 사야 하거나, 우리 집이 동물원은 아니지만 '하마' 몇 마리도-그것도 물 잘 먹는 놈으로- 사서 비치해두어야 하는 것은 기본이고, 철마다 넣었다 뺐다 하는 수고까지, 그리고 그것들 때문에 더 큰 집이 필요하게 되고!

문득 우리가 살면서 못 버리고 사는 것이 이런 옷이나 잡동사니만은 아닐 것이란 생각이 든다. 세상의 모든 쓸데없는 욕심의 짐, 그 짐을 내 좁은 어깨로 모두 짊어지고 살려니 힘들 수밖에 없지 않을까? 감당하지 못할 꿈을 설정해놓고, 그것이 힘들어 괴로워하는 삶은 얼마나 어리석은가. 가볍지 않고 버겁게 사는 것, 어쩌면 미련하게도 미련을 못 버리기 때문은 아닌지.

스마트폰 게임 중에 '템플 런'이라는 게임이 있다. 이 게임의 캐릭터는 그저 앞만 보고 달리기만 한다. 그러면 게이머가 손가락으로 몇 가지 동작만 해주면 특별한 기술이 없어도 게임을 진행하는데 아무 무리 없는 간단한 게임이다. 하지만 이게 그렇게 호락호락하지 않다. 낡고 오래된 사원에서 괴물을 피해 재빨리 도망가야 하는데 곳곳에 위험요소가 기다리고 있다. 뒤에서 괴물은 쫓아오고, 다리는 끊겨 있고, 나무나 돌 등의 장애물은 길을 막고 있고, 게임이 진행될수록 더욱 가속이 붙어 긴장의 연속이다. 그러다가 결국엔 캐릭터가 죽어야 끝나는 게임.

하루는 친구가 이 게임에 몰두해 이리저리 장애물을 넘어 괴물을 피하는 나의 기술이 신기하기도 하고, 숨 가쁘게 계속 달려 도망가는 모습이 힘들어 보였는지 한마디 한다.

"왜 그렇게 힘들게 살아?"

.

.

.

'왜 그렇게 힘들게 살아?'

캐릭터가 죽으면 게임이 끝나듯 나도 죽으면 이 힘든 삶이 끝나겠지.

인생을 이렇게 보내고 싶진 않다. 인생은 더 많은 코인을 얻고자 앞만 보고 달리는 게임이 아니기 때문이다. 게임에는 캐릭터가 죽어도 Replay가 있지만 인생에는 그런 것이 없기 때문이다. 우리가 한 번뿐인 삶을 향유해야 하는 이유다. 그러고는 나중에 어느 가시덤불 쑥구렁에 놓일지라도 늘 옥돌같이 호젓이 묻혔다고 생각하면 그뿐이다. 나는 인생을 이처럼 품위 있게 살고 싶다.

'가난을 향유해라.'

아버지의 한마디로 오래전 대가들의 언어가 비로소 나에게 들어오게 되었다.

조금 알고 있는 것, 조금 가지고 있는 것……. 늘 부족하다고 불평하면서도 별것 아닌 그것을 잃을까 얼마나 노심초사했던가. 그리고 그것이 족쇄가 되어 얼마나 더 큰 가치를 포기해야 했던가? 얼마나 걸릴지, 무엇을 얻을지, 이제 무의미한 생각은 미리 하지 않기로 했다.

이론과 실제가 하나가 되고 이상과 현실이 하나가 되는 순간, 삶에 대한 열정이 일어났다.

Give & Take

"이사님, 우리 이제 그만하죠."

회사 대표인 세인이 진지하게 말한다.

난감했다. 그러나 그녀를 가장 잘 아는 나로서는 세인의 말을 거부할 수가 없었다. 회사 대표의 의지라 거절할 수 없는 것이 아니라 그녀의 성품과 심성을 잘 아는 대학선배로서, 오빠로서 거부할 수가 없었다.

대학을 졸업하고 사회생활을 하면서 크리에이티브 능력으로만 일할 수 없고, 회사나 조직이 운영될 수 없으며, 그 결과물이 뛰어난 기획자와 포토그래퍼, 디자이너와 프로그래머 등 실무 작업자들만의 결과물이 아니란 것을 알게 되었다.

특히 '을'의 입장에서 일을 수주 받고 진행되는 과정에서 일어나는 대부분의 일은 이른바 '영업맨'들의 밤의 활약이 없이는 거의 불가능하다는 것을 알기까지 그리 긴 시간이 필요하지는 않았다.

처음 입사 후 영업부 직원들을 보면서 도대체 저 사람들은 뭘 하는 사람들일까 늘 궁금했었다.

"원명 씨, 담당자가 작업자도 같이 만나서 식사하고 싶다니까 준비하고 있어. 저녁 때 같이 나가자. 그리고 식사하다 적당할 때가 돼서 자리를 옮기게 되면 살짝 빠져."

그렇게 '갑'과의 첫 만남 후 영업맨들의 정체를 확실하게 알게 되었다.

갑의 회식에 명목상 초대를 받고 나가 지불하는 술값 대납은 기본이고 대리운전이 없던 시절 클라이언트의 '콜'과 함께 시작되는 대리운전까지. 왜 그들이 근무시간에 회사 내에서 '짱'박혀 잘 곳을 찾고, 상관만 없으면 사우나에 드나드는지 이해가 됐다.

역사는 밤에 이루어진다고 했던가. 그야말로 영업은 밤에 이루어졌다. 그동안 내가 프로젝트의 주인공이라는 생각은 순수함의 극치였다. 나는 밤의 역사를 위한 낮의 조력자에 불과했다.

오죽했으면 디자이너들의 모임엔 "대학 커리큘럼이 잘못됐어. 디자인을 가르칠 게 아니라, 절세와 탈세를 위한 회계와 영업 잘하는 법을 가르쳐줘야 하는데……"라는 푸념이 빠지지 않으니.

세인과 회사를 차리고는 비교적 그런 것으로부터 자유로울 수 있었다. 사회 분위기도 그전보다는 많이 좋아졌고, 대표가 여성이라 그런지 노골적인 요구를 하는 곳도 없었다.

명절 때 부담스럽지 않은 범위 내에서 멋진 선물을 고르는 일과 우리 회사를 방문한 클라이언트와 그야말로 '맛집'을 찾아 같이 식사하는 일은 오히려 즐거운 일이었다. 그런 이유로 회사에 아예 영업사원을 두지 않았다.

그런데 뜻하지 않은 일이 벌어졌다. 우리 회사 주요 클라이언트 중 총책임자가 한 명 교체된 것이다. 그리고 그 후로는 많은 것이 달라졌다.

"우리 보스가 연말에 인사하려면 발렌타인 30년 다섯 병 정도 필요하다는데……."

"보스가 회식 한번 하자네요. 장소는 그쪽에서 잡는데 참고로 우리 보스는 청담동을 좋아해요."

그 외에도 우리 협력업체를 자신들이 지정하는 업체로 바꿔 달라느니 하는 많은 요구 사항이 들어왔다.

하루는 아침에 건강검진으로 대장내시경을 받고 출근했는데 오후에 클라이언트 접대가 있다고 한다. 세인은 선약이 있어 참여할 수 없었고, 누구라도 안 나갈 수는 없는 상황이었다. 나는 직원 하나를 데리고 약속장소로 나갔다. 원래 술이 약한데다 대장내시경의 여파로 나는 몇 잔을 먹고는 모두 토해내기 시작했다. 클라이언트들은 왜 그리 섞고 말아 먹는 걸 좋아하는지 같이 간 직원도 취해서 2차는커녕 그날 우리 본연의 임무인 접대에 소홀하게 되었다.

후일담에 의하면 약속을 마치고 뒤늦게 도착한 세인에게 클라이언트는 "쟤네들하고 비즈니스 같이하지 마"라고 했다니, 과연 영업에도 전문성이 필요하단 생각이 들었다.

"이사님, 우리 이제 그만하죠."

뒷일을 우리가 감당할 수 있을까 걱정이 앞섰지만, 그 누구보다 더 큰 손해를 입을 수 있는 세인의 결단에 우리는 그렇게 따르기로 했다.

하지만 그 결과는 참담했다. 접대를 끊고 클라이언트의 부당한 요구를 거절하면서 우리는 어려워졌다. 일은 끊기기 시작했고 새로운 일은 늘 성사 직전에 좌초됐다.

급기야 직원들의 월급이 밀릴 것 같았다. 좋은 인연을 맺은 직원들에게 추한 모습을 보이기 전에 정산을 해주고 내보내기로 했다. 월급을 못 받아도 버틸 수 있다며 함께하겠다는 직원도 있었지만, 이 불황이 얼마나 갈지 예상할 수 없었다. 사무실도 옮겨야 했다. 경비를 줄일 수밖에 없었다.

이런 얘기를 지인들에게 했더니 똑같은 것들끼리 답답하게 일한다고 핀잔이다. 세상을 어떻게 하고 싶은 대로만 하고 사느냐며 때로는 좀 굽힐 줄도 알고 적당히 타협할 줄도 알아야 한단다. 친분 있는 회사의 김 대표는 자신이 나서 주겠다며 클라이언트들의 연락처를 달란다.

"원명 씨, 연락처 줘봐. 내가 빌고 사정해볼게. 남들은 그런 사람들 하고 연결만 될 수 있어도 좋겠다고 하는데 왜 그 모양이야."

김 대표의 얘기로는 오히려 그렇게 무언가 쿨하게 요구하는 편이 훨씬 깔끔하단다. 식사 한번 같이하자는 말도 처음에는 회사규정을 대면서 거절하더니 한두 번 같이 밥을 먹게 되면, 그게 술로 바뀌고, 2차, 3차 길어지게 되고 그러면 그다음부터는 은근히 요구하게 되고. 결국 마찬가지가 되는데 그렇게 지루하게 시간은 시간대로 걸리고 머리 써서 밀고 당기기를 하는 것보다는 받고 싶은 거 달라고 하고 그것을 제공하고 또 그만큼 받으면 되는 것이란다.

모두 우리를 위해 해주는 얘기지만 이미 마음을 굳혔다.

'도대체 뭘 빌어야 한단 말인가? 무엇이 깔끔하단 얘기인가?'

그들의 얘기를 무시하는 것은 아니었다. 또 '관행'이란 이름으로 일반적으로 일어나는 현상을 더럽다고 비난할 마음도 없었다. 그냥 싫었다. 그리고 한편으로는 '어떻게든 되겠지', '잘될 거야'라는 막연한 기대감도 있었다.

새로이 좋은 사람들도 만나게 되었다. 스마트폰 애플리케이션을 개발하는 강 대표는 능력뿐만 아니라 일에 대한 열정과 순수함으로 가득한 사람이었다. 그로 인해 새로운 희망의 불씨를 피울 수 있었다.

세인의 친구 영준은 사무실을 내줬다. 그의 집안에서 소유한 골프연습장 프로실은 겨우 책상 두 개가 들어갈 만한 크기의 조립식 패널로 만든 방이었다.

"스티브 잡스도 아버지 차고에서 애플을 세웠잖아. 우리도 성공만 하면 그럴듯한 스토리는 나오겠는걸."

내가 세인을 위로하고자 한 말이다.

홍대 앞에 위치한 넓은 공간에 인테리어가 잘 되어 있던 전의 사무실과는 비교할 수 없을 만큼 허름했지만 영준에게 진정 고마운 일이었다. 이곳에서 우리는 모든 것을 리셋하기로 했다.

하지만 희망을 품는 것과 당면한 문제를 해결하는 것이 일치되는 것은 아니었다. 가끔 후회가 밀려왔다.

'김 대표 말이 맞나? 힘깨나 있는 사람들에게 잘 보여야 했나?'

우리는 자본주의사회에서 살지만 평소에 우리가 사는 사회가 자본주의사회인지, 사회주의사회인지 아니면 또 다른 사회인지 인지하고 따져가면서 살지는 않는다.

태어나면서부터 이 사회에서 살았고 지금도 살고 있기 때문이다. 마치공기 없이는 살 수 없으면서도 공기라는 것을 의식하지 않고 사는 것처럼. 다만 차이점이 있다면 공기는 만인에게 평등하지만 자본주의는 그렇지 않다는 것이다.

그것을 대표적으로 느끼게 하는 곳이 바로 은행이다. 직원들의 밝은 미소라는 환각제로 인해 '나도 이곳에서 사람다운 대접을 받고 있구나' 하는 생각이 들지만 실상은 은행에 들어서는 순간부터 'VIP 고객'과는 전혀 다른 대접을 받게 된다. 번호표를 뽑아들고 휴대폰을 만지작거리고 있다 보면 운이 좋은 것인지 내 앞의 번호를 호명해도 번호 주인이 나타나지 않는다. 내 차례가 빨리 올 것 같아 기분이 좋아진다.

그런데 궁금하지 않은가? 대체 앞 번호 사람들은 단체로 어디를 간 걸까? 모두 그런 것은 아니겠지만 시간 남는 은행 팀장님들이 미리 번호표를 뽑고 있다가 안면 있는 '그냥 VIP 고객'이 들어오면 번호표를 인심 쓰듯 주는 것이다. 나름의 영업방법이다. 다행히 그런 손님이 안 들어오면 우리 순번이 좀 빨리 오는 것이고.

한참 후 '딩동~ 217번 고객님' 친절한 음성의 창구 직원이 번호를 부른다. 그러면 나는 217번 고객이 되어서 창구로 갈 수 있다. VIP처럼 '사모님, 사장님' 소리 못 들으면 어떤가? 드디어 내 차례인데, 그리고 어차피 그들은 우리가 볼 수 없는 VIP룸에서 폼 나게 대접받으며 '대출'을 받고 있을 테니 내가 신경 쓸 필요가 없다.

'대출.'

이것은 돈이 필요한 사람이 할 수 있는 것이 아니다. 돈이 많으면서 기존 대출이 많은 사람이 할 수 있다. 여기서 '상식적 시각'과 '자본적 시각'의 차이가 시작된다. 상식적으로는 돈 없는 사람에게 더 빌려주고 가난한 이들에게 이자율을 낮춰줘야 하는 게 맞다. 그런데 우리가 사는 자본주의 사회의 시각에서 보면 실상은 정반대이다. 이유는 돈 많은 사람에게 빌려줘야 떼일 염려가 없다는 것. 뉴스에서 보면 큰 기업들의 부실경영으로 오히려 돈을 더 떼먹힌 은행들도 많지만 말이다. 그리고 많은 예금과 대출을 이미 하고 있다는 것. 그래서 이들을 더 대접해줘야 한다. 그들의 처지에서 보면 분명 맞는 말이다.

개인이 아닌 작은 기업도 마찬가지다. 여기서도 상식적 시각과 자본적 시각의 차이가 극명하게 드러난다. 기업이 여러 가지 사정으로 경영상황이 어려워져 대출을 좀 더하거나 만기일을 연장하려면 재무제표나 부가세 증명원을 제출해야 한다. 돈 빌리려는 기업의 재정상태는 뻔한 것 아닌가? 그러면 오히려 "당신네는 상황이 안 좋으니 일부나 전액을 즉시 상환해야 하며 이율도 높아질 것이다"라는 얘길 듣기 일쑤다. 하지만 더욱 우리의 희망을 어둡게 하는 것은 이런 시각의 차이를 좁히거나 해결해야 할 정부가 상식의 편이 아니라는 느낌이 들 때다. 우리가 어려서 배울 땐 은행이란 좋은 곳으로 알았는데 그 은행은 대체 어느 나라 은행이었는지.

이런 경험은 나를 혼란스럽게 만들었다. 일이 잘 안 만들어질 때는 힘 있고 돈이 될 수 있는 사람들을 알아야 한다는 생각이 들기도 했다. 그래야 고생도 덜하고 빨리 성공할 수 있겠다는 생각을 하곤 했다. 사람과 일, 현실적인 문제에 대해 생각이 많았던 시기다.

그러던 중, 하루는 영준이 미얀마에 사업차 방문해야 하는데 혹시 그쪽 사정에 잘 아는 분이 있느냐고 묻는다. 스벤 리의 매부 성대가 생각났다. 성대는 그의 아버지가 생전에 오랫동안 미얀마에서 사업을 해 그곳 사정에 훤했다. 그로 인해 미얀마 개발붐이 일고 있는 요즘 정부기관이나 민간으로부터 투자자문과 마케팅에 대한 요청을 많이 받고 있다. 그런 이유로 영준에게 그 분야의 전문가인 성대를 소개해주기로 했다.

성대에게 연락해서 약속을 잡고는 영준과 함께 성대를 만났다.

"성대야, 이 친구가 내가 말한 영준이란 친군데 집안에서 미얀마에 사업을 시작하려나 봐. 괜찮은 친구니까 네가 조언 좀 해주고 가깝게 지내. 알고 지내면 손해 볼 것 없을 거야."

두 사람을 소개해주면서 의례적인 말을 성대에게 건넸다. 그런데 성대의 말이 의외다.

"형은 그러면 안 돼. 손해 안 보려고 사람 만나나? 만나면서 도움도 주고받고 그러면서 좀 손해도 보고, 그러면서 좋아지고 하는 거지. 꼭 이익만 바라고 사람을 만난다는 생각하면 안 돼."

방심한 틈에 치명적인 공격을 받은 느낌이다. 그런 말을 한 내가 창피해진다. 부끄러웠다.

항상 타인의 처지에서 생각하고 내가 나를 소중히 여기는 만큼 세상의 모든 사람이 소중하다고 생각하며 살았다고 자부했지만, 은연중에 어떤 계급 같은 것을 인정하고 살아온 것은 아닌지. 그동안 지나온 일들이 주마등같이 스쳐 갔다.

힘 있는 사람이라는 사전 정보를 갖고 대면하게 되면 "만나 뵙게 돼서 영광입니다"라며 허리를 90도로 숙여 인사하고, 그것이 진심에서 우러나온 행동이었으면 모르겠으나 별로 그렇지 않았던 것 같다. 또 반대로 나에게 아쉬운 사람들에게는 신사적으로 보이려고 하면서도 은근히 고압적인 행동들을 한 것은 아닌지.

결국은 내가 가진 능력으로 평가받고 그에 합당한 대우를 받는 극히 정상적인 구조를 인정하지 않고 가진 능력 이상으로 평가받고 대접받기를 원했다.

성대의 말은 사람을 만나고 대할 때 어떤 마음가짐으로 대해야 하는지에 대해 자신을 스스로 되돌아보게 했다. 나에게 무언가 도움을 줄 수 있는 사람과 그렇지 못한 사람. 이른바 잘나가는 사람과 그렇지 못한 사람. 나름의 그룹을 정해놓고는 그에 따라 만남의 횟수와 그들을 대하는 태도에 차이를 두지는 않았을까. 그리고 이해관계만 따지는 진실성 없는 관계는 또 얼마나 오래 지속될 수 있을까. 대학을 졸업하고 마음을 나누는 친구를 못 사귄 이유가 내 생각과는 달리 나에게 더 큰 문제가 있었던 것은 아닌지.

　이렇게 사회생활을 하다 보면 좋든 싫든 이런저런 사람을 만나게 된다. '그러다 보면 사람이 생김새만큼이나 성격, 취향, 태도 등이 참 다양하구나'라는 생각을 하게 된다. 그중 가장 신뢰감이 떨어지고 없어 보이는 사람은 유명인사나 힘 좀 쓴다는 사람 이름을 유독 많이 언급하는 사람이다. 물론 그런 사람 중에는 공통이 알고 있는 유명인을 소재로 대화의 분위기를 자연스럽게 이끌 목적으로 순수하게 얘기하는 사람도 있지만, 대부분은 자신의 능력을 과대 포장하거나 허위로 포장하기 위해 그들의 이름을 빌려 오는 경우가 다반사다. 한마디로 '나 이런 사람이야'라는 것을 알리는 것이다. 자기를 알리는 데 남을 빌려서 알려야 하는 발버둥이 측은하기까지 하다.
　한번은 오래전 꽤 인기 있었던 ㄱ배우와 드라마 제작에 잠깐 관여했던 ㄴ이라는 사람이 낀 술자리에 동석한 적이 있었다. 술잔이 몇 순배 돌 무렵 그 둘의 화두가 유명한 드라마 감독으로 옮겨갔다. ㄴ이 드라마 제작에 자신이 꽤 영향력이 있었다는 것을 알리고 싶었던 모양이다. "ㄷ감독이 있는데 그 감독이 말이죠……." "어머 ㄷ감독님 아세요? 잘 됐다. 요번에 작품 들어간다고 하시던데, 저 좀 신경 써 달라고 한마디만 해주세요." ㄱ배우가 휴대전화를 집어 들고 전화하려 하자 ㄴ은 어쩔 줄 모르며 이렇게 말한다. "아, 제가 잘 아는 감독이라고요. 그분은 절 모르고……." 이 경우는 ㄴ의 허세가 운 없게도 그 자리서 들통 난 경우지만 대부분은 확인이 안 된다는 점을 이용해 일단 지르고 보는 경우가 허다하다.

누구를 잘 안다고 거들먹거리는 사람이 많다는 것. 아직 우리 사회가 그런 말에 '혹' 하고 귀가 '팔랑'거릴 만큼 성숙하지 못했단 얘기겠다.

우리는 처음 보는 어린아이들끼리 금세 친해지고 곧 깔깔거리더니 헤어질 때 눈물을 글썽이며 부모와 헤어질 때보다 더 슬퍼하는 모습을 본다. 불과 한 시간 전에 처음 만난 아이들이라고는 믿겨지지 않을 정도다. 나 역시 어렸을 때는 그랬다. 그런데 언제부턴가 사람을 만날 때 경계하고, 이해관계를 따지고, 마음을 열어주지 않으려고 작정을 하고 만나게 되었다. 순수함은 사라졌고 오직 비즈니스를 위한 형식만이 존재한다. 그러다 보니 새로운 사람을 만나는 것이 즐거움이 아니다. 그저 또 다른 형태의 일일 뿐이다. 이런 생각은 아이들에게까지 고스란히 이어진다.

"공부 잘하는 친구 만나야 해. 그래야 너한테도 좋아."

"그 녀석이랑은 가깝게 지내지 마. 도움될 거 하나 없어."

저 아래에 있는 농부들은 램프가 자신들의 누추한 탁자만을 비추고 있다고 생각하겠지. 그러나 무인도에 갇힌 그들이 망망한 어둠의 바다를 향해 필사적으로 불빛을 휘두르는 것처럼, 그 애타는 호소가 80킬로미터 이상 멀리 떨어져 있는 누군가에게 전해지기도 하는 것이다.

(…)

하지만 인간의 삶이 그 값을 따질 수가 없을 만큼 값어치가 있다 하더라도 우리는 항상 인간의 생명보다 더 값진 무언가가 있는 것처럼 행동하지

않던가, 그게 뭐란 말인가.55)

'현실에서 개별 인간의 본질은 사회적 관계들의 총체이며 개인은 다양한 인간관계, 사회관계라는 끈의 결절점이다.'라고 마르크스가 말한 바 있다. 그렇다. 그런 개인들의 씨줄과 날줄의 엮어짐은 하나의 라인과 인맥을 형성하는 것보다 훨씬 고차원적이며 가치 있고 인간의 보편적 성향에도 더 잘 맞다. 그것이 연대의 진정한 의미다.

'형은 그러면 안 돼.'

이렇게 진심으로 말해주는 친구들. 이 친구들은 나에게 어떤 바람이나 목적이 있어서 나를 찾고, 사랑해주고, 아낌없이 조언해주는 것이 아니다. 내가 그들에게 그렇듯 그저 그래야 하기 때문이다. 그냥 사람은 그렇게 살아야 하는 것이지 다른 특별한 이유는 없다. 그리고 이런 친구들은 내가 세상에서 반칙의 유혹을 알뜰히 물리치고 꿋꿋이 살 수 있도록 도와주는 진정한 협업자들이다.

고 장영희 교수가 말한 모든 문학의 지향점인 '같이 놀래'. 여기에서 결국 '같이'가 없는 '놀이'는 그야말로 '가치 없는 놀이'에 불과하지 않을까.

55) 생텍쥐페리, 배영란 옮김, 《야간비행》, 현대문화센터, 2008.

수박 7호

돈,
어떤 이에겐 늘 부족한 것
다른 이에겐 남아돌아도 더 가져야 하는 것.

누구에게나 가장 평등한 가치를 제공하지만
사람을 가장 불평등하게 만드는 것.

그리고,
언제나 사람 대신 나쁜 것이라고 누명 쓰는 것.

돈, 필요 이상으로 필요한 사회다.

대희는 수박을 좋아한다.

그날도 장 보러 가는 아내의 등에 대고는 수박을 사오라고 외친다. 나는 아내를 대신해 "알았어"라고 대답하고 산책을 겸해 마트에 가는 아내와 동행하기로 했다. 그러고는 마트에 도착하자마자 제일 먼저 수박을 판매하는 매대를 찾았다.

'수박 7호, 28,000원.'

여름의 끝자락이어서 그런지, 원래 그렇게 비싼지 수박 한 덩이치고는 꽤 비싼 금액이었다. 아내는 한참을 망설이더니 "수박이 너무 비싼데 포도를 살까?" 내게 묻는다. 근처에 있던 포도를 보니 그 역시 별반 다르지 않은 가격이었다. 그렇게 이럴까 저럴까 망설이다 우리는 그냥 마트를 나왔다. 시작부터 비싼 수박 값 때문에 충격을 받은 우리는 장 보기를 포기하고 그냥 발걸음을 옮겼다. 우리 부부는 아무 말 없이 한참을 걸었다. 아들 녀석에게 수박 하나 먹이기가 쉽지 않다고 생각하니 마음이 무거웠다.

다음날 작업 중 필요한 여러 가지 물건을 구입하러 사무실 근처의 마트에 갔다. 이것저것 구입하느라 돌아다니다 보니 수박이 눈에 띄었다. 가격을 보니 집 근처 마트의 수박보다 좀 저렴했다. 살까 말까 고민하다 짐도 많고 해서 그냥 포기하기로 했다. 퇴근 후 집에 돌아오니 아내가 한마디 한다.

"대희가 수박 타령을 해서 오늘 다시 장 보러 갔더니 어제 본 수박 값이 38,000원으로 오른 거 있지. 똑같은 수박 7호던데."

낮에 본 수박을 구입할 걸 하는 후회가 밀려왔다. 아내와 아들을 볼 낯이 없다.

나 같은 소시민은 살면서 늘 돈 걱정을 한다.

드라마나 뉴스에 나오는 재벌을 보며 '저 사람은 돈 걱정 없어 좋겠다' 생각하며 나에게 놓인 처지를 비관하며 한숨짓기 일쑤다. 미상불 내 알 바

아니긴 하지만 그들의 걱정은 무엇일까 갑자기 궁금해졌다. '가끔 들려오는 2세나 3세의 자살?' '정경유착으로 비리에 연루된 사건?' '후계구도 문제?' 그런데 이런 것들은 늘 고민하는 문제는 아닌 듯하다. '어떻게 하면 세금을 덜 낼까?' '어떻게 하면 매출을 늘릴까?' '어떻게 하면 비자금을 조성할 수 있을까?' 결국, 다소의 차이는 있지만 이들의 가장 큰 고민도 돈 걱정이다. 어떻게 하면 많이 갖고 덜 줄 수 있을까? 그런 이유로 직원까지 뽑아 가며 돈 걱정하니, 어쩌면 이들의 노력이 눈물겹게 가상하기도 하고 이들의 돈 걱정이 우리의 그것보다 더 클 수도 있겠구나 하는 생각이 든다.

어느 날 초등학교 고학년쯤 되어 보이는 여자아이들 서넛이 나누는 대화를 듣게 됐다. "선생님이 우리 반이 1등 하게 되면 피자 쏜다고 하셨는데, 아깝게 2등 했어. 어휴 짜증 나. 내가 올려놓은 반 평균을 남자애들이 다 깎아 먹었어." 이 얘기를 하는 여자아이의 격앙된 말투나 일그러진 표정으로 봐서 지금 이 순간만큼은 같은 반 남자아이 몇 명은 틀림없이 이 아이의 원수나 적쯤 되지 않을까 싶다.

얼마 전 우리나라 중산층의 기준을 소개하는 뉴스를 보게 되었다. 중산층이란 '프티부르주아'니 '화이트칼라'니 아니면 몰락하거나 혹은 비대해져 사회 계급화된다는 사회 개념적인 어려운 얘기 말고 단순한 사전적 의미로는 경제적 수준이나 사회문화적 수준이 중간 정도 되는 계층이다.

그런데 우리나라에서 직장인을 대상으로 한 설문조사에서 중산층의 기준이 부채 없는 30평형대 이상의 아파트를 소유하고 월 소득이 500만 원이상에 중형차 이상의 자가용을 가지고 있고 1년에 한 번 이상 해외여행을 다닐 수 있는 계층이라고 한다. 나는 부채도 있고, 실질소득도 그보다는 작고, 크기만 중형차인 차가 있고, 해외에 가끔 나가긴 하지만 여행이 아닌 출장으로 가는 형편이니 위의 기준으로 보자면 떨어져도 한참 떨어진다. 자격지심에서인지 상류층 사람들이 '기껏 노력해서 소득수준 올려놨더니 선진국으로 진입하는데 평균 깎아 먹는 계층'이라고 나에게 손가락질하지는 않을까? 하는 쓸데없는 생각이 든다. 그런저런 생각 끝에 집 안을 둘러보니 오늘 유난히 내 집이 좀 후져 보인다.

씁쓸한 마음 가운데 오래전 어머니의 말씀이 생각났다.

"아들아, 사람들이 말하는데 돈 걱정이 세상에서 제일 하찮은 걱정이라고 하더라."

어쩌면 돈이 그만큼 중요하다는 것의 역설적인 표현일 수도 있겠고, 다른 한편으론 정말 큰 걱정들에 비하면 아주 작은 걱정일 수도 있겠다 생각이 든다. 하지만 그와 상관없이 난 오늘도 어머니께서 말한 '하찮은 고민'에 빠져 있다.

우리나라에서는 중산층의 기준이 '오로지 돈이나 돈과 연관 지어져 누릴수 있는 혜택을 얼마나 누리는가'에만 치우쳐 있다. 적어도 이 설문조사에서는 한마디로 돈 이외의 것에는 관심도 가치도 부여하지 않는다. 이게 바로 '천민자본주의' 아닐까.

이와 반대로 선진국의 중산층 기준이 인터넷에서 화제가 된 적이 있다.

여러 가지 논란이 있지만, 그 내용 자체는 우리의 기준보다 정서적, 사회적, 문화적 측면에서 훨씬 높은 수준임을 인정하지 않을 수 없다.

> 미국 공립 중고등학교에서 가르치는 중산층의 기준은 "자신의 주장에 떳떳할 것, 사회적인 약자를 도울 것, 부정과 불법에 저항할 것, 그리고 테이블에 정기적으로 받아 보는 비평지가 놓여 있을 것"이라고 한다.
> 프랑스는 1969년 대통령을 지낸 조르주 퐁피두가 삶의 질 측면에서 중산층 기준을 제시했다. "외국어를 하나 정도 할 수 있어야 하고, 직접 즐기는 스포츠와 다룰 줄 아는 악기가 있고, 약자를 돕고 봉사활동을 꾸준히 하며, 남의 아이를 내 아이처럼 꾸짖을 수 있어야 한다" 등이다.
> 영국은 옥스퍼드 대학의 제시 기준에 따르면, "페어플레이를 할 것, 자신의 주장과 신념을 가질 것, 독선적으로 행동하지 말 것, 불의·불평·불법에 의연히 대처할 것" 등이다.56)

물론 선진국에서 정의하는 중산층의 수준에 드는 생활을 하려면 마찬가지로 돈이 필요한 것은 사실이다. 하지만 돈이 필요조건이지 충분조건은 아니다. 그보다는 사회의 구성원과 함께하고자 하는 마음과 불의에 분노할 줄 아는 정의감이 먼저다.

---

56) 정진호 IMG 교수, 〈충무로에서〉, '대한민국 중산층의 조건', 아시아경제, 2013.10.1.

나는 오래전부터 백범 김구 선생의 〈나의 소원〉을 보며 그가 원하는 우리나라의 모습이 진정 우리가 만들어가야 할 나라의 모습이라고 생각하고 있었다. 더군다나 그 어려운 시기에 '문화'라는 화두를 제시한 것 자체도 놀랄 만큼 존경스러웠으나 특히 그 문화의 힘이 자신만 행복하게 하는 것이 아니라 남에게도 행복을 주기 위한 것이라는 글은 가히 충격적이었다.

　나는 우리나라가 세계에서 가장 아름다운 나라가 되기를 원한다. 가장 부강한 나라가 되기를 원하는 것은 아니다. 내가 남의 침략에 가슴이 아팠으니, 내 나라가 남을 침략하는 것을 원치 아니한다. 우리의 부력富力은 우리의 생활을 풍족히 할 만하고, 우리의 강력强力은 남의 침략을 막을 만하면 족하다. 오직 한없이 가지고 싶은 것은 높은 문화의 힘이다. 문화의 힘은 우리 자신을 행복하게 하고, 나아가서 남에게 행복을 주겠기 때문이다.

　하지만 이 글이 꼭 국가에만 국한되어진다고 생각하지 않는다. 바람직한 개개인의 삶과 가정의 모습도 이래야 하지 않겠느냐는 생각이다. 특히 '우리의 부력은 우리의 생활을 풍족히 할 만하고'라는 대목은 나에게 많은 생각을 하게 했다.

　한때 가난이 미덕이던 때가 있었다. 하지만 지금은 그런 시대가 아니다. 현대인에게 돈은 기본적인 삶과 행복을 영위하기 위해서 반드시 필요한 것 중 하나임은 틀림없다. 하지만 돈 자체가 목적인 삶은 바람직하지 않다. 돈은 목적이 될 수 없다. 태생 자체가 인간의 생활을 위한 수단이기 때문이다.

돈만을 추구하는 삶은 오히려 돈에 종속되어 삶 자체가 천하고 너절해지기 쉽다. 세상의 많은 아름다움과 재미있는 이야기 또는 진한 울림을 주는 슬픔과 애련함들 그리고 그를 통해 얻게 될 풍요롭고 품위 있는 삶은 오로지 돈이 될 것인가, 안 될 것인가로 단순화할 수 없다. 그러기에는 우리의 삶은 참으로 소중하고 가치 있다. 반대로 배고픔과 궁핍함으로 인해 자신의 가치관과 철학이 흔들린다면 그 또한 바람직한 삶의 모습은 아니다. 단지 살기 위해 불의와 부정의 유혹에 넘어간다면 한 개인이 지키고자 하는 양심의 괴로움을 떠나 사회적으로도 커다란 문제가 된다. 주로 '을'의 위치에 있을 때 이런 고민을 하게 된다. 떳떳한 을이 되어야 한다. 쉽지 않으나 그 부정의 고리를 끊어버려야 한다. 눈앞의 조금 쉬운 길을 택했을 때 반짝 이득을 보는 것 같지만 길게 보면 그것은 모래 위에 성을 쌓는 것과 마찬가지다. 착시현상에 불과한 이득이다. 언젠가 무너질 것을 위해 자신의 가치관마저 받칠 이유는 없다.

그렇다면 돈이라는 것은 최소한 어느만큼을 가져야 적정하거나 모자람 없이 풍족한 것일까? 고민 끝에 내린 결론은 '나의 신념과 꿈이 돈으로 인해 꺾이지 않을 만큼은 있어야 한다'는 것이 내 생각이다. 그리고 그것이 부족하다면 그를 얻고자 돈을 버는 노력을 해야 한다. 그리고 그 노력은 개인과 사회, 국가 모두의 책임이다.

모두들 부자가 되라고 얘기한다. 심지어 아이들에게 돈을 많이 벌기 위해 공부하라고 강요한다. 그러면 행복이 따라오는 것으로 착각하기 때문이다. 돈이 없어서는 곤란한 일이 많지만 그것에서 자유로워지면 해야 할 일과 할 수 있는 일이 많아진다. 궁핍하게 살지 말아야 하지만 모든 것이 풍족하면 오히려 더 큰 도덕적 문제를 낳게 된다. 사람에게는 특정한 것의 적당한 결핍이 필요하다. 그 결핍은 목적 있는 삶을 살아가는 추진력이 된다. 하지만 요즘은 절대적인 궁핍만 있고 삶의 의지를 불태울 결핍이 없다. 궁핍하지 말 돼 결핍을 즐겨야 한다. 그것이 사람이 아름답고 창의적으로 사는 길이다. 그리고 그런 생각을 하는 사람들이 연대해 그런 세상을 만들어야 한다.

흔히 핀란드를 최고의 복지국가로 손꼽는다. 모 방송에서 본 핀란드의 복지에 관한 따루 씨(〈미녀들의 수다〉에 출연하던 핀란드 출신의 번역가이자 방송인)의 말이 인상적이었다.

핀란드는 2차 세계대전 끝나고 아무것도 없었어요.
당시 50~60년대부터 많이 가난했었거든요.
그때부터 복지국가를 만들기 시작했어요.
왜 그때부터 복지국가를 만들기 시작했느냐면
없는 상태에서 나누는 게 더 쉽다고 생각했어요.
없는 상태에서 나누면 기분 좋게 나눌 수가 있는데
있는 자가 나누는 게 더 힘들잖아요?
한국이 사실 부자잖아요? 부자나라예요!
그래서 나누기 힘든 거 같아요.

정확하게 기억나지 않지만 한 방송 프로그램에서 몰래카메라를 통해 우리나라의 기부문화에 대해 따루 씨의 말과 비슷한 모습을 그린 적이 있었다. 그 프로그램의 연출자는 연기자를 걸인으로 분장시켜 여러 동네에서 구걸을 하게 했다. 그 결과 일반적인 상식을 깨고 부자동네에서 적선하는 사람의 수와 금액이 가장 적었고 오히려 가난한 동네에서 가장 많았다. 이 하나의 실험을 통해 얻은 결과가 우리 사회의 전반적인 문화라고 얘기하기는 힘들겠으나 충분히 그럴 수 있다고 생각하는 사람이 나만은 아닐 것 같다.

채움의 능력에는 나눔의 배려와 비움의 여유가 함께 해야 한다. 그것이 사람 사는 세상이다.

내년에는 수박 좋아하는 우리 대희에게 수박 7호를 마음껏 먹일 수 있도록 올겨울 많이 노력해야겠다. 더불어 수박 반쪽이라도 이웃과 나눌 수 있는 그 정도 마음의 여유는 잃지 않고 살고 싶다.

이제 됐어?

오늘도 집 안에는 찬바람이 분다.

중학생인 아들이 책상에 앉아서 열심히 수학이나 영어를 공부하고 있어야 한다고 생각하는 아내와 책상에서 꾸벅꾸벅 졸다가 침대에 널브러져 있는 바로 그 중학생 아들 대희의 한바탕 전쟁이 끝나고 온갖 고성이 오갔던 전장에는 이제 시베리아의 한겨울 같은 냉기가 휘몰아친다.

이 끝 모를 전쟁을 치르는 두 사람은 세계의 어떤 강대국 군대도 보유하지 못한 강력한 무기를 보유하고 있는데 굳이 따지자면 아무래도 아내가 스커드 미사일 쪽이라면 아들은 패트리엇 미사일 쪽에 가깝다.

아내의 주무기는 스마트폰 뺏기와 친구 아들과 비교하기, 특목고 · 영재고 · 과학고 등의 입학에 필요한 정보 얻기와 스펙 쌓아주기 그리고 아들의 행동 감시하기이다.

이에 대적하는 아들의 주무기는 화장실에 자주 드나들기와 변기에 오래 앉아 있기, 식사시간 최대한 늘이기와 스마트폰으로 게임하기와 음악 듣기 그리고 엄마의 눈치 살피기이다.

이들의 전쟁을 잘 관찰해보면 일정한 패턴이 있다는 사실을 알 수 있다. 학교 또는 학원에서 돌아온 아들은 자신의 방으로 들어가 문을 닫은 후 가방을 내팽개치고는 침대에 뻗거나 스마트폰을 만지작거리기 시작한다. 공부를 막 마치고 왔으니 당분간 자기 뜻대로 하겠다는 분리독립의 강력한 의지다. 하지만 '대희가 수업을 마치고 귀가합니다'라는 정보를 학원으로부터 접수한 아내의 레이더는 이미 아들의 귀가 약 10여 분 전부터 가동하기 시작했고 분리독립을 요구하는 시간이 자기 생각보다 길어지고 있음을 인지한 후부터는 아들의 이런 행위를 도발로 간주한다. 그러고는 초기진압을 위해 안방에서 거실을 넘어 아들 방까지 도달하는 대륙간탄도미사일을 발사한다.

"야! 집에 온 지 몇 시간이 지났는데 너는 숙제는 안 하고 아직도 그러고 있냐? 얼른 공부해!"

아들도 가만히 앉아서 당할 수는 없는지 패트리엇을 발사한다.

"와~ 몇 시간은 무슨 30분도 안 됐는데!"

나름 객관성을 가지고 상황을 보고 있자면 도대체 이들의 시간은 같은 지구인의 시간인지 구분이 안 될 정도이며 오가는 발언의 수준은 옐로우저널리즘 잡지보다 과장과 허위가 심하게 느껴질 정도다. 이런 식으로 몇 합이 오갔지만 사춘기라는 강력한 신무기로 무장한 아들의 진압이 생각보다 쉽지 않음을 감지한 아내는 신라가 당나라 꾀듯 나에게 도움을 요청한다. 이 머리 아픈 전쟁에 개입하기 싫지만 가족 내 서열 1위인 아내의 눈치를 안 볼 수도 없고 그렇다고 당나라군이 되자니 아들의 '삐뚤어 질 테야!'라는 눈빛을 외면할 수도 없다. 이렇듯 아무 힘없는 UN의 의장국인 나는 평화유지군이 되기로 작정하고 중재에 나선다.

"아들아, 사람이 공부해야 하는 이유는······."

아, 이 얼마나 고리타분하고 지루한 얘기인가?

이미 오래전부터 아이들 교육에 관한 문제는 한 가정의 문제가 아니라 사회적 문제가 되었다. 해결의 끝을 볼 수 없는 사회적 문제. 그리고 이 교육문제는 학생을 둔 집이라면 아빠가 됐건, 엄마가 됐건 삼삼오오 모이면 대화의 소재로 빠질 수 없는 단골메뉴다.

하루는 선배가 중학생인 딸을 대안학교로 보내기로 했다고 연락이 왔다. 형의 얘기는 초등학생일 때 반에 5등 안에 들면 그때는 나름 우등생인데 중학교 가면 두세 개 정도의 초등학교가 모이니 12, 13등 고등학교에 진학하면 20등 정도가 되는데 이 정도 실력이면 SKY는커녕 '인 서울'도 불가능하다. 그런 대학을 졸업한 뒤 대기업에 취직하는 것은 신문에 날 정도의 인간승리가 아니고는 불가능한 일이다. 그렇게 되면 중소기업을 전전하다 회사가 망하면 실업자가 되고······. 그 나머지의 대다수는 더욱 말할 나위 없고! 그러느니 아이가 아이답게 즐겁게 교육받고 지내라고 대안학교에 보낸다는 것이다.

그로부터 얼마 후 학부모들이 모일 기회가 있어 위의 얘기를 들려줬더니 모두 잠잠해진다. 표정을 살펴보니 불편한 기색이 역력하다. 잘못 꺼낸 소재의 얘기 같았다.

내가 이야기하고 싶었던 요지는 '우리가 꼭 아이들을 제도권 교육과 학원에 의존한 교육을 할 필요는 없다. 요즘은 아이들의 성향에 맞는 다양한 교육과 환경을 제공할 방법이 꽤 있더라'라는 얘기였었는데 왜 불편했을까 생각해보았다.

첫째는 자신의 자식들이 현재는 큰 노력을 안 해도 반에서 한 3, 4등 정도의 우등생인데 머리가 좋으니까 중, 고등학교 가서 열심히 하기까지 하면 성적이 더 좋아질 것이라고 생각하는데 오히려 더 나빠진다니 불편했을 테고, 둘째는 정말 이 얘기가 맞을 수 있겠구나 하는 생각에 불편했을 테다.

이 일을 아내에게 얘기했더니 아내는 쓸데없는 얘기를 했다고 나를 나무란다. 내가 그런다 한들 달라지는 것은 없고 괜히 이웃들 마음만 무겁게 한다는 것이다.

내 딸의 친구가 선배 언니들이 좋아하는 아이돌그룹을 비방하는 내용을 카카오톡에 올렸다. 그래서 언니들이 벼르고 있어서 길도 제대로 못 다닌다는 얘기를 들었다. 어른들의 자화상이 아닐 수 없다. 더 좋은 세상을 향해 함께하기 위해서는 가장 먼저 나와 다른 것을 인정해야 한다. 획일주의와 전체주의가 얼마나 사람을 사람답게 살지 못하게 했는지 우리는 역사를 통해서 잘 알고 있지 않은가. 그러므로 다양성을 인정해야 한다. 나와 다른 생각을 하는 사람을 인정해야 한다. 그래야 우리의 삶이 풍성해질 수 있다. 이렇듯 다양한 사람들이 함께 어우러져 살아야 하는 것은 결국 앙드레지드의 말처럼 우리는 모두 하나의 껍질에서 나오는 순간부터 또 다른 껍질 속에 있기 때문이다.

모두 알다시피 우리나라에서는 다양한 아이들의 적성과 성향과는 무관하게 획일적인 교육이 이뤄지고 있다. 모든 아이가 '국, 영, 수, 과'를 잘해야 한다. 그림을 좋아하는 아이도, 음악을 좋아하는 아이도, 운동과 글쓰기를 좋아하는 아이도 '국, 영, 수, 과'를 잘해야 한다. 일정의 특기생 제도 등이 있지만 소극적인 구제책일 뿐 기본은 '국, 영, 수, 과'다. 결국 '국, 영, 수, 과'를 잘해야 좋은 대학을 갈 수 있고, 그래야 대기업에 갈 수 있고, 그래야 성공한 인생을 살 수 있다. '국, 영, 수, 과'를 잘하면 다른 학문을 하는데 이로운 점이 많다는 것은 누구나 인정할 것이다. 하지만 '국, 영, 수, 과'를 못한다고 실패한 인생이라면 이 얼마나 해괴망측한 일인가.

몇 해 전 한 신문의 칼럼에 한 고교생의 자살 소식에 관한 내용이 실렸다.

얼마 전 한 외고생이 제 엄마에게 유서를 남기고 베란다에서 투신했다. 유서는 단 네 글자였다. "이제 됐어?" 엄마가 요구하던 성적에 도달한 직후였다. 그 아이는 투신하는 순간까지 다른 부모들이 부러워하는 아이였고 투신하지 않았다면 여전히 그런 아이였을 것이다. 스스로 세상을 떠나는 아이들이 매우 빠르게 늘고 있다. 아이들은 끝없이 죽어 가는데 부모들은 단지 아이를 좀 더 잘살게 하려 애를 쓸 뿐이라고 한다. 대체 아이들이 얼마나 더 죽어야 우리는 정신을 차릴까?[57]

---

57) 김규항, 〈야! 한국사회〉, '이제 됐어?', 한겨레신문, 2010.7.8

나는 그런 사건이 있었는지 SNS를 통해서 얼마 전에야 알게 되었다. 너무나 슬퍼 가슴이 답답해 미칠 지경이었고 뺨 위를 타고 흐르는 눈물을 계속해서 닦아내도 도무지 멈추질 않았다. 도대체 우리 사회가 어쩌다 이렇게까지 됐을까?

　초등학생은 중학교 공부를 하고, 중학생은 고등학교 교과과정을 공부하고, 심화니 경시니 하며 아이들을 몰아붙인다. 예전의 예습이라는 개념은 없어졌다고 한다. 최소 2년 이상의 공부는 앞당겨 해야 한단다. 그것이 바로 선행이고, 선행을 해야 국제중, 특목고, 일류대를 갈 수 있다는 것이다. 그것도 선행학습을 하는 학생 모두는 아니고 그중에서도 잘해야만 가능한 얘기란다. 진학시험의 내용에는 여태껏 배워 왔던 내용이 아니라 앞으로 진학할 상급학교의 교과과정이 시험에 나온다고 한다.

　분명 심각한 문제인데 우리 사회에 너무도 당연히 인식되고 있어 어디서부터 문제라고 해야 될지 모르겠다. 소위 일류대학을 나와서 그 간판으로 혜택을 보았기 때문에 자식도 그런 혜택을 누리라는 학부모들이 문제인지, 아니면 일류대학을 못 나와 자식에게라도 한풀이하려는 학부모가 문제인지, '너희들 학원에서 다 배웠지?'라는 선생들이 문제인지, 온갖 편법을 동원해서라도 특목고생에게 특혜를 주어 이른바 우수한 학생을 유치하려는 대학이 문제인지, 스펙 좋은 졸업생을 유치하려는 기업이나 관공서가 문제인지, 그렇게 얻은 직업에 따라 노동의 대가가 수십, 수백 배 차이 나고 '직업에는 귀천이 없다'는 말은 오로지 시험용 모범답안일 뿐 현실과는 거리가 멀어도 한참 먼 이 사회가 문제인지…….

이런 얘기를 자녀가 없는 친구나 지인에게 하면 '세상이 미쳤구나!'라고 하고, 반면에 학원가나 학생들 엄마에게 하면 도통 현실감 없는 얘기만 한다고 말한다. 일부를 제외하고는 대다수 학부모나 교육자들도 우리나라의 교육제도나 교육 현실이 문제가 많다는 것에는 공감한다. 문제도 있고 해답도 알지만 풀어내질 못한다.

정작 기성세대는 교육문제 하나 제대로 못 풀면서 아이들에게는 수준에도 맞지 않는 수많은 문제를 풀라고 강요하는 것부터 문제가 아닐까.

얼마 전에는 선행학습과 특목고에 관한 얘기를 아버지와 나누었다. 아버지는 "아버지들이 주체가 돼서 선행학습 없애기 서명운동 같은 것을 하면 어떻겠냐? 도대체 말도 안 되는 교육제도로 이 사회가 아이들을 얼마나 더 사지로 몰고 가도록 내버려둬야겠느냐" 하신다. 나는 "좋은 일이지만 제가 지금 먹고사는데 너무 바빠서요"라고 하니 "의식 있고 나서야 하는 사람들은 먹고살기 바쁘다 하고, 세상은 엉망이고 큰일이다. 큰일. 나야 이제 죽으면 그만이지만 미래가 안 보인다"라면 한숨을 쉬신다.

여러 가지 이유가 있겠지만, 기본적으로는 많은 사람이 잘못 됐다는 것을 알면서도 '내 자식은 아니겠지'라는 생각으로 함께 바꿔나가지 못하는 것 같다. 나 역시 그런 생각 때문에 나설 생각을 못하는 것이 아닐까. 당장 나와 내 자식에게 처한 긴박한 문제라는 인식의 부재가 결국 아무것도 바꾸지 못하게 하고 있다.

'나만 아니면 돼!'

모 공중파 방송국의 인기 있는 예능 프로그램에서는 멤버들끼리 자주 경합을 벌인다.

스포츠 대결이나 게임을 통해 승자는 승자로서의 상을 받고 패자는 패자로서의 벌을 받게 된다. 이 프로그램의 백미는 그 경합 중에 벌어지는 연출되지 않은 재미있는 장면과 패자가 벌 받을 때 보여주는 여과되지 않은 괴로운 표정 등이다.

그런데 패자의 벌칙이란 게 출연자들에게는 큰 곤욕인가 보다. 벌칙을 받는 패자로 결정되면 그렇게 실망할 수 없고, 벌칙을 면하게 되면 세상을 얻은 듯이 기뻐한다. 그런 와중에 출연자들이 자주 쓰는 말이 있다. '나만 아니면 돼!'

처음에는 무심코 들었는데 이 프로그램이 워낙 인기 있다 보니 동네 아이들이 모두 이 말을 따라 한다. 어른한테 혼날 때, 놀이에서 술래가 되었을 때 등.

이 정도야 애교로 지나갈 수 있지만, 하루는 여럿이 장난치고 놀다가 한 아이가 다치는 사고가 벌어졌다. 그런데 친구라는 녀석들이 '나만 아니면 돼!'를 외치는 것 아닌가?

심각한 시사 프로그램이 아닌 예능 프로그램에서 별 생각 없이 한 얘기이고 또 아이들 역시 한때 유행하는 유행어를 따라 한 것에 불과하겠지만, 그것이 이 사회에 만연한 풍조는 아닌지? 정말 나만 아니면 될까? 혹은, 정말 나는 아닐까?

중학교에 올라간 대희는 회장이 되었다. 아이들의 투표로 선출된 것이라 학교생활을 잘하는구나 싶어 내심 안심이 되었다.

그러더니 중간고사에서 1등을 했다. 기특하고 고맙기까지 했다. 학원도 제대로 못 보내주고 요즘 아이들이 많이 간다는 어학연수 한 번 못 보내주었는데 대견했다.

그리고는 얼마 안 지나 백일장에서 장원에 해당하는 상을 받아왔다.

"우리 아들이 책을 많이 읽더니 아주 훌륭하네. 이다음에 작가가 되려나?"

몇 마디 칭찬을 해주었다.

그로부터 며칠 지나지 않아 대희는 학교 학생자치법정에서 판사가 됐다고 임명장을 받아왔다.

임명장을 꺼내서 엄마에게 주며 하는 말.

"이제 됐어?"

아내의 빨개진 얼굴

내가 사는 아파트는 16층이다.

복도에서 아래를 내려다보면 문득 드는 생각이 있다.

'여기서 떨어지면 다 끝인데……'

하루는 친구 스벤 리의 안과 연구소가 있는 강남역 사거리의 높은 빌딩에서 창밖을 내다보고 있자니 스벤 리의 매부 성대가 나에게 다가온다. 그때는 성대와 친해지기 전이었지만 그런데도 성대는 나의 마음을 다 알고 있는 것처럼 말한다.

"힘들죠? 우리 집은 12층인데, 여기서 뛰면 다 끝날 텐데, 라는 생각을 가끔 합니다."

섬뜩한 동질감이다.

군대에 있을 때 그런 생각을 한 적이 있다. 이등병, 일등병 때는 내가 쓰는 식기의 청소상태를 왜 타인이 검사하는지? 말로 하면 될 것을 비슷한 또래끼리─심지어 고참보다 내가 나이가 더 많았지만─왜 때리는지? 도대체 쉬는 시간에 내무반에 누우면 왜 안 되는지? 왜 일과시간이 끝나고 막사 뒤에서 몰래 일몰의 하늘을 보며 '보름달'을 먹으면서 눈물을 흘려야 하는지 등.

그 후 입대한 지 13개월 만에 상병이 되어서는 힘든 군 생활이 내 인생에 미칠 이로운 영향에 대해 긍정하며 안일하게 살았던 사회에서의 생활을 반성한다. '이제는 정말 성실하게 잘 살 수 있으니 사회로 보내주면 좋겠다'라는 생각을 간절하게 해보지만 아직도 군 생활은 17개월이나 더 남아 있었다. 그리고 병장이 되어서는 '이젠 별 할 일도 없고 부사수들이 알아서 다 하니, 이쯤 했으면 그만 사회로 보내주는 게 서로에게 좋을 텐데, 그러면 진짜 사회에서 꼭 필요한 훌륭한 사람이 될 텐데'라는 생각을 또 갖게 되었지만 아직도 제대하려면 1년이나 더 남아 있었다.

그런데 요즘 그 옛날 군대 시절에 생각했던 것이 다시 떠오른다. 대학을 졸업하고 사회에 나와 뭣 빠지게 일한 지 20년이 다가오는데 얼마나 더 이러고 살아야 하는지 끝이 안 보이고 가슴이 자꾸 답답해지기만 한 지금, 그 누군가에게 '이제 조금만 시간적, 경제적 여유를 준다면 나만 생각하지 않고 세상을 위해 보람되게 살 텐데'라고 간절히 바라본다.

'아, 이쯤 했으면 좀 나아져야 하는 거 아닌가?'

그러나 나이 마흔이 넘도록 이룬 것도 없고, 갈수록 앞날이 막막해지기만 한다.

'확 죽어버릴까?'

막상 세상과의 이별을 생각하니, 왜 이리 가진 것이 많은지.

'아이들은 아직 앞가림할 정도로 크지 않았는데, 집사람은 할 수 있는 게 없을 텐데, 부모님은 얼마나 슬퍼하실까? 회사는 어떡하지? 내 꿈은? 내 지나온 삶은?'

아이러니! 이룬 것 없는 놈치고 꽤나 챙겨야 할 것이 많다. 더군다나 '내 지나온 삶은?' 대목에까지 이르면 본전 생각이 난다.

'도박중독자는 그 본전 생각 때문에 도박을 못 끊는다고 하던데, 같은 이 유일까?'

16층 계단의 창문을 닫는다. 이쯤 되면 다음 단계는 세상에 대한 원망이다.

'가짜가 득세하고, 가벼움이 인정받는 더러운 세상. 아~ 어떻게 살아야 하지?'

현관문을 열고 들어온다. 아내는 세상모르고 큰대자로 뻗어 자고 있다. 나야 그렇다 치지만 부족한 것 하나 없이 고생 모르고 자란 아내는 요즘 저기압이다. 아이들에게 가르치고 싶은 게 많고, 경험시키고 싶은 게 많은데 그것을 다 못 시키기 때문이다. 한 지붕 아래 살지만 고민도 차원이 다르다. 나는 생존의 문제로 아내는 욕구불만으로.

아내인들 왜 힘들지 않을까? 아니 어쩌면 아내가 더 힘들 것이다. 따지고 보면 나야 요즘 좀 힘들어서 그렇지 예전에 비하면 점점 좋아진 것이지만, 아내는 살면서 요즘처럼 힘든 때가 없었으리라. 그래서 그런지 한 일 년 전부터 아내의 얼굴은 늘 붉어져 있다. 심하게 두드러기가 날 때도 있고 허옇게 피부가 일어날 때도 있다. 피부과를 가 봐도 호전될 기미가 안 보인다. 스트레스 때문이다. 욕구불만으로 인한 스트레스. 그런 생각을 하자니 대자로 뻗어 자는 아내가 측은하다. 그리고 꿋꿋하게 아이들과 티격태격 지내는 모습이 고맙고 사랑스럽다.

아내와 나는 같은 회사에서 만났다. 처음에는 관심도 없었고 나중에는 오히려 업무로 인한 다툼으로 사이가 안 좋았지만, 아내의 적극성으로 결국 결혼까지 하게 되었다. 아내는 아니라고 하지만 일을 핑계로 논쟁이 있었던 것도 분명 아내의 계략이었던 것 같다. 그리고 아내의 가수 뺨치는 노래솜씨까지. 나는 지독한 음치라 노래를 잘하는 여자가 선망의 대상이었다. 회사에서 놀러 간 스키장 콘도의 노래방에서 휘트니 휘스턴의 〈I will always love you〉를 부르는 4분 29초는 내가 아내에게 반하기에 충분한 시간이었다. 아내와 결혼하게 되면 난 매일 최고의 가수가 펼치는 라이브 공연을 감상할 수 있으리라 생각했다. 하지만 결혼 15년이 지난 지금까지 날 위해 단한 번도 노래를 불러주지 않았다. 그것이 아내의 탓만은 아닐 것이다.

누구나 첫사랑에 실패하면 다시는 사랑하지 못할 것이란 생각을 하곤 한다. 아내를 만나기 전까지는 나 역시 그랬었다.

'나에게 사랑이란
다시 입을 일 없는 유행 지난 셔츠 같은 것입니다.
하지만 불현듯 찾아오는 이 두근거림은 무엇일까요?
아, 나에게도
아직 사랑이 남아 있나 봅니다.'

고3 무렵 집으로 한 통의 전화가 왔다. 당시 사귀던 여학생의 전화였는데 아버지께서 전화를 받으신 후 바꿔주셨다. 그러고는 통화가 끝나자 다음의 얘기를 들려주셨다.

"이성을 만난다는 것은 동굴을 지나가는 것과 같다."

그 동굴에는 세상에서 못 보던 수많은 아름다운 꽃들로 가득한데, 신이 명령하길 한 송이의 꽃만 가지고 동굴을 나올 수 있다는 제한을 두셨다. 어떤 사람은 동굴에 들어가자마자 너무도 아름다운 꽃에 반해 급하게 한 송이를 꺾은 후 가면 갈수록 보이는 더 아름다운 꽃들을 보며 후회하고, 어떤 이는 마음에 드는 꽃이 보일 때마다 꺾었다 버리기를 반복하고, 어떤 이는 주저주저하다가 결국에 아무 꽃이나 꺾어 나오거나 혹은 아무 꽃도 가지지 못하고, 또 어떤 이는 현명하게 자기가 원하는 꽃을 들고 나올 수 있다.

내가 어떤 종류의 사람인지 인생의 끝에서야 알겠지만, 나같이 열정 없는 사람도 불같이 뜨겁게 만드는, 나같이 눈물 없는 사람도 하염없이 눈물 흐르게 하는…… 아, 사랑!

아내는 그렇게 내가 동굴을 빠져나오는 마지막 순간을 함께해야 할 꽃이 되었다. 나는 아내와 함께하는 시간 속에서 행복을 찾아야 하고 기쁨을 느껴야 할 것이다. 하지만 삶은 동화 속의 이야기와는 달랐다. 아내와 아이들이 무엇을 원하는지 알고, 그리고 그것을 제공해야 하지만 그런 것이 내 능력의 부족으로 힘들어질 때는 남편으로서 아버지로서 심한 자괴감을 느낄 때가 있다. 가정생활과 아이들 교육을 위한 아내의 기본적인 욕구가 나에게 커다란 짐으로 다가올 때가 있다. 그리고 40대 중반으로 접어든 지금이 그동안의 결혼생활 중 내가 진 짐의 무게가 가장 클 때다.

친구 중에 이혼하고 혼자 사는 녀석이 있다.

이혼 후, 퇴직과 연이은 사업부진으로 심신이 지쳐 있는 이 친구가 내게 하소연을 한다.

"너는 가족이 있어서 좋겠다."

"왜?"

"힘들 때 가족과 대화도 나누고, 위안도 얻고, 힘을 낼 수 있으니까."

평소에 과묵하고 사적인 얘기를 잘 하지 않는 녀석이라 그냥 한번 웃어 주고 지나가려 했지만, 이 녀석의 표정을 보니 단순한 푸념을 하는 것이 아니라 꽤나 심각한 상황에 와 있구나 싶었다. 그러면서도 한편으로는 이 녀석의 말처럼 '정말 그럴까?'라는 생각도 들고……

잠시 생각 후 "그런 가족이 있어서 어깨가 무겁다. 너는 너 혼자라 혼자 아프고, 혼자 배고프고, 혼자 힘들면 되잖아. 만약 내가 혼자라면 언제든지 떠나고, 넘어지면 또 훌훌 털고 일어나고 또 부딪혀보고 그러겠어. 하지만 나는 늘 배수의 진을 치고 살아야 해. 내가 여기서 한 발짝이라도 밀리면 내가 문제가 아니라 처자식이 모두 힘들어지니. 자기가 힘든 거야 자기의 능력부족이라 그러려니 생각하면 되지만 가족은 무슨 죄냐? 어떨 땐 그런 것이 내게 너무 큰 무게와 부담감으로 다가와. 넘어지면 일어날 수 있을까의 문제가 아니라 넘어지면 안 된다는 것. 그래서 힘들어."

"그도 그럴 수 있겠지만……."

서로의 처지를 생각하면서 '네가 나보다 좀 나아!'라는 얘기를 해주려고 한 말들이었지만 결론은 가족은 나를 힘들게도, 내게 힘을 내게도 하는 존재라는 것이다.

어느 날 저녁 우리 부부는 금실 좋은 백발의 노부부가 산골 오지에서 서로를 보살피며 알콩달콩 살아가는 모습을 그린 TV 프로그램을 시청하게 됐다. 프로그램의 끝 부분에 이르자 리포터가 노부부에게 질문을 던진다.

"할아버지, 할머니. 다음 세상에 다시 태어난다면 또다시 두 분이 결혼하시겠어요?"

"아, 당연하지! 다음 세상에는 이 세상에서 못 해준 것까지 다해줄 거야."

TV를 시청하던 내가 아내에게 물었다.

"여보, 당신은 어떡할 거야? 저 노인들처럼 다음 생에도 나랑 결혼할 생각이 있나?'

"미쳤어?"

TV를 시청하던 우리 부부는 아직도 잘살고 있다. 본전도 못 찾을 질문을 한 나는 이렇게 글을 쓰고, 다음 세상에 절대로 미칠 것 같지 않은 아내는 그런 나에게 커피를 타주며……. 이런 게 부부인가 보다.

금세기 최고의 석학으로 불리는 슬라보예 지젝은 "언제가 가장 행복했나?"라는 물음에 다음과 같이 대답한다.

행복한 순간을 찾을 때 몇 번 행복을 느꼈지만, 행복이 정작 닥치면 행복하지 않았다.

행복을 찾아가는 인생의 여로에서 늘 곁에 있어주는 아내, 그래서 아내는 나의 행복이다.

요즘에는 보기 힘들지만 예전에는 버스나 택시를 타면 운전석 부근에 흔히 볼 수 있는 사진 한 장이 있었다. 어린 소녀가 두 손 모아 기도하고 배경에는 궁서체로 '오늘도 무사히'라고 적혀 있는 사진. 사실 이 사진은 영국의 초상화가 조슈아 레이놀즈의 유화〈어린 사무엘〉의 모작이다. 당연히 그 어린 소녀도 소녀가 아닌 소년일 테고. 누가 어떤 연유에서 그 그림을 만들었는지는 모르겠으나 예나 지금이나 하루를 무사히 보낸다는 건 꽤나 큰일인가 보다. 곳곳의 사건, 사고로부터 무사히 보낸 일, 오늘 하루도 안 굶은 일, 회사에서 해고 안 당한 일 등 우리의 하루는 온갖 위험요소로 가득 차 있고 그 위험으로부터 나와 가족이 무사히 보냈다는 것은 감사하고도 남을 일이다.

오늘 밤, 하루를 무사히 보낸 보상으로 편하게 잠자리에 들 수 있어 정말 다행이다. 비록 여느 때와 같이 가슴 졸이며 보낼 내일이 기다린다 해도 이렇게 내 아내와 아이들이 한 집에서 잠들 수 있는 행복을 누리는 것, 이 작은 행복이야말로 처녀 총각 시절 데이트 후 헤어지기 싫어 결혼하기로 마음먹었던, 바로 그때의 가장 간절한 소망이지 않았을까.

플라톤은《향연》에서 아리스토파네스를 빌려 다음과 같은 얘기를 한다. 태초에 인간 중에는 남자와 여자가 하나여서 그 힘이 워낙 막강했던 제3의

성이 있었다. 위기의식을 느낀 신들의 우두머리인 제우스가 이를 두려워하여 그들을 남자와 여자로 갈라놓았다. 그 뒤로 인간들은 자신의 남은 반쪽을 찾아 헤매게 되는데 반쪽을 잘 찾은 사람은 행복하고 그렇지 못한 사람은 불행해진다는 얘기. 그야말로 동화 같고 신화 같은 얘기지만 인간의 행과 불행이 자신의 반쪽에 있다는 말에는 수긍이 간다. 문득 이런 생각이 든다.

'난 행복한 걸까? 난 나의 반쪽을 잘 찾은 걸까? 내 반쪽이 날 행복하게 해줄 수 있을까?'

그러다 갑자기 궁금해진다.

'오늘 밤, 잠들어 있는 나의 반쪽은 나로 인해 행복한지?'

지금 아내의 모습은 어쩌면 나의 모습이다. 잠들어 있는 아내를 보며 하나이자 둘일 수 없는 나와 아내에게 주문을 걸었다.

힘들지 않니?

나도 많이 힘들어.

다달이 물어야 하는 은행 원리금 상환에, 아이들 학원비에, 갈수록 생활비는 더 들고, 좋아질 기미는 안 보이고, 세상은 엉터리 같고…….

두렵지 않니?

하루하루 살아가기가 두렵고, 한 달 한 달 넘기기가 두렵지 않니.

나도 마찬가지로 두려워.

그런데 모든 것을 내려놓고 우리 내면의 소리에 귀 기울여 볼래. 우리가 정말 두려워하는 것이 무엇인지? 우리에게 지워진 무거운 짐, 아이들의 문제, 때때마다 지급해야 하는 이자며 공과금이며…… 이런 것들로 두려울 거야. 하지만 가만히 생각해봐. 그런 것으로 두려워하고 변해가는 우리의 모습이 더 두려운 것은 아닌지?

그래, 우리는 그런 사람이 아니었어. 우리는 꽤 꿈 많고 아름답고 멋진 사람이었지. 그런데 언제부턴가 우리는 걱정만 하는 겁쟁이로 바뀌어버렸어. 그것이 우리의 본모습은 아닌데.

여보, 우리 안의 아름다움과 진실을 외면하지 말았으면 좋겠어. 세태가 안겨 준 생채기와 허물 때문에 본연의 우리를 버리지는 말았으면 좋겠어. 그렇게 쉽게 변해가기엔 우리는 처음부터 아주 근사한 사람이었거든. 이제 우리의 아름다움이 얼마나 당당한 것인지, 그리고 그런 당당함과 떳떳한 모습으로 우리 자신과 세상을 변화시켜야 해.

더 힘들어질 수 있을 거야. 아니 더 힘들어지겠지. 나는 아주 오래전에도 겪어 봤거든. 하지만 생각보다 쉽게 무너지지 않아. 생각보다 꽤 버틸 수도 있고. 그런 인내의 시간 속에서 우리는 참다운 우리를 발견할 수 있을 거야. 그리고 그 발견이 어쩌면 앞으로도 똑같이 계속 힘들지 모를 세상에서 행복하게 한 걸음 한 걸음 내디딜 수 있는 힘을 줄 거야. 그래서 우리는 참다운 우리의 모습으로 세상을 뚫고 나가게 될 거야. 세상 돌아가는 대로 살기엔 우리는 꽤 개성 있고 멋진 사람이잖아.

한번 우리 자신을 믿어보지 않을래?

기적

세상에는 기적이 있을까?

부정적인 시각에서 본다면 우리가 사는 이 사회는 부조리와 불의, 부정이 판치는 거대한 집합체다. 사람의 힘으로 아무리 노력을 해봐야 쉽게 변화될 것 같지는 않다.

모세가 홍해를 가르고 이스라엘 백성을 피신시킨 후 이집트의 병사들을 바다의 한가운데로 처넣은 것처럼 세상의 모든 불의를 수장시키는 그런 기적이 일어났으면 좋겠다.

그런데 그런 기적을 바라는 사람이 나 혼자만은 아닌 것 같다.

한영애의 노래 중에 〈조율〉이라는 곡이 있다. 그녀의 호소력 짙고 카리스마 있는 노래솜씨도 좋고, 노랫말이 얘기하는 내용이 무엇보다 좋다.

무엇이 문제인가? 가는 곳 모르면서 그저 달리고만 있었던 거야.

지고지순했던 우리의 마음이 언제부터 진리를 외면해 왔었는지.

잠자는 하늘님이여 이제 그만 일어나요.

그 옛날 하늘빛처럼 조율 한번 해주세요.

모두들 자신의 삶이 소중하다고 여기지만 그 소중한 삶이 어느 곳을 향해 어떤 방법으로 가고 있는지는 정작 모르고 살아간다. 아니, 어쩌면 알고 있지만 노랫말처럼 진리를 애써 외면하며 살아가고 있다. 그래서 아닌 줄 알면서도 아니라는 말을 못하고 불의인 줄 알면서도 눈감고 살아간다. 더 이상 자정능력이 없는 우린 이제 전지전능하신 분의 조치를 바라야 하나 보다.

하지만 그분께서 조율해주실 리는 만무하다. 그 옛날 40일 밤낮을 시원하게 쏟아 부으신 다음 조금은 미안하셨는지 무지개까지 동원하시면서 약속한 말씀58)을 설마 우리만 기억하진 않을 테니.

　　미움이 사랑으로 분노는 용서로 고립은 위로로 충동이 인내로 모두 함께
　　손잡는다면 서성대는 외로운 그림자들 편안한 마음 서로 나눌 수 있을
　　텐데.

노래는 우리가 어떻게 살아야 인류가 당면한 위기를 극복할 수 있는지 알려준다. 너무도 간단하지만 너무도 어려운 답이다.

고교교과과정까지는 윤리라는 과목이 있어 우리가 사회구성원들과 어떻게 함께해야 하는지를 가르치고 있다. 하지만 대학을 졸업하고부터는 어떻게 경쟁자와 경쟁업체를 누르고 살아남아야 하는지만을 노골적으로 강요

---

58) 창세기 9장 13절.

한다. 배움과 부딪힘에는 차이가 있다. 사회라는 총성 없는 전쟁터에서 승리한 사람은 전리품을 지키고자 하는 눈물겨운 노력을 계속해야 하고, 패배한 사람은 자신의 무능력과 세상의 부조리를 원망하며 쓸쓸하게 뒤편으로 조용히 물러나 있어야 한다. 그리고 그런 상황은 점점 굳어져 자녀에게로 고스란히 전이된다. 그 후로는 아무리 발버둥 쳐봐도 제자리다. 같은 시간의 노동을 해도 그 대가는 수십 배에서 수백 배 이상 차이가 나는 경우가 허다하다. 단지 소득의 분배에만 문제가 있는 것이 아니다. 파고들게 되면 우리가 먹는 먹을거리에서부터 지배계층의 단단한 커넥션까지 몰라서 그렇지 알고 나면 정상적인 사회가 아니다. 못 가진 자 소외된 자는 무언가 잘못됐다고 생각한다. 혁명이 일어나 세상을 엎어주길 바란다. 월가의 시위나 재스민 혁명 등 지구의 저편에서 드문드문 그런 기운이 느껴지지만 피부로 와 닿지는 않는다. 절대자가 있다면 '조율' 한번 해주었으면 한다는 생각이 든다.

어릴 적 우리 집에는 어머니의 직업 때문에 가끔 피아노 조율사가 왔었다. 조율사가 한 번 왔다 가면 각자 따로 놀던 건반들의 소리가 금방 제소리를 찾는다. 각기 자신의 소리를 내면서도 다른 건반들과 조화를 이룬다. 그렇게 88개의 건반은 다른 듯이 잘 어우러지면서 아름다운 화음으로 모차르트와 베토벤 그리고 차이콥스키를 연주해낸다. 이 세상에도 그런 절대자가 있다면 '조율' 한번 해주었으면 한다는 생각이 든다. 하지만 그런 일은 없다. 아주 오래전 신과 인간이 뒤엉켜 살았던 시대도 있었다지만 지금은 아니다. 신의 영역과 인간의 영역은 다르다. 인간에게서 벌어진 일들은 인간 스스로 해결해야 한다. 그것이 바로 자력적 구원이다. 이런 자력적 구원 없이 절대자에 의해 구원받는 타력적 구원은 있을 수 없지 않을까.

"신부님, 가톨릭에서도 예수를 믿지 않으면 천국에 올라갈 수 없다는 것이 교리의 핵심인가요?"

명동에 나가보면 군데군데에서 '예수 천국, 불신 지옥'이라는 팻말과 함께 그것만이 삶의 목표인 듯, 그리고 그를 외면하는 수많은 사람을 너무나 한심하고 가련하게 바라보는 이들을 쉽게 만날 수 있다.

저들은 나름의 종교적 신념에 따라 하는 행위이고 그를 통해 한 사람이라도 교회로 인도하여 구원을 받을 수 있길 정말로 바라는지 모르겠다. 아니면 그렇게 인도된 사람이 내는 헌금이 필요하던가.

그들의 행동이 무엇을 의미하는지는 모르겠으나 나는 문득 궁금해졌다. 정말 하느님만 믿으면 구원받을 수 있는지? 아무리 착하게 살아도 예수를 믿지 않으면 구원받을 수 없는지?

일반적으로 개신교는 아무리 훌륭한 삶을 살아도 예수를 믿지 않으면 구원받을 수 없다고 말한다. 그리고 나도 그렇게만 알고 있었다.

몇 해 전 강원용 목사의 얘기를 들을 기회가 있었는데 그는 조금 다른 얘기를 했다.

강 목사는 천주교, 불교 등의 지도자와도 친분을 쌓고 활동을 같이 해왔는데, 그 부분이 교회 내에서는 비판의 목소리가 컸다고 한다. 그에 대해 강 목사는 '나는 길이요 진리요 생명이다. 나를 통하지 않고서는 아무도 아버지께 갈 수 없다'는[59] 성경 구절을 인용하며 그 '나'란 존재는 길이고, 진리이고, 생명이지 꼭 예수를 말하는 것은 아니라고 말한다. 그러니 우리는 종교를 떠나 바른 길이 되고, 진리의 불을 밝히며, 생명을 소중히 여겨야 한다는 뜻이다.

그는 "그리스도교의 교리는 위에서 아래로 향하는 것이며 불교의 교리는 아래에서 위로 향하니 그 사이에서 접점을 찾아 서로 자주 만나 공동선을 위해 노력해야 한다"는 말로 우리 사회에서 종교의 역할과 이 종교 간의 화합을 강조한다. 나는 이 말을 들으면서 이 시대의 종교인이 가져야 할 진정한 가치가 아닐까 생각했다.

부모님이 다니시는 부산의 당감성당에서는 주요 행사가 있을 때마다 인근 사찰의 스님이 찾아온다.

성당의 앞자리에서 삭발하고 승복을 입은 채 미사참례를 하는 스님의 모습이 처음에는 재미있고 낯설었지만 이제 이 성당의 신자들에게는 익숙한 풍경인가 보다. 그리고 그 낯섦에서 작은 하모니를 느꼈다.

개인적으로는 파티마의 성모상이 눈물을 흘렸다거나 모처에서 석가모니의 진신사리가 발견됐다거나 하는 신비주의는 사실 여부를 떠나 그다지 관

59) 요한복음서 14장 6절.

심이 없다. 그런 것이 종교의 가치를 높여주거나 하지는 않는다고 생각해서다.

또 하나 자신의 교리만 옳고 자신의 종교만 구원받을 수 있다는 교리를 가지고, 다른 종교를 헐뜯거나 배척하는 종교 또한 종교의 가치를 잃었다고 생각한다.

사후세계, 영혼, 구원 등에 대한 존재 여부는 개인의 믿음에 대한 문제이다. 누가 옳고 그르다는 것을 따지기 시작하면 오히려 분란만 커질 뿐이다. 하지만 결국 종교는 그 내용 면에 있어서 공동체에 대한 이해와 남을 사랑하라는 가르침을 주는 것이다.

교황 프란체스코의 강론을 통해 종교는 그저 '예수 천국, 불신 지옥'만 외치는 것이 아니라, 인간 사회의 부조리를 파헤치고 우리가 소중한 가치를 잊고 산다는 것에 대한 경고와 함께 왜 이웃과 연대해야 하는지를 알려주는 소중한 것이라는 생각이 더욱 확실해졌다.

안락을 추구하는 문화는 오직 우리 자신만 생각하도록 합니다. 우리로 하여금 이웃의 고통에 무감각하게 만들고, 사랑스럽지만 허상 가득한 비누거품 속에 살도록 합니다. 그것들은 이웃에게 무관심하게 만드는 덧없고 공허한 망상에 빠져들게 합니다. 참으로 '무관심의 세계화'로 이끄는 것입니다.

전 세계적인 금융 및 경제 위기는 금융과 경제의 왜곡이 최고점에 도달했음을 보여주는 것 같습니다. 무엇보다 인간을 전혀 고려하지 않으며, 소비만 하는 존재쯤으로 격하시키고 있습니다. 더 나쁜 것은 인간 그 자체를 소비재로 여긴다는 것입니다. 이런 상황에서 가난한 이들에게 보물과 같은 '연대성'은 비생산적인 것으로, 금융과 경제 논리에 반하는 것으로 간주됩니다.

여기 형제·자매들의 죽음에 누가 애통해하고 있습니까? 이 (죽음의) 배를 탄 사람들을 위해 누가 울고 있습니까? 어린 것들을 안고 있는 이 젊은 엄마들을 위해, 가족을 위해 일자리를 찾아 나선 이 남자들을 위해서 누가? 우리는 어떻게 울어야 할지를, 어떻게 연민을 경험해야 할지를 잊었습니다. 이웃과 함께하는 '고통' 말입니다. 무관심의 세계화가 우리에게서 슬퍼하는 능력을 제거해버렸습니다![60]

"가톨릭에서는 교회 밖에도 구원이 있다고 하지."
신부님의 대답이다.
그리고 이 대답을 해준 신부님은 나의 친형이다.

나는 가톨릭 신자다. 그리고 그 사실에 감사하며 살고 있다.
내 자의에 의한 선택으로 가진 종교가 아닌 모태신앙에 의해 얻어진 종교이지만 내가 종교를 갖고 있다는 것, 그리고 그 종교가 가톨릭이라는 사

---

[60] '정치참여는 그리스도인의 의무입니다' (정현진 기자) 재인용. 오마이뉴스, 2013.10.10

실이 늘 감사하다. 사후문제에 대한 처절한 고민이나 구원에 대한 애틋한 갈증으로 갖게 된 것이 아닌 일종의 불로소득이지만, 내 생애에 이런 불로소득 하나 있다고 누가 딴죽 걸진 않을 것이다.

한번은 형의 부탁으로 울산의 한 성당에서 할아버지 할머니들의 영정 사진을 촬영하게 됐다. 촬영시간은 미사 후, 나는 조금 일찍 내려가서 오랜만에 형이 집전하는 미사에 참례하기로 했다. 형은 강론시간 말미에 곧 있을 본인의 '본명축일'에 관해 짧게 얘기를 한다.

"해마다 제 본명축일이 되면 많은 선물을 보내주십니다. 참 고맙고 감사한 일이지요. 하지만 이제는 선물을 받지 않겠습니다. 물질적인 선물은 저도 사람인지라 제 버릇을 안 좋게 만들 수 있습니다. 다만 저를 위해 기도해주세요. 그거면 충분합니다. 저에게 보내주실 선물이 있다면 주위의 어렵고 소외된 이웃을 위해 써주세요."

성직자답게 청빈한 삶을 살려는 형의 강론이 뭉클하게 다가왔다. 아마도 내가 형이라 호칭하지 못하고 신부님이라고 호칭하는 이유일 테다.

얼마 전 새로 즉위한 프란체스코 교황도 교황직 시작 미사에 참석하려는 사람들에게 로마로 오지 말고 그 여행 경비를 가난한 사람을 위해 쓰라고 했다 하니 세상과 함께하려는 실천적 교리에 머리가 숙여진다. 물론 가톨릭 외의 타 종교의 가르침도 결국은 이런 가르침이 아닐까. 그리고 그런 것이 바로 신앙의 힘일 것이다.

어떻든 내 가족이 어려움을 이겨낼 수 있었던 것은 이런 신앙의 힘이었고, 내가 법의 허용치보다 더 엄격한 도덕과 양심의 규범으로 타인을 대하는 이유는 인간의 본성에 앞서 후천적 종교의 힘이 컸기 때문이다. 더불어 내가 부산행 열차의 마지막 계단에서 돌아설 수 있었고, 아파트 16층의 창문을 다시 닫을 수 있었던 것은 모두 종교가 내게 준 가르침 때문이었다. 더군다나 형이 신부이기 때문에 종교가 내 삶에 미치는 영향이 더욱 컸을 것이다.

내가 예전에 세상에 대한 원망과 시름으로 세상을 등지고 여기저기 떠돌며 그림을 그리는 사람이 돼야겠다고 생각할 무렵 형은 신부가 되기로 마음을 먹고 신학교에 가게 되었다. 그리고 꽤 오랜 시간 동안 형은 신학생, 부제를 지나 드디어 사제서품을 받게 되었다. 가톨릭에서 사제서품식은 매우 큰 행사이고 사제를 배출한 가정과 성당은 더할 나위 없는 기쁨과 영광이 함께하게 된다. 우리 집안 역시 그런 뜻깊은 날을 많은 사람과 함께하고 싶어 실로 오랜만에 멀리 사는 친척까지 초대하게 되었다. 그때 방문해주신 한 친척 어르신께서 내게 우리 집이 어떻게 살아왔는지 물으시며 "기적이다. 너희가 사는 게 기적이다" 그러시는 것이다. 물론 그분이야 좋은 뜻으로 얘기했지만 나는 그 말이 좀 불편했다.
'자기들이 사는 건 당연한 거고 우리가 사는 건 기적인가?'
어쩌면 그분이 그런 말씀을 하실 만하다는 생각이 든다. 사실 우리 집이 다른 집과는 조금 다른 환경이긴 했으니까. 아버지는 이른바 '시국사범'이어서 벌이가 없었을 뿐만 아니라 시위 현장이나 경찰서, 교도소에서 만나는 게 집에서 보기보다 쉬웠고, 어머니는 피아노 교습으로 우리 가족의 생계를 맡고 계셨지만 그런 아버지로 인해 마음의 병이 있었으니, 조금은 삐딱하게 세상을 바라보던 어린 시절이었던 만큼 어떤 말이라도 귀에 거슬렸을 것이다. 더군다나 수많은 유혹과 자기절제, 많은 신자들의 눈으로부터 형이 헤쳐 나가야 할 앞날을 생각하니 과연 이런 것이 '기적'이냐는 생각이 들었다.

세월이 흘러 세상에서 일어나는 많은 일에 나름의 사정과 사연이 있고, 아주 보잘것없고 작은 것 하나라도 소중한 가치가 있다는 것, 그리고 보잘것없는 나와 가족들이 사랑하는 마음으로 살 수 있는 것, 그것이 바로 '기적'이라는 생각이 들었다.

기적을 너무 크게 생각했던 것은 아닌지, 혹은 로또 당첨처럼 우연으로만 생각했던 것은 아닌지 모르겠다.

살아가는 매일매일, 매 순간 같이 아파해주고, 위로해주고, 넘어져도 일어날 수 있도록 용기를 주면서 세상을 조금씩 조율해 나가는 우리들. 생각해보면 이런 우리 자신이야말로 가장 경이로운 기적이 아닐까.

차카게 살자

마거릿 버크화이트(Margaret Bourke-White, 1906~1971, 미국)라는 여류 사진가가 있었다. 그녀가 한창 활동하던 시대는 세계대전, 대공황 등 그야말로 '격동의 역사'를 고스란히 안고 있던 시절이었다. 그 시절 그녀는 산업현장, 전쟁터, 인권이 유린당하는 현장과 각종 분쟁이 일어나는 곳에서 온몸으로 그녀의 카메라 셔터를 눌러댔다. 이 여류 사진가를 모르는 사람도 아마 물레 옆 책 읽는 간디의 사진은 한 번쯤 보지 않았을까 생각된다. 바로 그 사진을 촬영한 사진가로, 그녀는 영국의 식민지로 있었던 인도와 인도의 정신적 지도자 간디를 이해하고, 그 이해를 바탕으로 진실한 사진을 촬영하기 위해 스스로 물레 잣는 법까지 배웠다고 한다. 우리가 쉽게 보고 넘기는 한 장의 사진을 위해 그녀는 그처럼 온 마음과 정성을 다했다. 그리고 그 결과 단 한 장의 사진만으로도 많은 사람의 마음을 움직일 수 있었다. 그녀는 그녀 스스로 "나의 삶과 경력은 결코 우연이 아니었다. 나는 언제나 인간과 삶이 담긴 사진을 찍고자 노력했다"라며 자기 삶에 대한 태도와 자기 일에 대한 열정을 회고했다.

누가 뭐래도 자신의 삶과 더불어 타인의 삶까지도 진실하게 여겨 온 사람만이 할 수 있는 말이 아닐까 생각된다. 이렇게 자신의 분야에서 온 마음과 온몸을 다하는 것, 비단 사진작가에게만 필요한 일은 아닐 것이다. 거미줄처럼 얽혀 있는 세상에서 그 세상을 온전히 유지하기 위해 나라는 존재와 나의 역할을 생각한다면 세상에서 일하고 사는 것, 아무렇게나 쉽게 생각할 수 없는 성스러운 작업 아닐까?

내 사진엔 내가 없지만

내 사진은 나의 영혼입니다.

내 사진엔 내가 없지만

내가 느끼는 것이 있고

내가 보는 세상이 있습니다.

내 사진엔 내가 없지만

내가 세상에 하고 싶은 나의 얘기가 있습니다.

그래서 내 사진엔 내가 없지만

내 사진은 또 하나의 나입니다.

그래서 말이지만

내 사진이 후진 것을 보니

나는 아직 후진 사람인가 봅니다.

그래서 말이지만

좋은 사진을 찍고 싶었는데

그보다 먼저 좋은 사람이 되어야겠습니다.

내가 조폭은 아니지만 '차카게' 살아야 하는 이유다.

⦂ 지금은 중학생이 된 아들 대희. 패닝한 사진의 배경처럼 시간은 그렇게 빠르게 간다. 고민 끝에
아이에게 직접 얘기하기로 했다.

"아빠도 초보자야. 그래서 아빠의 말이 언제나 맞지는 않을 거야. 네가 생각했을 때 아빠가 틀린
것 같다면 또는 아빠의 말이 이해 가지 않는다면 화내거나 마음의 문을 닫지 말고 아빠에게 얘
기해줄 수 있겠니?"

⦂ 내 귀여운 딸. 네 살 무렵 강화도 가는 여객선 안에서 무엇이든 재미있어하고 신기해하던 연희.
늘 그때처럼 맑고 밝게 있어주길 바라며 그리고 이 아이가 그렇게 자랄 수 있는 세상이 되길 바라며.

3시간째 직진 중

어느덧 아이들이 자라서 이제는 아빠, 엄마보다는 친구를 더 찾는다.

친구들과 생일파티를 하고, 친구들과 영화를 보러 다니고, 친구들과 놀이와 운동을 하고…….

그런 녀석들을 보면서 조금은 섭섭하고, 조금은 대견하고, 조금은 걱정되고, 조금은, 조금은…….

세월은 그렇게 간다.

나는 아이들에게 아이들이 갖춘 능력 이상의 큰 기대를 품고 아이들이 그것에 미치지 못하면 쉽게 실망하는 것은 아닌지. 하루에도 마음이 수차례 오락가락한다.

흔히 부모의 역할은 '뒷바라지'라는데 나는 혹시 훨씬 앞에서 달리면서 아이들이 빨리 오지 않는다고 조바심내고 있는 것은 아닌지.

나 역시 오늘이라는 시간을 처음 겪는 초보자이면서 마치 아이들의 미래를 다 아는 양 단정해 버리는 것은 아닌지.

기적

1986년 형은 사제가 되기 위해 신학교로의 진학을 원했다. 약 10년의 공부와 봉사를 마친 후 1994년 12월 말 드디어 사제서품을 받고 첫 미사를 드리게 되었다.

서품식과 첫 미사 내내 아버지, 어머니 그리고 나. 우리 가족은 모두 흐르는 눈물을 멈출 수 없었다. 새로 시작하는 형님 신부님의 출발을 기뻐해주고자 노력하며 아무리 눈물을 참으려 해도 도무지 참을 수가 없었다. 아버지의 구속, 어머니의 가족을 위한 희생, 가족의 헤어짐, 형이 신학생과 부제를 거치면서 겪었을 그리고 앞으로 독신의 사제로서 겪게 될 번민과 고뇌가 영화의 한 장면처럼 생생하게 지나갔다.

친지들은 우리 집이 살아온 것을 '기적'이라고 했다.

그렇다. 나는 전에도 지금도 그리고 앞으로의 삶도 모두 기적이라고 생각한다. 살아가는 매일매일, 매 순간 같이 아파해주고, 위로해주고, 넘어져도 일어날 수 있도록 용기를 주면서 세상을 조금씩 조율해 나가는 우리들. 생각해보면 이런 우리 자신이야말로 가장 경이로운 기적이다.

• 형의 사제 서품식 중. 세상에서 가장 낮은 자세로 임하겠다는 의미로 사람이 취할 수 있는 가
　장 낮은 자세를 취하고 부복기도를 드리는 모습.

• 사제서품식을 받은 후 몰려든 신자들의 머리에 손을 얹고 강복을 주는 형.
　내가 홍길동은 아니지만 형이 사제 서품을 받은 후부터는 형을 형이라고 부를 수 없게 됐다.
　형은 그 점이 나에게 늘 미안한 모양이다.

합창

'나의 사회적 책임은 어디까지일까?'

나이 마흔을 넘기면서 내면 깊숙한 곳에서부터 새록새록 돋아나는 스스로에 대한 질문이다. 따지고 보면 제 앞가림도 뜻대로 못하면서 무슨 오지랖이냐며 덮어버리기 일쑤지만 그러면 그럴수록 시도 때도 없이 불쑥 튀어나와 신경을 거스른다. 준법정신이 아주 투철하진 않지만 나름 국민의 4대 의무 외에 환경 보전의 의무와 재산권 행사의 공공복리 적합의 의무 등 헌법이 정한 의무 정도는 지키고 있다고 생각하고 또 '그 정도면 됐지' 하면서도 '그게 다가 아니지 않나'라며 '노블레스'도 아니면서 '오블리주' 하려는 자의식의 발로에 스스로 당황하게 되는 이 현상은 도대체 무엇인지.

사실 나는 체질적으로 성문화된 법규, 규칙, 규범, 규약, 조례 등을 별로 좋아하지 않는다. 법치국가에서 무슨 큰일 날 소리하느냐고 나무라거나 걱정할지는 모르겠다. 일반적으로 법은 만인에 평등하다고 하지만 우리나라에서 그 사실을 믿는 사람은 만인이 아니라 기껏해야 만 명쯤 되지 않을까 하는 생각이 든다. 하지만 단지 그런 이유에서 법을 싫어한다는 다소 도발적인 표현을 쓴 것은 아니다. 그보다는 태생적으로 자유로운 영혼이라 그런지 무언가가 제도적으로 나의 행동을 강제하거나 억압한다고 느껴지는 기분이 싫어서이기 때문이다. 그래서 다르게 말하면 나 같은 경우 평소에 법이라는 것에 대해 일반적인 경향보다 더 많은 신경을 쓰고 의식적으로 지키려고 노력하면서 산다고 말해야 할지도 모르겠다. 법은 사회와 국가의 질서를 지키는 데 가장 필요한 최소한의 수단이기도 하지만 동시에 사람의 행동을 규범하고 규제하는 최강의 장치이기도 하다. 사람의 행동이 규제되면 생각도 그 규제된 행동의 범위 안에 머무르기 쉬워 창의적이거나 자유로운 발상을 하기 힘들어질 수 있다. 그런 특성이 내가 무법자나 아나키스트는 아니지만 법을 싫어하는 이유다. 또 하나는 법은 사회구성원이 자칫 그것만 지키면 본분을 다했다고 생각하게 하는 경향이 있다. 이른바 싸움 구경할 때 많이 듣는 '법대로 해'가 그 좋은 예가 되겠다.

그런데 이렇게 국가나 사회에만 법이 있는 것이 아니라 종교에도 종교법이란 것이 있어 신자들을 꽤 부담스럽게 한다. 특히 가톨릭의 '고해성사'는 나에게 그 부담스러움의 결정판이다. 가톨릭 신자의 경우 누구나 큰 죄를 지으면 고해성사를 해야 한다. 만약 죄를 짓지 않더라도 최소 일 년에 두 번의 고해성사(판공성사)를 봐야 하는데, 그동안 큰 죄는 안 저질렀다며 미루고 미루어 오다 성탄절과 부활절에 해야 하는 판공성사 때면 무슨 죄를 어떻게 고백할지 막막할 때가 있다. 그런 신자가 나만은 아닌지 한번은 젊은 보좌신부님이 고백해야 할 죄에 대한 강론을 한다.

"가끔 지은 죄가 없다고 하는 신자 분들이 있는데, 가톨릭 신자로서의 죄는 무엇일까요. 남에게 잘못한 것이 없으면 죄가 없는 것일까요? 남을 돕지 않은 것. 사랑하지 않은 것. 용서하고 이해하지 않은 것 등 이런 것이 모두 죄입니다……."

이른바 '착한 사마리아인의 법'의 확장된 개념일 테다. 착한 사마리아인의 법은 우리나라에서는 법이 도덕에 개입해서는 안 된다는 논리와 개인의 자율에 대한 문제로 논란의 대상이 되기도 하지만 유럽의 많은 나라에서는 법으로 채택하고 있다고 한다. 그렇다면 국가가 이를 실제 법에 적용하든 아니든 간에 어떤 경우에도 착한 사마리아인의 행위 자체를 부정하는 것은 아닐 것이다.

인간은 확실히 사회적 존재인지 나와는 전혀 관계없을 것 같았던 이런 개인과 사회, 개인과 법, 개인과 양심 그리고 개인과 정의에 관한 문제에 점점 관심을 갖게 됐다. 그리고 이제야 철이 좀 드는지 나의 사회적 역할에 대한 고해성사를 스스로 해보았다. TV 뉴스를 보고 '세상 말세야'라며 혀를 끌끌 차는 것만으로 높은 도덕적 의식을 소유하고 있다고 자신하거나 혹은 남에게 피해를 주며 살지 않는다는 것으로 나의 역할을 다했다는 착각 속에 살았던 것은 아닌지.

만약 나에게 불의에 분노해야 하는 의무, 부정에 목소리를 높이고 저들만의 커넥션을 통해 세상을 교묘히 움직이는 거대 세력들에 분연히 맞서야 할 의무, 소외된 계층을 끌어안고 그들이 비굴로부터 자신을 해방하도록 도와줘야 하는 의무, 민주주의를 지지하고 잘못된 권력으로부터 그것을 지키고 확산시켜야 하는 의무 등이 국민의 의무로 명시되어 있다면 나는 과연 얼마나 의무를 다하고 산다고 할 수 있을까.

내가 살아가는 오늘이 이런 의무에 관한 성문화된 법적 강제 없이도 시민의식을 가진 이름 없는 시민들에 의해 이만큼 발전되어 왔다는 것을 안다면, 그리고 그로 인해 과거에는 상상할 수 없는 자유를 누리는 혜택을 받았다면, 그런 시민의식을 갖고 연대하고 참여하는 것이 당연한 의무일 텐데 나의 시민의식은 왜 잠자고 있었을까.

내가 시민으로서 하는 스스로의 고해성사에 누군가 '보속'[61]을 준다면 아마도 '깨어 있으라 그리고 연대하라'는 것은 아닐지…….

편도 3차선 도로에 1톤 탑차가 쓰러져 있고 사람들이 급히 달려옵니다.

밑에 깔린 운전자를 구해내기 위해서입니다.

2차 사고를 막기 위해 한 남성은 연신 수신호를 해대며 차량을 통제합니다.

또 다른 남성은 넘어진 차를 들어올리기 위한 도구를 급히 가지고 옵니다.

사고 차량은 가드레일을 들이받고 도로에 전복됐습니다.

지나가던 시민들은 운전자를 구조하기 위해 가던 길을 멈추고 발 벗고 나섰습니다.

누가 먼저랄 것도 없이 자발적으로 나선 시민들의 도움으로 큰 사고를 당

---

61) 보속(補贖, 라틴어 : Satisfactio)은 넓은 의미로 손해의 배상 및 보환을 뜻하나 기독교 신학에서는 죄인이 로마 가톨릭교회와 동방 정교회의 성사 가운데 하나인 고해성사를 보고 나서 실천하는 속죄 행위를 말한다.(위키백과 참조)

한 운전자는 목숨을 건졌습니다.

[권혁성/주엽119안전센터 팀장 : 지나는 차량의 운전자와 견인차량의 적극적인 초기 대응으로 부상 악화를 방지하여 저희가 구조하는 데 큰 도움이 됐습니다.]

구조에 동참한 한 시민이 차량 블랙박스 영상을 인터넷에 올리면서 훈훈한 화제가 이어지고 있습니다.[62]

언젠가 뉴스에서 나온 이야기. 이런 이야기는 늘 사람을 흐뭇하게 만든다. 이런 소식을 들으면 사람이 확실히 이타적인 존재라는 것을 느끼게 된다. 그리고 그와 비슷한 경험을 했던 그때의 기억이 나 더욱이 남의 일 같게만 느껴지지는 않는다.

1998년 12월 말 아내와 나는 종무식을 마치고 새로운 해를 맞이하기 위해 정동진으로 출발하였다. 이제 곧 1999년, 우리는 결혼이라는 큰일을 앞두고 있었기에 처녀 총각으로서의 마지막 해를 보내고, 새롭게 떠오르는 태양을 보며 우리 인생의 행복을 기원하기 위함이었다.

서울에서 차를 몰고 얼마나 달렸을까. 강원도로 접어들자 도로의 상태가 안 좋았다. 언덕에, 내리막길에, 좌우로 구불구불한 도로는 주의를 요구했다. 그러다 조금 높은 언덕을 오르게 됐고 힘을 내기 위해 가속 페달을 더

---

62) '전복된 차량 들어올려 구조… 우리시대 진짜 수퍼맨들', JTBC 뉴스9, 2013.10.14.

밟고 속력을 올려 언덕의 끝까지 오른 후 내리막으로 접어들자마자 갑자기 좌로 굽은 도로가 나온다. 속도를 줄이기 위해 브레이크를 살짝 밟는 순간 차가 돌기 시작했다. 추운 날씨로 도로가 결빙되어 있었던 것이다. 아무리 핸들을 반대로 돌려봐도 허사였다. 그러고는 조향능력을 잃은 내 차는 몇 바퀴를 더 돈 후 산사태를 방지하기 위해 만들어놓은 콘크리트 벽에 충돌하고 말았다.

일단 아내의 상태부터 확인했다. 조수석에서 신음하고 있는 아내의 입에서는 약간의 출혈이 있었다. 일단 차 밖으로 나와 가지고 있던 휴대폰으로 전화를 시도해봤지만 허사였다. 깊은 시골의 국도변이어서 그런지 통화가 불가능했다. 지나가는 차라도 있으면 붙잡아 보겠지만 깊은 밤이라 차량 통행도 없었다. 아무리 생각을 짜내보아도 심장만 심하게 뛸 뿐 어떤 조치를 해야 할지 몰랐다. 그러던 차에 반대편에서 차량의 불빛이 보였다. 손을 흔들어 차를 세웠다. 차에는 50대 중반쯤 되는 커플이 타고 있었다. 사정을 얘기하고 큰 도로까지만 태워 달라고 했지만 거절당했다. 그렇다면 가는 길에 근처 경찰서나 소방서에 신고를 부탁하고는 다시 기다릴 수밖에 없었다.

그렇게 한참의 시간이 지났지만 도움을 줄 수 있는 사람은 아무도 나타나지 않았다. 한겨울 깊은 산간의 추위는 그야말로 매서웠다. 더불어 사고 난 내 차에서 들려오는 끊임없는 경적 소리, 제발 저 소리라도 멈췄으면…….

그러던 중 저편에서 몇 대의 차가 오는 것이 보였다. 나는 필사적으로 차를 세웠다. 젊은 친구들이 내리더니 내 사정을 듣고는 사고 차량으로 가서 무언가 끊어버렸다. 그랬더니 그 요란했던 경적 소리가 멈췄다. 여럿이서 차를 밀어 후속사고가 나지 않도록 길 가장자리에 세워두고 자신들의 차에 우리를 태워준다. 차 안은 그들의 마음씨만큼이나 따뜻했다. 그러고는 홍천의 한 병원으로 우리를 안내해주었다. 아내는 사고 당시 충격으로 혀를 깨물어 그 부분에서 피가 흘렀고, 나는 에어백이 터지면서 입이 약간 찢어졌었다. 다행히도 그 외에는 큰 문제는 없었다. 간단한 응급치료를 받는 동안 그 친구들은 함께해주었다. 꼭 후사하겠다고 연락처라도 알려 달라고 하니 극구 사양하고는 우리의 안전을 기원하며 자신들의 갈 길로 떠났다.

아내와 첫 번째 밤은 홍천의 한 여관방에서 끙끙 앓는 소리와 함께 끝나버렸지만 그 후로도 오랫동안 젊은 친구들의 도움은 내 가슴속에 남게 되었다. 그 후로 그들과 연락할 수 없어 은혜를 갚을 수는 없지만, 운전 중 사고가 났다거나 어려운 상황에 부닥친 사람들을 보면 내가 할 수 있는 만큼 최선을 다해 도움을 주었다. 그것이 내가 받은 도움을 갚는 유일한 길이었다.

신발을 벗고 방에 들어가 식사를 해야 하는 식당에 가면 으레 '신발 분실 시 책임지지 않음'이란 경고문구가 적혀 있다.

조금 배려심이 있는 식당 주인인 경우에는 경고문구 근처에 신주머니를 구비해 놓고서는 신발을 가지고 들어갈 수 있게 해놓은 정도다. 보통은 그 경고문구를 무시하고 그냥 벗어놓고 들어가 식사를 하지만 간혹 밖에서 주인과 손님 간에 신발 분실문제로 다툼하는 경우를 목격하게 된다거나 어쩌다 비싼 신발을 신고 그런 식당에 들어가게 되면 찝찝한 생각이 드는 건 사실이다. 자신의 집에 온 손님에게 '신발을 도둑맞을 수 있으니 당신이 알아서 해라. 난 책임 없다'라는 뜻 아닌가? 손님이 왕이라는 대접까지는 아니더라도 이건 좀 손님 대접이 아니라는 생각이 든다.

언제부턴가 식사를 하면서도 자기 신발은 자기가 챙겨야 하는 이 사회적 보편성이 생활화되어 그러려니 하며 식당을 이용하던 중 예술의 전당 인근의 삼겹살집을 찾게 됐다. 역시나 그 집도 신발 벗고 방으로 올라가는 곳에 하나의 문구가 적혀 있다.

'신발은 저희가 책임질 테니 즐겁게 식사하세요!'

처음에는 내가 잘못 읽은 건가 내 눈을 의심했다. 다시 읽어보았지만 마찬가지였다. 얼마나 멋진 말인가?

이것이 고차원적인 영업방침인지 주인의 진심인지는 모르겠으나 이 정도의 영업방침이라면 정말 멋지지 않은가. 작은 것 하나까지 더 생각하고 고객을 위해 실천하는 것. 이것이야말로 고객을 위한 감동의 마케팅이다. 식사를 마치고 나올 무렵 종업원이 알아서 가지런히 놓은 우리 일행의 신발들.

문득 이런 생각을 해봤다.

'정치는 저희가 책임질 테니 즐겁게 생활하세요!'

영원히 불가능한 얘기겠지?

경제가 안 좋다. 언제 경제가 좋았었던 적이 있었는지 기억도 없을 만큼 늘 안 좋은 경제지만 창세기 이래 이렇게 안 좋은 적이 있었는지 싶다. 신문에서는 모 기업에서는 매출이 어떻고, 수익이 얼마로 지난해 같은 기간에 비해 얼마나 성장했다는 기사가 나오지만 우리 같은 소시민에게는 남의 나라 얘기 같다.

내 아내 같은 주부들은 시장이나 마트에 가면 산 것도 없는데 십만 원이 훌쩍 넘는다고 울상이다. 늘 있었던 불평이지만 갈수록 돈은 많이 들고 장바구니는 가벼워지는 게 현실이다. 어디 장바구니만 그러랴? 내가 오너드라이버가 됐을 때 휘발유가격보다 15년이 지난 현재는 거의 3배나 올랐으니, 적어도 3세대는 지나 올라야 할 가격 상승의 폭이 반 세대 만에 초고속으로 오른 것 같다는 체감을 한다. 아파트 가격으로 따지면 더할 나위 없고. 수입은 산술급수적으로 오르는데 물가는 기하급수적으로 오르니 한마디로 당해낼 재간이 없다. 이러다 보니 '원가상승으로 인한 가격 인상'이라는 문구가 곳곳마다 붙어 있다.

하루는 한 식당에서 '물가상승으로 인한 가격 인하'라고 써 붙인 문구를 발견했다. 처음에는 주인이 잘못 적은 줄 알고 피식 웃었다. 그도 그럴 것이 그런 모순된 말을 썼을 리 없으니 너무도 당연한 반응 아니겠는가.

하지만 그 밑에 이어 적힌 글을 자세히 읽어보니 잘못 적은 것이 아니라 오히려 주인장의 마음 씀씀이가 묻어나는 훈훈한 글이었음을 이내 알 수 있었다. '물가가 많이 올라서 얼마나 힘드시냐? 우리가 아픔을 같이 나누자는 의미에서 따뜻한 식사라도 한 끼 걱정 없이 드시라고 가격을 인하했다'는 얘기. 주인의 넉넉한 마음과 재치 있는 글귀에서 틀림없이 열린 마음의 소유자일 거라 생각했다.

오늘 나는 '배려'라는 재료로 만든 세상에서 제일 감동적인 점심을 대접받았다.

하루는 카트에 짐을 잔뜩 싣고 엘리베이터를 탔다. 몇 층을 내려가니 엘리베이터 문이 열리고 초등학교 저학년으로 보이는 형제가 들어온다.

"안녕하세요?"

처음 보는 아이인데 내게 인사를 한다. 요즘 잘 볼 수 없는 풍경이다.

"그래, 안녕!"

나도 반가운 마음에 인사를 한다.

엘리베이터가 1층에 도착한 후 아이들이 내린다. 그때 형으로 보이는 아이가 나와 나의 짐을 보더니 엘리베이터 문의 상태를 확인한다. 표정이나 눈빛으로 보았을 때 내가 내릴 때 혹시나 문이 닫혀 방해되지 않을까 확인하는 눈치다. 기특하다.

그런데 이 녀석 거기에 그치지 않고 마지막에 나에게 감동을 안겨준다.

아파트 현관의 문이 닫히지 않도록 활짝 열어주고 가는 게 아닌가!

　나는 그날 아침 16층 내 집에서 아파트 현관까지 오는 짧은 시간에 한 아이에게서 세 번의 감동을 선물 받았다.

　가끔 바쁘다는 핑계로 밖에서 사람이 걸어오는 소리가 나는데도 엘리베이터 닫힘 버튼을 눌렀었던 기억에 스스로 부끄러워졌다.

　다시 처음으로 돌아가며.

　나는 채도 낮은 푸른빛의 한산한 새벽 거리를 뒤로하고 집만큼이나 익숙한 붉은 벽돌 건물 앞에서 차를 멈췄다. 주차장이 비어 있는 것을 보니 아직 아무도 오지 않은 것 같다. 지갑 속 카드를 이용해 보안을 해제하고 사무실에 들어섰다. 탕비실의 커피머신에서 에스프레소 한 잔을 추출한 후 다시 책상으로 발걸음을 옮겼다. 원래 아이스커피가 아닌 다음에는 설탕을 넣지 않지만 이 한 스푼의 설탕이 들어간 에스프레소는 지친 영혼을 깨워줄 것 같았다. 책상 위엔 오늘 있을 프레젠테이션 준비로 치열했던 어젯밤의 흔적이 그대로 남아 있다. 시계를 보니 새벽부터 설친 덕에 동료들과 프레젠테이션 리허설을 하기로 한 시간까지는 여유가 있었다. 출근길 차 안에서 듣던 음악을 나도 모르게 흥얼거리며 책상 위를 정리하기 시작했다. 이전에는 언제 정리했었는지 기억에도 없다. 아마 꽤 오래전인 듯싶다.

　책상에는 성능 좋고 디자인 잘빠진 애플사의 맥북 프로 13인치 레티나 노트북 앞에는 와콤 인튜어스4 태블릿이 자리하고 그 위로 가로 13.5센티미터, 세로 16센티미터 크기의 아랫면에 미끄럼 방지가 되어 있는 마우스패드가 놓여 있다. 다시 그 위로 애플의 매직 마우스, 그리고 태블릿 앞쪽으로는 같은 애플사의 무선 키보드가 있다. 사실 마우스패드는 꼭 있을 필요는 없지만 마우스가 움직일 때 태블릿의 윗면에 닿는 서걱거림이 싫어 내게는 꼭 필요한 물건이다. 태블릿은 그림을 그리거나 사진 작업을 할 때를 빼놓고는 거의 사용하지 않는다. 그렇다고 작업을 할 때마다 꺼냈다 뺐다 하는 수고로움이 귀찮아 보통은 마우스패드의 패드쯤으로 쓴다. 노트북 옆에는 몇 해 전 중고로 산 시네마 디스플레이가 조금은 누런빛을 내면서 사파리 브라우저 하나를 띄워놓고 있다. 오래전 조금은 전문가 같은 느낌을 주기 위해 폼으로 사용하기 시작했던 듀얼 모니터지만 이제는 익숙해져 하나의 모니터만으로는 컴퓨터 작업이 여간 불편한 게 아니다. 내게 작업의 편의를 제공해주는 이 낡은 모니터는 노트북의 레티나 디스플레이보다 선예도가 현저하게 떨어진다. 처음 출시됐을 때는 놀라울 정도로 깔끔하고 선명한 화면에 '세상에!'를 외쳤었지만 이제는 아무리 캘리브레이션을 맞춰도 그다지 신뢰할 수 없게 되었다. 더군다나 바로 옆의 신형 레티나 화면과 함께 있으니 왜 그렇게 뿌옇게 보이는지. 그래도 이 모니터가 마음에 든다. 경제적 여유가 생겨 새 모니터를 산다고 해도 이 모니터를 처분하거나 버리진 못할 것 같다. 캘리브레이션 얘기가 나와서 말이지만 나에게 캘리브레이션은 매우 중요한 작업이다. 수만 가지 색상이 조화롭게 빛을 발할 때 가장 아름다운 결과물을 기대할 수 있기 때문이다. 그런 이유로 시네마

디스플레이 앞에는 모니터의 색 보정을 위한 데이터컬러사의 스파이더3를 그 번들 받침대 위에 항상 거치해 놓는다. 그러면 이 녀석은 자신의 몸통 가운데 자리한 파란 시그널램프를 매우 느린 속도로 밝아졌다가 어두워지기를 반복하게 한다. 자신이 살아 있어 나름의 기능을 하고 있다는 표시다.

지금 말한 모든 것들은 내 책상 면적의 약 3분의 1 가량을 차지하고 있다. 지난 며칠 동안 이 작업공간에 들어왔을 때 나의 시선과 손은 거의 책상 3분의 1 가량의 면적과 그 면적만큼의 영공에서만 기동했다. 이 작은 공간은 내게 있어 삶의 최전방 지대다. 책상의 윗면과 맞닿은 곳에 안착해 마우스를 잡은 손은 빠르게 전후좌우로 움직이며 살아남기 위한 각개전투를 벌이고, 그 위 내 동공과 모니터 화면 사이 60센티미터 정도의 공간은 7,800~3,800옹스트롬Å의 파장을 일으키는 광선과 전자파 외에 온갖 보이지 않는 에너지의 빅뱅이 일어나는 기의 공간이다. 나는 이 카오스에서 생존에 필요한 재화를 얻고자 전쟁을 치른다. 그래서 이 공간과 그 공간 안에 자리한 사물들은 내 신성한 노동의 시작과 끝을 존재시키는 가장 중요한 영적 공간이고 도구이다. 그렇다고 나머지 3분의 2 정도의 공간과 사물이 잉여는 아니다. 잉여의 인간이 있을 수 없듯이 이 존재들은 나의 작업에 언젠가 필요한 영감을 불러일으킬 것이다. 또는 영감을 불러일으키려는 시도 끝에 성공했거나 혹은 실패한 후 다음을 예비할 것이다. 그러므로 이것들을 정리하는 일은 가끔 있는 일이기도 하지만 매우 중요한 일이기도 하다. 나에게 책상 정리라는 것은 영적 공간을 뺀 나머지 3분의 2 공간과 사물들의 먼지를 떨거나 제자리를 찾아주는 것이다. 그리고 이 행위는 내 생존을 위한 노동의 효율을 높여줄 것이다.

언제부턴가 내 노동은 존재에 대한 가치를 증명해 보이기보다는 생존을 위한 수단이 되어버렸다. 그러는 사이 내 삶은 꿈과 열정, 희망과 행복을 추구하는 것이 아닌 그저 삶을 지탱하는 것 자체가 삶이 되었고, 어느덧 익숙해져 그것이 내가 처한 현실에서 최선의 행동이라고 생각하게 됐다. 나의 영감이 세상과 교감하며 작은 파문을 일으키고 그것이 조금이나마 우리가 사는 세상을 변화시키길 그렇게 갈망했지만, 이제는 그저 비정한 세상에서 어떻게든 살아남아 보려는 안타까운 몸짓에 불과한 느낌이다. 이것이 가치 없는 행위라고는 생각지 않는다. 다만 원하지 않았던 일이 발생한 것에 대한 아쉬움과 어디서부터 잘못됐을까, 라는 의미 없는 질문, 그래도 이것이 나에겐 최선이라는 자위적 현실에 무기력을 느낄 뿐이다. 그래, 나는 최선이라는 말을 너무 쉽게 습관적으로 사용했다.

'최선最善'.

으뜸 최, 착할 선. 가장 착한 것을 말한다.

우리는 착하다는 말을 자기만을 위했을 때 쓰지는 않는다. 결국 으뜸으로 착하다는 '최선'이라는 단어는 배려의 마음과 이타적 행동이 에토스로 자리할 때 그 참된 의미가 있다. 반대로 착하다는 말의 대립적 단어는 '나쁜'이다. 과거를 팔아 오늘을 살지 않겠다는 박노해 시인은 '나쁜'의 우리말 뿌리를 '나뿐'이라고 말한다.

'나쁜 사람'은 '나뿐인 사람'이죠. 우리 선조들의 선악의 잣대는 '나뿐인 사람'인가, 아니면 좋은 사람, 다시 말해 주는 사람, 나누어 주는 사람인 가였습니다.

우리가 이대로 언제까지 갈 수 있겠습니까. 이런 삶의 속도, 이런 무한경쟁, 이런 삶의 질은 더 이상 사람이 견딜 수 있는 한계를 넘어서고 있습니다. 이런 생활양식, 이런 사회 시스템, 이런 문명은 더 이상 지속 불가능합니다.

나는 이 책을 쓰면서 내 정신세계에 산발적으로 흩어져 있던 태생, 환경, 지식, 경험, 상상, 일, 관계, 사랑, 꿈의 조각을 엮어보고자 노력했다. 그리고 그 속에서 나는 내 온전한 행복을 위해 어떤 가치를 추구하며 어떤 행위를 했는지 생각하고 또 생각해봤다. 내 의지로 행복해지고자 치열하게 세상을 살아왔다고 생각했지만 나는 지금 온전히 행복하지 않다. 우리 사회에서 일어나는 부당한 대우, 과도한 빈부의 격차, 정보의 독점과 사유를 이용한 눈속임과 권력의 횡포, 불합리한 시스템과 그 시스템 상위에 위치한 세력의 부패와 유착. 그 때문에 생기는 애꿎은 희생과 분노, 절망. 이렇게 당면한 현실을 애써 외면하려 해도 그림자처럼 늘 따라다니는 이 지긋지긋한 헛헛함과 내면의 울림은 어쩔 수 없이 내가 이 사회의 구성원임을 말한다.

지금 이 순간이 내 인생의 가장 특별한 순간이고, 지금 하고 있는 일이 가장 보람된 일이며, 지금 곁에 있는 사람이 내게 가장 소중한 사람이란 것을. 왜 그것들은 항상 나중에 온다고 생각하며 허황되게 대박을 꿈꾸는 어리석은 길을 걸었을까. 나는 이제 온전히 행복해지는 길을 찾고자 한다. 나의 꿈을 이루기 위해 끊임없이 정진하고, 보편적 가치와 상식을 추구하는 삶을 위해 노력하고자 한다. "높고 단단한 벽이 있고 거기에 부딪혀 부서지는 게 계란이라고 한다면, 나는 늘 계란 쪽에 서겠다"라는 하루키의 말처럼 수많은 계란의 고통과 행복에 공감하려 한다. 그리고 그 많은 계란과 연대하여 세상을 조금씩 변화시키고자 한다. 이것은 내가 속한 사회의 구성원으로서 갖는 의무적 희생이 아니다. 단지 공동의 최선을 이루려는 인간 본성에 순응하는 것뿐이다. 나는 이 순응이야말로 내 마음속의 진실한 울림이라고 믿는다. 온전한 행복을 찾아가는 길이라고 믿는다. 그 길 위에 나는 당신과 함께하고 싶다. 함께할 때 우리는 힘이 더 세지기 때문이다.

'우리는 힘이 세다.'

베토벤 교향곡 제9번 〈합창〉 제4악장, 위대한 교향곡의 대단원.
지휘자와 오케스트라 그리고 합창은 실러의 〈환희의 송가〉를 함께하며 모든 이에게 가슴 벅찬 감동을 선사한다.

환희여, 낙원의 처녀여,
그대의 기적은 또다시 붙들어 매네.
세상의 관습이 엄하게 갈라놓은 것을,
모든 사람은 형제가 되리,

그대의 날개가 상냥하게 멈추는 곳에서.

백만의 사람들이여, 껴안아라!63)

63) 《최신명곡해설》, 베토벤 교향곡 제9번 d단조 〈합창〉, 삼호ETM 편집부, 2012.

네 머리로 생각하고
네 가슴으로 판단하고
네 의지로 행하여라
— 2013년 2월,
아버지가 손자 대희의 초등학교 졸업을 축하하며 쓴 글